Ein Buch aus dem Verlag

NIEDERSÄCHSISCHER Jäger

Voth, Dieter:
Der grüne Weg: Die schönsten deutschen Jagdgeschichten
des 20. Jahrhunderts / Dieter Voth. – 1. Auflage. –
Hannover: Landbuch-Verlag Hannover, 1999.
ISBN 3-7842-0578-X

1. Auflage 1999

Postfach 160, 30001 Hannover
Kabelkamp 6, 30179 Hannover
Tel.: 0511/67806-0
Fax: 0511/67806-220
http: //www.landbuch.de

Projektleitung: Ulrike Clever, Landbuch-Verlag Hannover
Lektorat: Erhard Brütt, Hannover.
Korrektorat: Dr. Dagmar Förster, Weidenberg
Titelbild: Burkhart Stöcker, Eberswalde
Illustrationen: Dr. Karl Hellmut Snethlage, Ahrensburg
Gesamtherstellung: Landbuch-Verlag Hannover

Umschlaggestaltung und Layout:
Leidecker & Schormann; Hannover / Bad Oeynhausen

ISBN 3 7842 0578 X

DIETER VOTH · HERAUSGEBER

Der grüne Weg

Die schönsten deutschen Jagdgeschichten des 20. Jahrhunderts

Landbuch
Verlag Hannover

Herausgeber

Prof. Dr. med., Dr. h. c. Dieter Voth, 1935 in Bottrop geboren, ist Neurochirurg und Professor am Universitätsklinikum Mainz, Initiator der Treffen deutschsprachiger Jagdschriftsteller, Vorsitzender des „Forum lebendige Jagdkultur" und Mitglied im Kulturausschuss des Deutschen Jagdschutz-Verbandes (DJV). Als Jagdschriftsteller veröffentlicht er auch unter dem Pseudonym Diether Cord Voigt von Velthaim.

Inhalt

In dieser Anthologie werden zeittypische Texte der Jagdliteratur verschiedener Epochen des 20. Jahrhunderts zusammengefasst. In den ausgewählten Geschichten ist das Erlebnis Jagd immer mehr, als die schlichte Beschreibung des Erbeutens. Erstaunlich ist, wie sich die unterschiedlichen Stimmungen und Strömungen des 20. Jahrhunderts auch in der gehaltvollen Jagdliteratur widerspiegeln.

Illustrator

Dr. Karl Hellmut Snethlage wurde 1925 in Pommern geboren. Mit 7 Jahren wurde sein Interesse für die Tiermalerei geweckt. Heute zählt Snethlage zu den renommiertesten Tier und Landschaftsmalern, für den Wild und Landschaft untrennbar verbunden sind. 1990 wurde der passionierte Jäger als Jagdmaler mit dem DJV-Kulturpreis ausgezeichnet.

Vorwort

Anthologien erwecken, was die Auswahl der Autoren betrifft, leicht den Eindruck des Willkürlichen – doch ist dies unvermeidbar: Sie sind keine Enzyklopedien! Jede Auswahl bedeutet notwendigerweise Beschränkung.

Die Bedeutung einer Sammlung von Autoren und ihrer Texte in dieser Form besteht nicht in der vermeintlichen und intendierten Vollständigkeit, sondern darin, dass die dargebotenen Texte dem Ziel der jeweiligen Anthologie gerecht werden und für die Intention der Sammlung typisch sind.

Eine Zusammenstellung von Werken der Jagdliteratur des 20. Jahrhunderts, wie sie hier vorgelegt wird, muss es verstehen, die Texte verschiedener Epochen als zeittypisch zu erfassen. Zum anderen ist Jagdliteratur so zu definieren, daß Literatur um das Erlebnis Jagd entsteht, wobei sie immer mehr darstellen muss, als schlichte Beschreibung des Erbeutens. Leider stehen die journalistisch geprägten Erlebnisberichte – ich pflege sie Totschlaggeschichten zu nennen – in all ihrer Dürftigkeit ganz überwiegend für das, was gemeinhin als jagdliche Belletristik bezeichnet wird und unsere Bücher und Journale füllt.

Ebenso wie bei der konzertanten Jagdmusik des 18. Jahrhunderts stoßen wir auf ein eigentümlich dialektisches Prinzip: Je enger der Text dem Jagdvorgang verhaftet bleibt, desto geringer pflegt seine literarische Bedeutung zu sein. Je qualitätsvoller ein derartiger Text ist, desto weiter entfernt er sich vom Genre des bloßen Berichtes.

Die in diesem Buch gesammelten Texte wurden einerseits bewußt nach ihrer literarischen Qualität und andererseits nach ihrer zeittypischen Aussage ausgewählt; etliche Autoren werden, für den Leser eher unerwartet, im Kontext jagdnaher Themen angesiedelt.

Diese Anthologie soll also zweierlei erreichen: einmal will sie zeigen, was gehaltvolle Literatur jagdlichen Inhaltes ist und zum anderen, wie sehr sie Stimmungen und Strömungen der Zeitspanne wiedergibt, in der sie entstand. Herausgeber und Verlag hoffen, daß dieses Vorhaben gelungen ist.

Mainz, im Frühjahr 1999

Prof. Dr. Dr. h. c. Dieter Voth

Inhalt

5 Vorwort
9 Einleitung

13 *Ludwig Ganghofer* Das Schicksal mit dem langen Schnabel
26 *Arthur Achleitner* In froher Laune
31 *Rudolf Hans Bartsch* Der Falke vom Mons Regius
39 *Egon Frhr. von Kapherr* In der Jagdhütte

44 *Börries Frhr. von Münchhausen* Le Ralli *(Ballade)*

47 *Marie von Ebner-Eschenbach* Krambambuli
59 *Hermann Löns* In den Hungerbergen

65 *Detlev von Liliencron* Der Tod *(Gedicht)*

68 *Peter Rosegger* Der Mann in Gefahr
74 *Friedrich Frhr. von Gagern* Ein Uskokenbock
84 *Anton Frhr. von Perfall* Die Furcht
94 *Detlev von Liliencron* Auf der Hühnerjagd

108 *Detlev von Liliencron* Die Waldschnepfenjagd *(Gedicht)*

109 *Falk Frhr. von Gagern* Die Ermelinenhöhle
120 *Ernst Wiechert* Mein erster Adler
123 *Ernst Wiechert* Wolfsjagd

130 *Edo von Wicht* Diana schoss *(Gedicht)*

131 *Ernst Jünger* Die Eberjagd
139 *Anna Seghers* Sagen von Artemis
163 *Ernst Nowak* Die Hasenjagd
171 *Heimito von Doderer* Bärenjagd

181 *Friedrich Paff* Ein Jäger kam aus fremder Zeit *(Gedicht)*
182 *Erich Henn* „nach feierabend“ *(Gedicht)*

183 *Ludwig Benedikt Frhr. von Cramer-Klett* Die vier Freunde
188 *Ludwig Benedikt Frhr . von Cramer-Klett* Im Sommerregen

193 *Hannes Tuch* Chronos schläft

200 *Erich Henn* „mein weiher“ *(Gedicht)*
201 *Friedrich Paff* Wir alle sind Jäger *(Gedicht)*
202 *Friedrich Paff* Ein Feuer anzünden *(Gedicht)*

203 *Herbert Plate* Der Tod des Menschenfressers
212 *Jochen Portmann* Kein Schweiß am Smarna gora
219 *Götz von Bülow* Wenn die Bucheln springen
228 *Diether Cord Voigt von Velthaim* Die Nacht der Füchse
236 *Diether Cord Voigt von Velthaim* Es ist ein Schnitter

243 *Friedrich Paff* Wieviel Nächte durchwacht *(Gedicht)*

244 ANGABEN UND ERLÄUTERUNGEN ZU DEN AUTOREN

Das späte 19. Jahrhundert und die Jahrhundertwende feierten sich laut und anscheinend selbstsicher. Wissenschaft und Wirtschaft blühten, die Künste beherrschten das gesellschaftliche und öffentliche Leben, Deutschland erlaubte sich nach der Gründung des Deutschen Reiches – wenn auch im Sinne einer kleindeutschen Regelung durch Bismarck – einen Nationalismus, der die europäischen Nachbarn durchaus beunruhigte.

Die Gesellschaftsstruktur spiegelte immer noch eine wenngleich sehr durchlässig gewordene ständische Ordnung. Der Adel, wirtschaftlich von abnehmender Bedeutung, politisch aber immer noch tonangebend, schuf für das aufsteigende Bürgertum Lebensinhalte und Muster der Selbstinszenierung. Die wachsende Schicht der Industriearbeiter, des städtischen Proletariats, stand politisch erst am Beginn ihrer Wirksamkeit, entwickelte aber einen zunehmenden Einfluß.

Die Gesellschaft prägte ein eigenartiges Gemisch aus restaurativen Tendenzen und Fortschrittsgläubigkeit. Wie aber stand es inmitten dieser Strömungen mit der Jagd? Sie war ein nicht unwichtiger Teil der Selbstinszenierung eher konservativer Kreise: des Adels, des Militärs, des reichen Bürgertums. Jäger zu sein, gehörte zum Selbstverständnis des Deutschen, der in der Gesellschaft entweder durch Erfolg, einen alten Namen oder ein junges Vermögen Geltung gewonnen hatte. Jäger zu sein war gesellschaftlich anerkannt und wünschenswert.

Wie aber manifestierte sich dieser Aspekt in der Jagdliteratur? Ganz überwiegend zeichneten vor allem die Erzählungen, deutlicher oft die Romane, eine ländliche Welt, deren treuherzige, schlichte, aufrechte und ehrliche Menschen gleichsam die Statisterie für den Jagdherren abgaben. Hier konnte ein patriarchalisches Verhältnis durchaus noch erlebt und gepflegt werden. Abhängigkeiten wurden so erträglich. Schon in dieser Zeit überwiegen freilich die literarisch bedeutungslosen journalistischen Berichte, Papiergeld, wie Goethe gegenüber Eckermann diese Gattung nannte. Aber auch anspruchsvollere Literatur findet sich durchaus – Beispiele hierfür geben die Erzählungen zu Anfang unserer Sammlung mit den Autorennamen Ludwig Ganghofer und Arthur Achleitner, die dem alpinen Raum verhaftet waren sowie Rudolf H. Bartsch, ein seinerzeit hochgeschätzter Romancier, der eine spezifisch österreichische Welt unter dem Bild des Vielvölkerstaates zu schildern wußte.

Die hier wiedergegebenen Beispiele sind in einer weitgehend noch als intakt erlebten oder empfundenen Welt angesiedelt, obwohl sie auch nicht völlig unproblematische Situationen und Menschen zeichnen.

Aber schon nahezu zeitgleich vernehmen wir Stimmen, die den scheinbar so konstanten Kanon des jagdlichen Geschehens übertönen und neue oder wenigstens andere Lieder anstimmen. Sie weiten in der Regel den Bereich der Jagd auf persönliche Konflikte und Konstellationen aus, die die Problematik einer sich wandelnden Welt widerspiegeln.

Mit dem Ende des Weltkrieges zerbrach die Gesellschaftsstruktur der wilhelminischen Ära völlig. Die Jagdliteratur huldigt einem fruchtlosen Rückerinnern und einer betonten Verklärung der Vergangenheit. Nur wenige Schriftsteller, die aber schon vor der Wende neue Wege gingen, finden zu neuen Themen und einer gewandelten Realität. Hier wären zu nennen Hermann Löns und Anton von Perfall, auch Peter Rosegger. Besondere sprachliche Qualitäten zeichnen die Texte von Friedrich von Gagern und Detlev von Liliencron aus. Ihren Texten ist gemeinsam, daß sie übereinstimmend auch ein latentes Unbehagen in einer sich schnell wandelnden Welt zu artikulieren wissen.

Die Jagdliteratur in der Weimarer Republik ist überwiegend Rückerinnerung und Anklage des Niederganges aller Werte. Nur wenige literarische Stimmen greifen den Zeitgeist auf und weisen in eine selbstverständlich wenig glanzvolle Zukunft. Mit dem Anbruch des Dritten Reiches schien vordergründig eine Rückkehr zu tradierten Vorstellungen möglich. Während Veranstaltungen wie die Internationale Jagdausstellung, Jägertreffen, Weihespiele, die Gründung von Jäger- und Falknerhöfen, eine betonte Pflege der gegenständlichen Tier-, Jagd- und Landschaftsmalerei eine Belebung der Jagdkultur zu versprechen schienen, erstickten diese Ansätze bald in der gewaltsamen Politisierung des jagdlichen Geschehens, wie etwa durch die Zwangsmitgliedschaft aller Jäger in der Deutschen Jägerschaft.

Der Krieg zerstörte gründlich alle Entwicklungsansätze und -hoffnungen. Die Jagdliteratur sank schnell auf ein erschreckend tiefes Niveau, huldigte letztlich nur noch der Einmaligkeit deutschen Lebens und deutscher Jagd. Die Jagdzeitschriften füllten überwiegend literarisch bedeutungslose Berichte über die Jagd in den besetzten und befreundeten Ländern. Aber auch in dieser Zeit blieben einige Autoren sich und ihrem Anliegen treu, etwa Friedrich von Gagern neben wenigen anderen.

Die Überleitung zum Heute setzte – wie nicht anders zu erwarten – keineswegs erst mit dem Kriegsende ein, sondern bei etlichen Autoren schon früher. Und noch etwas ist bemerkenswert: Die von uns ausgewählten Texte der letzten fünf Jahrzehnte, also aus der Zeit nach dem Kriege, sind Literatur, die sich jagdlicher Inhalte und Motive zwar bedient, durchweg aber weit über die Jagd hinausweist. Und dies tut sie so ausgeprägt, dass etliche der Autoren sich selbstverständlich nicht als Jagdschriftsteller definieren lassen. Diese Situation zeigt aber andererseits, wie intensiv sich das Phänomen der Jagd in den Vorstellungen auch unserer Zeitgenossen noch ausprägt, letztlich auch bei denen, die dem Jagen fernstehen.

Es erstaunt nicht, dass auch die Lyrik diesen Entwicklungsreihen folgt; hierzu sind einige Beispiele zu finden. Die einzelnen Texte sind so angeordnet, daß sie von den ersten Beispielen bis zur letzten Erzählung diese Entwicklung nachzeichnen, wobei auch deutlich wird, daß zeitgleiche Autoren sehr divergente Stadien der Entwicklung beschreiben können.

Unter den in den letzten Jahrzehnten erschienenen jagdlichen Anthologien soll die hier vorgelegte ihre Orientierung ganz überwiegend der literarischen Geltung der Texte entnehmen.

Ludwig Ganghofer

Das Schicksal mit dem langen Schnabel

Ein wundervoller Herbsttag war über die Berge hinuntergesunken. Die Wildbäche rauschten in der milden, sternklaren Nacht, und bald näher, bald ferner im schwarzen Walde, der wie die Mauer einer schönen Finsternis das schmucke Jagdhaus umringte, klangen die tiefen Orgeltöne der brunftigen Hirsche.

Die Fenster des Speisezimmers standen offen, und so oft wir von da draußen die Baßstimme solch eines alten, in Liebe jung gewordenen Waldkönigs vernahmen, unterbrachen wir das heitere Gespräch für einige Sekunden und lauschten diesem wundersamen Ewigkeitsliede der Natur.

Gleich weißen Schleiern wehte der von der Lampe beleuchtete Zigarrendampf durch die offenen Fenster in das Dunkel hinaus und blieb doch immer noch so reichlich in der großen Stube, daß er um uns hing wie eine Nebelglocke.

Wenn draußen das Rauschen der Bäche unter dem Gegenzug des Nachtwindes schwächer wurde, hörten wir das dröhnende Liebeslied der Hirsche so deutlich, daß wir einzelne Sänger nach Alter und Standplatz unterscheiden konnten. Und manchmal sagte einer von uns Sechsen: „Das ist der Meinige!" Bei solchem Wort flog immer eine stille Jägerhoffnung dem Morgen entgegen.

Je schwärzer die Nacht wurde, um so hitziger schrien die Hirsche. Doch einer, der in der Frühsonne noch toll geröhrt hatte, blieb schweigsam. Ein Vierzehnender. Der lag jetzt drunten in der Zwirchkammer. Und mit dem alten, schwerblumigen Pfälzer, der in unseren Gläsern schimmerte, ließen wir ihn leben. Das ist eine paradoxe Jägergewohnheit: eine schöne Kreatur leben lassen, weil sie sterben mußte.

Gegen die zehnte Nachtstunde begannen die Hirsche zu verstummen. Man schloß die Fenster, weil es kühl wurde. Und nun kam das Schwatzen erst richtig in Gang. Dem Milieu, in dem wir saßen, entsprach das Thema: Wald und Wild, das Tier und seine Rätsel, seine Sinne, sein Leben, seine Seele. Dann die alte Streitfrage: Instinkt oder Intelligenz? Und die Debatte: ob der Fuchs klug oder dumm wäre? Ob das Raubtier seiner Grausamkeit bewußt würde, oder ob es morde, wie die Schafe Gras fressen?

Einer von uns Sechsen – unser lieber Professor, der einen guten Ruf als Jäger hatte und ungeachtet seines sorgsam gepflegten, ganz unmelierten Bartes einen noch viel klangvolleren Namen in der gelehrten Welt besaß – lauschte schweigend in das temperamentvolle Gefecht der Meinungen hinein und behandelte dabei sehr kunstvoll seine teure Zigarre. Manchmal lächelte er, und dann bekamen seine stahlblauen Augen wieder jenen wunderlichen Ernst, hinter dem er den Spaßvogel zu verstecken liebte.

Als sich bei der Frage, ob unter den balzenden Schnepfen die quarrenden als Männchen, die nur zwitschernden als Weibchen anzusprechen wären, nach einem heißen Überzeugungskampf das Schweigen hilfloser Verranntheit einstellte, betrachtete der Professor nachdenklich den langen Aschenkegel seiner Zigarre und sagte:

„Es ist merkwürdig, daß bei solchen Gesprächen immer verschwenderisch vom Tier und mit ungerechter Sparsamkeit vom Menschen geredet wird. Mensch und Tier zusammen? Ist das nicht wichtiger? Ich meine, die Jägerei ist da ein bißchen einseitig. In der Zoologie schreibt man Doktordissertationen über die Frage: wie der Mensch das wilde Tier in seiner Entwicklung beeinflußte, bis es zum Haustier wurde. In der Medizin werden Schmerzen und Tod des Tieres zu einem Erlösungswerk für die Menschheit. Alles, was Geschichte und Sage heißt, wimmelt von Wechselwirkungen zwischen Mensch und Tier, erzählt von der Kreatur als einem glückschaffenden oder leidenbringenden Ferment in der Entwicklung des Menschentums."

Einer von uns, der hinter diesem Ernst die kommende Heiterkeit witterte, zitierte lachend: „Eva und die Schlange. Leda und der Schwan. Die Taube des Noah. Der Prophet und die nährenden Raben. Der Besessene und die hilfreichen Schweine, in die der Teufel fahren mußte. Die Gründer Roms und ihre saugende Wölfin. Hubertus und der weiße Hirsch."

„Ja! So mein' ich es!" sagte der Professor. „Was Sage werden konnte, bleibt auch unsterbliche Wirklichkeit. Ich bin überzeugt, daß keine

Sekunde des Tages und der Nacht vergeht, ohne daß ein Tier als *Deus* oder *Diabolus ex machina* bestimmend in das Leben eines Menschen eintritt, in tragischer oder komischer Verkettung sein zwingendes Schicksal wird. Um mein Wort zu illustrieren – und weil man gerade von der Schnepfe sprach – erinnere ich mich einer kleinen, allerdings nicht völlig aufgeklärten Geschichte. Ich muß da manches kombinieren. Aber für das Wesentliche der Vorgänge hab ich einen unanzweifelbaren Kronzeugen, meinen alten Jäger Martin, der früher bei einem – ich maskiere die Namen – bei einem Grafen von und zu Rottenhain bedienstet war, irgendwo an der Donau da drunten, in der Nähe des Wiener Waldes. Meiner Geschichte will ich den Titel geben: Das Schicksal mit dem langen Schnabel. Dabei könnte man auch an den Storch denken. Aber ich meine die Schnepfe."

Man rückte zusammen, füllte die Gläser und brannte frische Zigarren an. Einer sagte lachend: „Das wird wohl wieder ein Aufsitzer?" Der Professor schüttelte sehr ernst den Kopf und begann zu erzählen:

„Also, diesem Grafen von und zu Rottenhain, der einer von jenen Jägern war, die der Jagdteufel als Wanze in den Wald und als quälenden Floh auf den Leib der Kreaturen setzt, diesem Grafen Rottenhain wollte eines schönen Frühlings der Frühling nicht gefallen.

Seine Laune wurde von Tag zu Tag unerträglicher. Die gesegneten Schnepfensonntage Lätare und Judika waren schon vorüber, Palmarum stand vor der Tür, und noch immer war im dickleibigen Schußbuch des Grafen keine Schnepfe dieses verwünschten Frühlings registriert. Das bedeutete für ihn so viel, wie für einen strebsamen Kaufmann der unverschuldete Bankrott, für einen jungen Architekten der Einsturz seines preisgekrönten Rathauses, für einen Entdecker des Nordpols der Verlust seiner falschen Berechnungen.

Alles im gräflichen Hause hatte unter diesem katastrophalen Frühlingsbetrug zu leiden, Mensch und Tier, am meisten die junge Frau. Überhaupt – die Jagd! Was hatte Gräfin Litti in der kurzen Zeit ihrer jungen Ehe unter dieser, an schwere Belastung grenzende Leidenschaft ihres Gatten schon alles erdulden müssen!

Sie stammte aus einer alten, ein bißchen notleidend gewordenen Familie und war eine gute, folgsame Tochter. Obwohl sie eine Neigung für einen jungen Vetter im Herzen trug – ein solcher Vetter heißt immer Hans – fügte sie sich dem Wunsch der Eltern und reichte ihre kleine Hand diesem Grafen von und zu Rottenhain, der reichbegütert, aber älter war um wohlverdiente Fünfundzwanzig.

Die Hochzeit war im September. Dann machte das junge Paar eine vierwöchige Hochzeitsreise nach Schweden. Es war um die Zeit, zu der man auf der skandinavischen Halbinsel die Elche schießt. Graf Rottenhain hätte lieber die Hochzeit verschoben oder ganz auf sein eheliches Glück verzichtet, statt dieser höchsten aller Jägerfreuden zu entsagen. Einen Vorteil hatte die Sache auch für die Gräfin Litti. Sie erweiterte ihre Bildung und lernte ein bißchen Schwedisch, weil sie den ganzen Tag auf die Gesellschaft der nordischen Bauersleute angewiesen war, in deren Hütte das gräfliche Paar Quartier genommen hatte. Ihren Mann sah Gräfin Litti nur spät in der Nacht, wenn er todmüde und ein bißchen übelriechend von diesen achtzehnstündigen Sumpfwanderungen heimkehrte.

Bei der Ankunft in Schloß Rottenhain war der Graf wohl merklich strapaziert, doch in ganz vortrefflicher Laune. Er brachte zehn gewaltige Elchschaufler mit heim, für die er mit Sicherheit einen Ehrenpreis bei der nächsten Geweihausstellung erwarten durfte.

Die Gräfin war sehr still und ein bißchen bleich.

Daheim vergönnte sich ihr Gemahl nur eine einzige Nacht, um sich gründlich auszuschlafen. Jetzt schrien seine eigenen Hirsche. Und dann reiste er ins Gebirge zur Gemsbrunft. Ende November kam er zurück, und nun begannen in den großen Rottenhainer Revieren die Waldjagden, die Kesseltreiben auf Hasen, die Nachtpirschen auf Fasanen mit dem elektrischen Scheinwerfer und die Besuche des Entenfalls. Nach Eintritt der Schonzeit war Graf Rottenhain erst recht in Anspruch genommen. Er selbst überwachte die Anlage der Futterplätze, die Fütterung des Wildes, den Bau neuer Pirschwege und die Füllung der Salzlecken.

Als das Frühjahr kommen wollte, fand er bei Tisch – zu anderer Stunde sah ihn die Gräfin kaum – nur immer dieses gleiche Thema: „Na also, jetzt geht's ja bald wieder los. Heut hab ich schon die erste Drossel gesehen. Wann wird wohl die erste Schnepfe kommen? Hoffentlich gibt es heuer einen guten Strich. Vergangenes Jahr hab ich zweiundvierzig geschossen. Heuer muß ich jubilieren und auf fünfzig kommen."

Der Graf von und zu Rottenhain verrechnete sich. Die schönen Frühlingstage kamen und gingen, keine Schnepfe ließ sich blicken, und was man „die beste Zeit“ zu nennen pflegt, war schon vorbei. „Palmarum, trallarum!“ sagt ein Jägersprichwort. Und Graf Rottenhain hatte noch nicht eine einzige Schnepfe in seinem Schußbuch verewigt.

Am Morgen des Palmsonntags saß das gräfliche Paar schweigend und in verdrießlicher Laune beim Frühstück. Da kam eine Depesche. Der Graf öffnete sie, und sein mißmutiges Gesicht heiterte sich auf. „Na, da sieht man doch endlich wieder mal einen Menschen, mit dem man ein vernünftiges Wort reden kann!“ Er meinte: über die Jagd. Die Gräfin liebte dieses Thema nicht, und auf Jagdgäste war sie nicht gut zu sprechen. „Nun? Bist du nicht neugierig, wer für uns heute mittag seinen Besuch ansagt?“

„Nein.“

Der Graf erhob sich lachend und öffnete ein Fenster, um nach dem Wetter zu sehen. „Vetter Hans Rathenau kommt. Den kennst du doch aus deiner Mädchenzeit. Nicht?“

Über die schmalen Wangen der Gräfin huschte ein feines Rot. Ganz leise sagte sie: „Ich glaube, ja.“

„Ein verwünschtes Wetter!“ brummte der Graf und spähte nach allen Richtungen des Himmels aus. „Ich fürchte, es wird am Abend wieder nichts mit dem Schnepfenstrich.“

Zögernd fragte die Gräfin: „Warum kommt er?“

„Na, ich meine doch, das wäre selbstverständlich. Zur Schnepfenjagd. Und einmal muß er doch kommen.“ „Weil er bei unserer Hochzeit fehlte?“ Die Gräfin erhob sich, sah ins Leere, tat einen tiefen Atemzug und verließ das Zimmer.

Zwei Stunden später fuhr Graf Rottenhain zur nahen Bahnstation.

„Grüß dich Gott, lieber Hans!“ sagte er, als der junge Vetter Rathenau das Coupé verließ. „Nett, daß du dich meiner erinnerst! Aber was ist denn das? Du hast ja keine Flinte bei dir? Na, schadet nichts! Ich gebe dir meine englische Spritze. Schießt ausgezeichnet. Komm nur, komm!“

Als sie im Wagen saßen und unter der schönen, fast sommerlichen Sonne auf der weißen, staubigen Landstraße flott dahinfuhren, jammerte der Graf in seinem Jägergram: „Was sagst du zu diesem verwünschten Wetter? Der ganze Strich ist verdorben. Denke dir, ich habe noch keine Schnepfe. Bei welcher Ziffer hältst denn du schon?“

„Bei Nummer Null."

„Was? Du hast auch noch keine? Da könnten wir ja wetten auf die erste. Willst du? Hundert Dukaten?"

„Topp!"

Der Graf plauderte weiter, über Jagd und Wild und Jäger. Vetter Hans war ein bißchen zerstreut und gab nur kurze Antworten. Seine Augen suchten in der Ferne das Dach des Schlosses, das sich braun über die knospenden Bäume hervorschob.

Der Wagen näherte sich schon dem Parktor. Da fragte Vetter Hans: „Wie geht es deiner Frau?"

„Danke! Gut natürlich."

„Ist sie glücklich?"

„Na, selbstverständlich! Wenn ich eine Frau nicht glücklich machen könnte? Wer dann?"

„Ich hab sie lange nicht mehr gesehen." Vetter Hans blieb eine Weile stumm. „Und du? Bist auch du zufrieden?"

„Ach ja, es geht. Sie ist ein netter, lieber Kerl." Bei diesen Worten fand Graf Rottenhain Veranlassung zu einem kleinen Seufzer. „Schade! Einen Naturfehler hat sie!"

Vetter Hans bekam erweiterte Augen. „Die Litti?"

„Ja. Rede mal mit ihr! Da wirst du gleich draufkommen. Noch heute, nach halbjähriger Ehe, kann sie einen Fasanengockel nicht von der Henne unterscheiden. Es fehlt ihr jedes Interesse für die Jagd. Aber auch jedes! Und so was will meine Frau sein."

Der Wagen hielt. Und auf der Steintreppe des Schlosses kam den beiden die Gräfin entgegen. Sie hatte sich sehr hübsch gemacht."

Der Professor schob die Zigarre, die noch immer den langen, ungekränkten Aschenkegel hatte, mit großer Vorsicht in eine Bernsteinspitze.

Ich habe die Gräfin Litti nur ein einzigesmal gesehen. Dabei konnte ich mich überzeugen, daß mein Jäger Martin mit seiner etwas derben Schwärmerei nicht unrecht hatte. Wenn er sprach von ihr, pflegte er immer zu sagen: „Teifi, Teifi, a so a feins Weiberl! Bloß anschauen, und die Zähn haben eim gwassert." Aber damals – erzählte mir Martin – damals auf der Steintreppe vor dem Schloßportal sah sie ein bißchen leidend aus, ein bißchen müde, auch ein bißchen augeregt. Und gerötete Augen hatte sie, wie ein Kind nach vielen Tränen.

„Na also, Litti, da ist er!“ sagte Graf Rottenhain und wandte sich gleich zu dem Leibjäger Martin, um die Aussichten für den Abend mit ihm zu bereden.

Hans und Litti reichten sich die Hände, sahen einander an und redeten ein paar nichtssagende Worte, die den Versuch machten, heiter zu klingen.

Eine Stunde später, um vier Uhr, saßen die drei beim Dinner, die Gräfin in einem weißen Spitzenduft, die zwei Nimrode schon für die Jagd gekleidet. Vetter Hans hatte sich aus der Weidmannsgarderobe des Grafen bedient und schien sich in diesem fremden, unzulänglich sitzenden Futteral nicht ganz behaglich zu fühlen. Das drückte auch auf die Stimmung am Tische. Es dauerte lang, bis so etwas wie ein Gespräch zustande kam. Zuerst redete nur der Graf, immer von der Jagd. Dann begann auch Vetter Hans mitzuplaudern. Und immer häufiger richtete er das Wort an Gräfin Litti. Da er immer von anderen Dingen redete, nie von der Jagd, löste sich langsam ihre scheue Zurückhaltung. Sie wurde lebhaft, konnte lachen, ihre Wangen färbten sich, und schließlich schwatzte sie so heiter und unermüdlich, als möchte sie sich in ein paar kurzen Stunden entschädigen für die lange Einsamkeit der vergangenen Monate.

„Sechs Uhr!“ mahnte Graf von und zu Rottenhain und befahl den Wagen. „Wir dürfen nicht zu spät kommen. Weißt du, Litti, ich habe mit Hans auf die erste Schnepfe gewettet. Heute mußte du mir den Daumen halten!“ Er trat in das anstoßende Zimmer.

Die beiden, die zurückblieben, wurden still. Dann faßte Vetter Hans die Hand der Gräfin. „Litti? Denken Sie noch manchmal an die alten Zeiten?“

Sie sah ihn mit irrenden Augen an.

„Litti?“

Graf von und zu Rottenhain kam aus der Tür, mit einer schönen, kostbaren Flinte in der Hand. „Sieh her, Hans! Das ist die Engländerin. Ich glaube, sie wird dir liegen.“

Vetter Hans nahm schweigend die Waffe, prüfte ihre Handlichkeit, legte sie an die Wange und nickte.

„Also,“ sagte der Graf, „adieu, mein Kind.“

Hastig fragte Vetter Hans: „Gräfin? Sie fahren nicht mit?“

Litti sah erschrocken den Rottenhainer Nimrod an. „Wenn ich darf?“

Der Graf wurde ein bißchen verdrießlich. Aber seine vornehme Natur bezwang das. „Der Weg ist ja recht nett. Bis da hinaus. Am Waldsaum mußt du umkehren. Wenn du also willst?“

„Gerne! Ich bitte nur um Geduld für zehn Minuten.“ Sehr flink verschwand die Gräfin.

„Hans, da hast du uns was Schönes eingerührt!“ brummte der strenge Weidmann. „Weiber beim Jeu und Weiber bei der Jagd? Das ist nicht mein Fall. Nnna, jetzt können wir eine halbe Stunde warten.“

Aber schon nach fünf Minuten erschien die Gräfin, in einem braunen Lodenkleidchen, das ihr so niedlich saß – der Jäger Martin sagte: „Wie's Häutl dem Haselnußkern.“

Ein leichter Jagdwagen wartete vor dem Tor.

Der Graf kutschierte und ließ die Pferde fest ausgreifen, um die fünf verlorenen Minuten wieder einzuholen. Neben ihm saß die Gräfin. Vetter Hans stand im Korb des Wagens und plauderte während der raschen Fahrt sehr heiter und unermüdlich über Littis Schulter. Hinten saß der Kutscher mit verschränkten Armen neben dem Leibjäger Martin, der die zwei Flinten umhängen und die beiden Jagdstühle auf dem Schoß liegen hatte. Neben dem Wagen revierte der englische Vorstehhund.

Die Fahrt ging durch das freundliche Dorf, an Feldern mit grünender Wintersaat vorüber und in den stillen Wald, über dessen knospende Bäume die Sonne im Niedertauchen einen goldigen Schimmer warf.

Als Vetter Hans der Gräfin die Schönheit und den Frühlingsreiz der Schnepfenjagd rühmte und ihr Lust machte, diese Waldfreude doch einmal zu kosten, bewegte der Graf sehr unbehaglich die Schultern. Es war das vermutlich nicht „sein Fall“: auf dem Anstand was Weibliches neben sich zu haben, eine störende Kameradin, die von der Jagd nichts wußte und verstand. Und streicht dann wirklich eine Schnepfe über die Büsche her, dann schreit doch so was: „Da kommt eine!“ Und faßt den Jäger am Arm und zappelt und hindert den Schuß – vorausgesetzt, daß die vergrämte Schnepfe nicht lange schon abschwenkte!

Mitten im dämmerstillen Walde hielt der Wagen.

Graf Rottenhain stieg hurtig ab und flüsterte dem Leibjäger zu: „Martin! Wenn ich fragen werde, welches der bessere Stand ist, dann sagst du: der obere!“

„Jawohl, Herr Graf!“ Der kluge Martin schmunzelte.

Vetter Hans hatte die Gräfin vom Wagen gehoben. Die Weidmänner nahmen die Gewehre um, und der Leibjäger, der den schwarzhaarigen Setter an die Leine koppelte, trug die Jagdstühle.

Der Graf voran, hinter ihm Vetter Hans mit Litti in halblautem Geplauder, und Martin als schmunzelnde Nachhut – so ging's über einen mäßig steilen, mit niederem Jungholz bewachsenen Hügel hinauf, von dessen Höhe soeben der letzte rote Sonnenschimmer hinwegschmolz.

Auf einer kleinen Blöße verhielt der Nimrod von und zu Rottenhain den lautlosen Schritt und fragte: „Martin? Welches ist der bessere Stand? Der da?“

„Nein, Herr Graf! Der obere.“

„Also Hans! Hinauf! Ich muß dir leider eine Chance für unsere Wette vorgeben. Du bist mein Gast. Und du, lieb Kind? Ich glaube, du tust am besten, wenn du mit Hans gehst. Er hat den besseren Stand. Und du willst doch was sehen. Geh nur! Da droben wirst du viel eher zu einem Vergnügen kommen, als hier unten bei mir.“

Litti schwankte und schien sich schwer entscheiden zu können.

Da küßte Graf Rottenhain seine Frau auf die Stirn und sagte freundlich: „Geh nur, mein Schatz!“

Vetter Hans wünschte dem Grafen Weidmannsheil. Dann stieg er mit Litti schweigsam weiter.

Der Jäger führte die beiden.

Graf Rottenhain pflanzte hinter einer jungen Fichte seinen Jagdstuhl auf, ließ sich nieder, legte die geladene Flinte übers Knie und blickte den zwischen Birkengebüsch Verschwindenden sehr heiter nach.

Fünf Minuten später kehrte der Leibjäger mit dem Hund zurück.

„Warum kommst du wieder?“ fragte der Graf erstaunt.

Martin schmunzelte nicht. Er war sehr ernst. „Der Herr Baron meinte, wenn er schon den besseren Stand hätte, könne er nicht auch noch den Apporteur des Herrn Grafen beanspruchen.“

„So? Das ist nett von ihm. Na also! Drück dich in die Stauden und halte dich ruhig!“

Lautlos verschwand der Leibjäger und schmunzelte wieder.

Graf Rottenhain entsicherte die Flinte, stülpte den Rockkragen auf, und die Waffe schußbereit in den Händen, schickte er den hoffnungsvollen Jägerblick in die Runde.

Stille Minuten vergingen. Kein Vogelruf ließ sich hören, träumendes Schweigen lag über dem weiten Wald.

Frischer Erdgeruch, dieser erste Duft des Frühlings, füllte die lauen Lüfte, manchmal schwirrte brummend ein Käfer vorüber, und kleine Dämmerungsfalter gaukelten um die weißglänzenden Stämmchen der jungen Birken.

Die Sonne war schon ganz hinuntergesunken. Während der ferne Osten zu dunkeln begann, daß die bläulichen Waldkuppen mit dem Horizont verschwammen, leuchtete die Höhe des Himmels noch in klarem Gelb, und über das westliche Firmament war eine brennende Röte gegossen, die sich langsam zu Purpur verwandelte, zu tiefem Violett.

Ein feuchter Windhauch erwachte, strich mit sanftem Rascheln durch das knospende Gezweig und verstummte wieder.

Eine pispernde Vogelstimme ließ sich vernehmen, ein zweite, eine dritte. Auf allen Seiten klangen die feinen Stimmchen. Doch immer nur ein kurzer, leiser Ruf. Es war, als wollten die kleinen Sänger des Waldes einander noch Gute Nacht sagen, bevor sie ans Schlafen dachten.

Und jetzt der helle Schlag einer Goldamsel, süß und schmelzend! Eine Weile schwieg sie und dann schlug sie wieder. Nun klang aus dem tieferen Gebüsch der zärtliche Gegenruf des Weibchens. Das Männchen flatterte dieser lockenden Stimme zu. Und tiefe Stille war wieder im dunkel träumenden Wald.

Der Nimrod von und zu Rottenhain hörte das alles nicht und fühlte keinen Hauch der wundersamen Schönheit, die der Frühlingsabend rings um ihn her verschwendete. Immer spähte der Graf nach Westen und Süden, von wo die Schnepfen kommen. Und manchmal warf er über die Schulter einen raschen, ungeduldigen Blick nach der Stelle des Himmels, wo der Sirius erscheinen mußte, der „Schnepfenstern", mit dessen Aufleuchten die beste Viertelstunde des abendlichen Schnepfenzuges beginnt.

Der Sirius wollte noch immer nicht erscheinen. Doch tief am westlichen Himmel, für den sternsuchenden Grafen Rottenhain durch dichte Stauden verschleiert, stand schon ein anderes Ewigkeitslicht, groß und strahlend, wie eine Fackel, die heiß ins Brennen kommt. Die Venus.

Still verglomm der letzte schimmernde Glanz des heimgegangenen Tages, immer blauer und tiefer wurde der Himmel, die zarten

Zweigspitzen der Birken hoben sich von der dämmernden Luft kaum noch erkennbar ab und erschienen wie ein Gespinst von feinen, grauen Fäden. Jetzt blitzte wie eine silberne Nadelspitze der Sirius auf. Ihm folgte Stern um Stern. Und immer war's, als fiele plötzlich ein Funke aus dem stahlblauen Himmel heraus und bliebe hängen in der Luft.

Da klang von der Höhe des Hügels her ein scharfes Gezwitscher und dann ein leis quarrender Laut – der Balzruf einer streichenden Schnepfe.

„Das ist doch, um aus der Haut zu fahren!" murrte Graf Rottenhain. „Jetzt hat er den schlechteren Stand, und richtig kommt die erste Schnepfe bei ihm!"

Deutlich zeichnete sich der dunkle Vogel vom Himmel ab. Mit gemächlichem Fluge schwamm er über die Spitzen der Birken hin, dem Stand des Baron Rathenau immer näher. Aber da droben krachte kein Schuß. Und plötzlich machte die Schnepfe, als hätte sie etwas Verdächtiges wahrgenommen, eine huschende Schwenkung. „Na ja! Jetzt hat er die Bescherung!" Pfeilgerade kam die Langgeschnäbelte über den Hügel heruntergestrichen, auf den Stand des Grafen zu. Unter leisem Lachen warf er die Flinte an die Wange. Der Schuß blitzte. Und während das Echo über den Wald hinrollte und der sparsame Pulverdampf sich wie ein zarter Schleier um die Zweigspitzen wickelte, klatschte die Schnepfe als lebloser Knäuel in die Büsche.

Winselnd stob der Hund an dem Schützen vorüber und apportierte schweifwedelnd dieses kleine, schweigsame Schicksal mit dem langen Schnabel.

Lachend höhlte der Graf die Hände um den Mund und rief mit allem Temperament seiner beglückten Laune gegen den Kamm des Hügels hinauf: „Ich hab sie! Ich hab sie!"

Von droben ließ sich keine Antwort hören –

Dem Professor fiel der schöne Aschenkegel seiner Zigarre in den Schoß.

„Oh!"

Wir wollten schon loslachen. Da hallte draußen in der Nacht ein brüllender Schrei. Gleich rissen wir alle Fenster auf und lauschten in die sternfunkelnde Finsternis hinaus. Jetzt klang es wieder – eine Orgel, so tief und kraftvoll, wie wir an diesem Abend noch keine vernommen hatten.

„Ui! Dunner!“ staunt einer von uns Sechsen. „Hat der eine Stimme!“

Und ein anderer sagte: „Ob er auch eine Wette gewonnen hat?“

Da gab’s ein Gelächter.

Und lachend suchten wir unsere Nester, um einem schönen Pirschmorgen entgegenzuträumen.

Den Alten, Schwergeweihten, den wir da vernommen hatten, hörten wir im Verlaufe der Jagdzeit noch ein paarmal. Immer nur bei tiefster Finsternis.

Kam das Licht, so schwieg er und entzog sich durch seine stumme Weisheit jeder Kugel.

Aber einen Spitznamen mußte er sich gefallen lassen. Er hieß bei uns allen „der alte Graf“.

Arthur Achleitner

In froher Laune

Die Hofjagd in den berühmten Revieren des Mürzthales war beendigt; hochbefriedigt hat der allerhöchste Jagdherr dem Hofjagdleiter seinen Dank ausgesprochen, und nicht minder vergnügt über die gelungene Jagd, das Weidmannsheil und die schöne Strecke zeigen sich die hohen Gäste des erlauchten Jagdherrn.

Aus froher Laune heraus entsprang dann plötzlich die Anregung, den Weg von Neuberg bis zur Bahnstation Mürzzuschlag per pedes apostolorum zurückzulegen, was sich umso leichter bewerkstelligen läßt, als die hohen Herren, Kaiser Franz Joseph, König Albert von Sachsen und Prinz Leopold von Bayern sich im verwetzten Gebirgs-Kostüm befinden. Es witzelt denn auch König Albert darüber, daß seinen verschabten „Ledernen" der schlechteste Weg keinen Schaden zufügen könne. Und Prinz Leopold versicherte, die Gamspatina auf seiner „Kurzen" sei kein Hinderniß für den projektierten Marsch. Gütig wie immer nickt der vielgeliebte Monarch Österreichs sein Einverständniß und bestellt die Equipagen ab. „Hoffentlich erleben wir ein Abenteuer", meint die sächsische Majestät beim Abgang.

Gegenseitig verspotten sich die hohen Herren über ihr nichts weniger denn fürstliches Aussehen, und Scherzworte fliegen hin und her. Man neckt sich herzerquickend, und auch Kaiser Franz Joseph lacht vergnügt auf dieser drolligen Wanderung, besonders wenn Einödbauern oder Holzknechte den erlauchten Jägern treuherzig ihr „Grüß Enk God!" bieten, ohne den fürstlichen Stand der drei Pilger in kurzer Wichs zu erkennen. Hinterher reißt es wohl den einen oder anderen Steirerbuben, und verdutzt gucken sie besonders dem einen Jäger nach, der eine verdammte Ähnlichkeit mit dem Kaiser von Österreich hat. „Seller werd er aber nit sein! So lauft der Koaser do nöt rum!" Und ein rußiger Kohlenbrenner hält das gänzlich ausgeschlossen, weil „Majeschtät" unmöglich mit einer so verschabten Ledernen r'umlaufen könne. Auch fehle die Hauptsache: Der Büchsenspanner mit dem grünen Federbusch! Ohne Büchsenspanner gibt es keinen Kaiser!

König Albert, agil wie immer, hat solche Bewunderung und Zweifel durch öfteres Umsehen wahrgenommen und amüsiert sich köstlich darüber. Wie er aber vor sich ein Kohlefuhrwerk erblickt, einen hoch mit Holzkohle beladenen Karren, schießt ihm ein Gedanke durch den Kopf. „Wie wär's, meine Herren, wenn wir einmal auf einem Kohlenwagen führen? Ich bin in verschiedenen Karossen schon befördert worden; auf einem steierischen Köhlerfuhrwerk jedoch noch nicht! Habt's a Schneid?"

Prinz Leopold ist augenblicklich dazu bereit und auch Kaiser Franz Joseph erklärt, mitthun zu wollen. König Albert animiert nun den Prinzen, es solle dieser auf „gut bayerisch" den Rosselenker ersuchen, die Jäger mitfahren zu lassen; denn ihm, dem Sachsen, gehe solche Bitte nicht gebirglerisch echt genug von den Lippen.

Augenblicklich schiebt Prinz Leoold zwei Finger seiner rechten Hand in den Mund und scharf gellt ein Pfiff von seinen Lippen. Den Köhler reißt es schier um und blitzschnell äugt er nach dem vermuteten, Platz heischenden nachkommenden Fuhrwerke. Wie der Knecht aber bloß drei Männer in kurzer Wichs erblickt, fährt er unbekümmert seines Weges.

So hat es aber Prinz Leopold nicht gemeint; er gibt aufs neue Signal und winkt dem Knecht. Erstaunt hält derselbe nun die Gäule an und harrt der kommenden Dinge. Prinz Leopold eilt voraus und ruft von Weitem: „Du, halt a wengerl! Was moanst, kinnen ma nöt a wengl aufhucken? A paar Sechserln schaugeten schon außer für'n Fuhrlohn!"

Der Köhler nickt, und gelassen sagt er: „Na legt's Enk halt auffer!"

Unter schallender Heiterkeit erklimmen die hohen Herren das hoch aufgepackte Fuhrwerk, aber es dauert ein Weilchen, bis der richtige Platz auf den Kohlensäcken gefunden ist. Wie dann die Pferde wieder anziehen, geht's in's Rutschen, und die hohen Herren müssen sich gegenseitig halten, um nicht hinunterzufallen. Auf der steinigen Straße rüttelt es den Wagen samt Insassen gehörig durcheinander, und die Holzkohlen knistern, und aus den Säcken dringt feiner Schwarzstaub.

„O, meine Hose!" lamentiert in gut gespieltem Bedauern König Albert, und Prinz Leopold stäubt sich fein säuberlich mit dem kronengeschmückten Taschentuche die nackten Knie ab.

„Ein nobles Fuhrwerk fürwahr,“ spottet Kaiser Franz Joseph, „ein würdiger Abschluß einer Hofjagd!“

Den Kopf eingezogen, in einer Art Halbschlummer, hockt der Knecht vorne am Wagen und gemächlich trotten die Gäule das Sträßlein weiter. Der Gebirgler kümmert sich nicht im Mindesten um die „aufgelegten“ Wanderer, die er für „Sprecher“ hält, weil der eine, der „Pfeifer“, wohl von den paar Sechserln gesprochen hat, jetzt aber nichts mehr dergleichen thut. Wird also nichts Gescheidtes dahinter sein! Vielleicht ein paar Wiener Bergfexen, die zum Taroken in der kurzen Wichs nach Mürzzuschlag fahren und, wenn's hoch kommt, einen Spaziergang mit'm Eispickel nach Neuberg machen.

Das stumme, gleichgültige Verhalten des Knechtes ist nun keineswegs nach dem Sinne der abenteuerlustigen hohen Herren. Wieder stupft König Albert den Prinzen, er solle doch zur Belustigung ein Gespräch aufknüpfen. Bereitwillig tupft Prinz Leopold dem Rosselenker auf die Achsel und hebt an: „Du Freunderl! Wie lang fahrst aften bis außi auf d'Bahn?“

Der Knecht dreht sich halbseitig um, fixiert den Sprecher und sagt gelassen: „Wenn's Dir so pressiert, na' lauf z'Fuaß! Lei kimmst g'schwinder außi und dersparst's Trinkgeld!“

„Uff!“ lacht jetzt König Albert, und auch Kaiser Franz Jospeh beißt sich auf die Lippen.

Aber Prinz Leopold läßt sich nicht so schnell abspeisen. „Nu, nu, friß mi nur nöt glei! Wirst es wohl derwarten kinna mit'm Trinkgeld! Woaßt, z'letzt kimmt's bescht! Was moanst denn aftn, wer wir Drei san?“

„Oes drei? O mei', was werd't 's denn aa sein! So a Herren-g'schlamp, Stadtfexen, die den Kühen 'n Weg vertreten bei ins herinn' in die Berg' und Gams versprenga!“

Unwillkürlich ducken die hohen Herren die Köpfe; der Kerl hat in seiner Kritik der Bergfexen nicht so unrecht.

Da fängt der bayerische Prinz wieder an: „Selle san mir nöt; aber sunst hast D'schon recht mit'm Gams versprenga! Aber was moanst? Schaug mi a wengl an; wer kunnt i so beiläufig sein?“

„Du? Was rar's nöt! Laufst 'a schier schäbig rum in Dei'm G'wandl!“

König Albert kichert seelenvergnügt; beinahe wäre er vor Lachen vom Wagen gefallen.

„Na ja, a Jaagerg'wandl darf nöt schön sein!"

„Bist Du lei a Jaager?"

„Woll woll! I schon i! Und no' epp's dazua aa!" versichert Prinz Leopold.

„So, epp's dazua aa! Was denn nacha? Baldst a Jaager bist, hast aftn no a Güatl dazu, bist aftn a Reißjaager und Bauer z'gleich?"

„Sell nöt! Aber a königlicher Prinz bin i „nebenbei!"!

„Wos? A Prinz! Daß i nöt lach'! Mi stimmst fei nöt, Brüaderl!"

Und gelassen dreht sich der Knecht wieder nach vorne. „Hüh, Bräundl, hüh! Geht's nur Buam! Was der Hanswurscht hinten lüagt, geht Enk nix an, hüh!"

„Hanswurscht ist gut!" kichert König Albert und gratuliert dem Prinzen zu dem famosen Abblitzer.

Nun interessiert die Geschichte aber auch den Kaiser, der Albert auffordert, sein Glück auch zu probieren.

Bedeutend höflicher, weil sächsisch, fragt König Albert, was denn der Knecht nun von ihm halte.

„Nix!"

„Au weh!" lachten die übrigen hohen Herren.

„Aber, lieber Freund! Die verschabten Lederhosen machen die Sachen nicht aus! Schau Er nur her: Ich bin z.B. der König von Sachsen."

„So? Was D'nöt sagst. Dös is' guat! Hiazt ist Der aa wer! Und glei' a Kini! Na, guat' Nacht! Hiazt laufen Prinzen und Kini in der kurzen Wichs auf der Landstraßen umanander, und bal' s hoam kemman, san s' Pfannaflicker und Schneider!"

Die Herren lachen sich schier krumm; sie müssen sich mit den Händen festklammern, um nicht von den Kohlensäcken herabzufallen. Und Prinz Leopold und König Albert verlangen nun, daß auch Kaiser Franz Joseph sich sein Theil göttlicher Grobheit hole.

Sofort wendet sich der Monarch Österreichs an den Köhlerknecht. „Du, schau mi an! Wer bin wohl i?"

„Bist Du aa wer?" kommt es schnell von den buschigen Lippen des Rosselenkers; aber wie er näher zusieht, erfaßt ihn eine ihm selbst unbegreifliche Befangenheit. „I moan', i muaß Di wohl schon mo g'segen hab'n?"

„Leicht möglich! I kimm oft in die Gegend daherein!"

„So? Bist lei aa a Jaager?"

„Ja! mir g'hört die Jagd da herinnen!“

„Wie viel?“

„Ja, gel' da schaugst! Waaßt, i bin der Kaiser von Österreich!“

„Himmelsacra! Oes Hallunken, hiazt steigt's mir alle Drei auf'n Buckel 'nauf!“ Wüthend über die „Fopperei“ haut der Knecht auf die Gäule, die erschreckt in wilden Sätzen davon stürmen. Die hohen Herren müssen schier verzweifelte Anstrengungen machen, sich an „Bord“ des Kohlenwagens zu erhalten. Aber sie lachen dabei, daß ihnen das Wasser aus den Augen schießt.

Köhlerpferde rennen nicht lange; der Galopp war bald zu Ende. Allmählig nähert sich das Gefährte der Station. Die Mürzzuschlager erkannten rasch ihren geliebten Kaiser auch im verwitterten Jagdkostüm und grüßten ehrerbietigst zum Kohlenwagen hinauf.

Nun war's am Knecht, die Augen und den Mund aufzureißen. In höchster Verwunderung fragt er: „Seid's lei do 'was?“

Unter erneutem Heiterkeitsausbruch verließen die hohen Herren nun das amüsante Fuhrwerk, drückten dem völlig verdatterten Köhlerknecht den „Fuhrlohn“ in die schwielige Hand und begaben sich herzlich lachend über das drollige Abenteuer zur Station, wo der Hofzug ihrer harrte zur Fahrt nach Wien in froher Laune.

Rudolf H. Bartsch

Der Falke vom Mons Regius

Draußen, von der Hutweide her, klang das Klatschen der Hirtengeißel bis in den Buchendom des Birnbaumer Waldes. Dort lauerte Serno Corsic auf den starken Rehbock, den der tschechische Förster dem Equire Whithworth versprochen hatte. Jan Klima. Der Förster. Aber mit weißblondem, weichem, großem Vollbart und einem Milchgesicht, mädchenhaft weiß und rot. Und mit einer ebenso hohen Stimme, wie Mädchen sie haben: und das Herz voll Bosheit!

War hier im Whithworthschen Besitz beinahe uneingeschränkter Machthaber, dieser Jan Klima. Die Herrschaft verbrachte bloß die Jagdzeiten auf ihrem Gute in Innerkrain und kam sonst selten in jenes Wunderland, von dem man beinahe nie und nirgends hörte, so abgelegen ist es jedem Fremdenzug. Nur die Adelsberger Grotte wird besucht. Sonst ist dieses Land aus urschönem Buchenhochwald oder schaurig kahlem Karste, dies Land voll harter Winter und voll Adriaduft und Südnähe, unbekannt. Unbekannt, wie Serno Cosic sich selber vorkam: ein Hirtenjunge, ein Kleinwaldbauer, ein Ausgestoßener aus einer großen Welt, in die er einstmals hineingeboren worden war.

Es ging gegen Abend, aber noch lange währte es, bis Rehwild austrat.

Bloß die Urbuchenkronen waren noch hoch oben in den Wipfeln kreßrot und golden angeglüht; unten im Walde war schon der blaugrüne Schatten, durchzogen von den ersten schleichenden Nachtnebeln. Tiefe Dämmerung. Jeden Augenblick konnte der Tschatesch, der Waldschratt, aus den tiefen Dämmerungen der Dickung grell herauslachen von dort, wo sich der kapitale Bock tagaus, tagein versteckte, der ihn, Serno, aber auch den milchweißblonden Klima und den Sir John Whithworth nun schon wochenlang verhöhnte. Mit dem Rehgeißziepen war er nicht zu bekommen, und das Angstgeschrei des Schmalrehs rührte ihn nicht. Vielleicht hatte der Alte des

Waldes aller Liebe samt Eifersucht schon entsagt und lebte als weiser Eremit, der durchaus keine Menschengesellschaft liebte.

Serno Corsic wartet, denkt. Denkt an das Wort „weise".

Seine Mutter hatte es ihm oft angeraten: Weisheit. – „Wir sind auf diese Erde gestellt, um zur Besinnung des Göttlichen zu kommen", hatte sie gesagt. Mutter war so still, so stolz, so schön. So magdhaft königlich. Ein prächtiger Offizier, ein vornehmer, reicher Herr hatte sie unendlich liebgewonnen und zu sich in die Stadt genommen, damit sie ihm alles sei: Geliebte, Wirtschafterin, Märchenmutter. Denn Mutter wußte alle uralten Volkssagen von Krain und dem Friaulischen, wußte Schiffergeschichten und Fischermärchen von der unfernen Adria, und wenn sie erzählte, dann wurden Homer und der Seefahrer Sindbad blaß und ferne, so schön setzte sie ungewollt jedes Wort, jede Gebärde ihrer königlich schlanken und aufrechten Gestalt. Der Oberleutnant von Kronberg, der den Dienst quittieren wollte, sobald ihm der Vater ein Gut bei Gröz übergab, wollte dann Neza Sorsic heiraten.

Serno war also zu einem großen Herrn bestimmt. Und jetzt war er Kleinhäusler, Waldbauer, mißliebig angesehen bei der Herrschaft und dem Forstverwalter Klima, weil er eine Enklave im Birnbaumer Walde besaß. Herrliche Buchen. Und die wollte er um keinen Preis verkaufen. Buchen und Edelkastanien! Sie liebte er, von denen lebte er sogar zum Teil. Denn seine alten Maronenbäume warfen Jahr für Jahr reiche Ernten herunter, und in den Urbuchen nisteten in Höhlen massenweise die Siebenschläfer, die geheimnisvollen Buchelschlafmäuse, die Bilche.

„Des Teufels nächtlich Weidevieh" nennt sie die alte Volkssage.

Die Bilche jagte er. Sie warfen Serno ein schön Erträgnis ab, und in reichen Bilchjahren wurde er von Innerkrain weit weg bis Gradisca und Görz oder gar an die kroatische Grenze als berühmtester Bilchjäger gerufen, und das behagte seinem Wandertriebe. Im wunderbaren Wippachtal nach der italienischen Seite hin bedurfte man seiner besonders, denn die Nachtmaus, die einem kleinen grauen Eichhörnchen nicht unähnlich sieht, ruinierte die berühmten Obstgärten jenes Paradieses von Krain, das am Ausfallstor nach Italien steht und völlig italienisch anmutete: in Häusern, Sitten, Tracht und Klima.

„Klima". Der Name des verhaßten Forst- und Gutsverwalters fällt ihm wieder ein. Ihm, dem Weißling, verdankt er ehedem auch Mutters Tod.

Es war damals Bora gekommen; schreckhaft kalt bis in Mark und Bein fegte der Nordoststurm über den Karst, und die Menschen warf er einfach dahin, daß sie kollerten bis zur nächsten Doline, wenn sie über die frierende kahle Felsenlandschaft frei dahin sich arbeiten wollten gegen den entsetzlichen Sturm dieses Landes, das kraterbesät aussieht und hoffnungslos weißkahl, wie eine Mondlandschaft. Nicht einmal den einhüllenden Schnee duldet die Bora: sie jagt ihn in den Dolinen zusammen, die oft bloß ein paar Meter Durchmesser haben und das einzige armselige Pflanzenleben dieses unglückselig schönen, südnahen Landes beherbergen. Berge stehen voll Hochwald gleich daneben. Stolze Berge, von denen man die Adria sieht, und kahle Berge, die ehedem so voll und schön mit Buchen bewaldet waren, wie jetzt der letzte Rest der Karstwälder, der Ternowaner und der Birnbaumer Wald, in dem jetzt Serno auf den kapitalen Bock lauerte, der dem Enkel eines englischen Kanonenkönigs versprochen war.

Die Jagdleidenschaft zitterte unbändig in Sernos Adern; mehr aber noch der Haß gegen Klima, den hochstimmigen Hämling, der nichts als Milch trank und sich dennoch benahm wie ein Säufer. Der sein Weib prügelte, Tyrann war, wo er nur quälen konnte und sogar den gütig ernsten Sir John Whithworth zu beherrschen versuchte, während er ihm schmeichelte wie eine nahrungsbedürftige Katze.

John Whithworth, dem braven Engländer, hätte Serno den Bock gerne vergönnt; ja, er hätte ihm die Deckung verraten, in der allein der Alte vom Walde steckte. Aber Klima? Klima! Der ihm die Mutter getötet?

„Ah, da beginnen die ersten Bilche im Buchenwalde zu winseln und zu weinen."

Ja, Klima. Und die Bora. Es war bitterlich kalt in der kleinen Hütte gewesen, in die Neza Corsic zurückgekehrt war, als man ihren Liebsten, den Freiherrn, der sie heiraten gewollt, erschossen im Walde gefunden. Er streifte bei der Schnepfensuche gemeinsam mit anderen Jägern durch den Wald, wie immer den wunderbar leichten kleinen Drilling ohne Riemen in der Hand, aufrecht gehalten und an die Schulter gestützt. Zwölf Schnepfen hatte er in diesem strichreichen Jahr geschossen. Als er auf die dreizehnte anbackte, Feuer gab und sie fallen sah, dröhnte unweit ein anderer Schuß. Sernos Vater sank in sich zusammen. Er hatte vielleicht diesen Schuß gar nicht mehr gehört. Der Kolben seines Dreilaufgewehrs stak voll Schrotkörner, die rechte Hand ebenso, und in die Schläfe waren ihm derer so viele eingeschlagen, daß er augenblicklich tot war.

So kam es, daß Serno nicht den Mannesnamen Kronberg, den hochgelobten eines der ersten krainischen Geschlechter trug, sondern jenen der Mutter, die, als beinahe arme Frau, wieder ins verwaiste väterliche Waldheim zurückkehrte. Und nichts war ihm vom stolzen Vater geblieben als der feine kleine Drilling, ein Wunderwerk der drei Generationen Düsel in Ferlach, einer eingewanderten Nürnberger Büchsenmacherfamilie, die stets (Großvater, Sohn und Enkel) mit altdeutsch liebevoller Meisterhand an den wenigen köstlichen Gewehren arbeiteten, welche von reichen Kennern bei ihnen bestellt worden waren. Sir John Whithworth ließ gar nicht mehr in England arbeiten, seit er die drei Nürnberger Düsel in Ferlach kannte. Und wie gerne er den Drilling des Serno gehabt hätte, das läßt sich gar nicht sagen: Die Waffe schoß die kleine Winchesterkugel des Kalibers zweiundzwanzig englisch wie einen Sonnenstrahl. Und die wenig knallenden Schrotläufe des Kalibers achtundzwanzig, mit einer viel größeren Ladung, als man sie dieser Laufweite sonst bietet, legten jeden Winterhasen auf sechzig Gänge purzelum.

Aber Serno hielt die über alles teure Waffe fest wie seinen Wald. Und die Schrotlöcher im wundervoll gemaserten Kolben erinnerten ihn stets wieder an ungesühnte Unbill.

Klima war der Nachbar gewesen; aber niemand konnte ihm etwas nachweisen. Sogar die Schrotnummer stimmte nicht zu seinen übrigen Patronen. So blieb der grausige Fall unaufgeklärt. So blieb Serno Corsic ein armer Bauernbursche.

Aber dann, die Bora! Die vereinsamte schöne Mutter, der Klima längst nachgestellt, seit sie Mädchen gewesen! Sie hatte damals mit dem jungen Serno in Onkels Walde Dürrholz gesucht, denn Serno hatte die Parzelle damals noch nicht geerbt. So schnell hatte man die Eiseskälte nicht kommen geahnt. Dabei waren sie ins Whithworthsche hinübergekommen, und dort hatte Klima sie, mit seiner hohen Stimme, als Diebe angekräht! Hatte ihnen alles Holz genommen, auch das eigene. Und die todmüde Frau, erhitzt, schamrot, kehrte trotzig um, ohne ein Ästchen mehr zu berühren. In dem eisigen Steinhause, an dem der Nordost die Türe aufgestoßen und stundenlang in der Stube gewühlt hatte, erkältete sie sich. Der Knabe Serno

schoß ihr mit der Zeschizza, der Zwille, der Gummischleuder, viel Wintergäste, nordische Wacholderdrosseln, und briet sie selber für die Fiebernde. Er rief sie an, ihn nicht zu verlassen; eine Frau wie sie gäbe es, in Krain und Friaul bis in das stolze Triest hinein, nimmer. Und wenn er groß würde, er könnte schon darum nie heiraten. „Er gäbe keine solche wie die verratene Freifrau Kronberg." Er brauche sie.

Sie lächelte, streichelte ihn, versprach zu leben – und starb.

Klima. Vielleicht der Totschläger an seinem Vater, jetzt der Mörder an der Mutter. Der hatte Serno zum vagierenden Taugenichts, zum Bilchjäger über die ganze „Chraina marcha" gemacht – und zum Wilddieb.

Sie John Whithworth sollte sehen, was für einen Verweser von Wald und Wild er an Jan Klima hatte. Freilich, daß das arme Getier den Krieg ausbüßen sollte, das kam dem leidenschaftlichen Jäger selten in den Sinn.

Serno führte im Birnbaumer Walde oder wenn ihm dort die Erde zu belebt von Jägern wurde, im Ternowaner Walde beinahe das verborgene Leben eines Dachses. Da er alle Höhlen kannte, auch die kleinste Bilehrupa, so sah man ihn beinahe niemals; denn stets nur zwischen Dämmerung und Siehstmichnicht kam er zum Vorschein. Warum aber nannten ihn Burschen und Mädchen ins Gesicht hinein, wenn sie ihm schmeichelten, aber auch sonst, wenn eine neue Sage über ihn erging, stets den „Sokol"? Den „Falken vom Nanos", der einstmaligen Warte König Alboins? Wegen seiner außerordentlichen Sehkraft, welche die eines guten Feldstechers übertraf? Oder auch, weil er, wenn man ihn überhaupt sah, nach Falkenart auf dem weitblickenden Berge in statuenhafter Ruhe zu finden war?

Er selber äußerte einmal zu Ivo und Janko, den beiden Kameraden von der Bilchjagd, daß er in seinem früheren Leben ein Falke gewesen sein müsse. Und daß er, weiß Gott warum, den Wanderfalken mit einer so abergläubischen Liebe nachsehe, daß er niemals einen geschossen habe, auch jemals zu schießen vermöchte. Während er dem Habicht beinahe mit Ingrimm nachstellte und jeden Sperber, den er, nach der Gewohnheit dieses Räubers, um die Mittagszeit auf dem höchsten Wipfel einer Fichte dahinduseln sah, mit der Kugel herunterwarf. Was bei der Kleinheit dieses unersättlichen Singvogelmörders Sernos Schützenruf nicht wenig hob.

Aber den Falken tat er nichts zuleide. Er hatte immer das Gefühl, als müßte er vor dem königlichen Räuber und Bruder die Bilchmütze abnehmen, auf der er stets eine ausgefallene und gefundene Sokolsfeder trug.

Wegen der überraschend großen Sehkraft seiner Augen blockte Serno darum auch auf der Höhe des Nanos, des „Mons Regius" spätlateinischer Tage, von wo er in der Ferne sogar die weiße Venezia mit der dunklen Nadel des Glockenturms von San Marco sehen konnte. Nördlich lag der Ternowaner Wald mit seinen vielen charakteristischen Waldalleen, breiten Durchschlägen, die ihn in beinahe regelmäßigen Dreiecken und Vierecken durchschneiden. Solche Schneisen hatte auch sein Birnbaumer Wald, und eines seiner belachtesten Wildererstücke sollte er später in einer dieser Waldalleen vollführen. Nun fällt aber der Ternowaner Wald, wie auch südlich von ihm der Nanos, so steil gegen den Südwesten der Görzer Ebene hinunter, daß die prächtige Straße in sattsam weitem Bogen um ihn herum muß. Serno sah mit Lust den weißen Streifen, der durch dunkles Grün und gelben Fels aus dem rauhen Berglande über Ternowa nach der italisch heitern Tiefe führte. Diese Berge sollten später, als Monte San Daniele und San Gabriele, eine fürchterliche Bedeutung voll Blut und Schrecken bekommen.

Dort sollte er später in majestätischer Einsamkeit und eiserner Ruhe das Maschinengewehr handhaben, als kurz nach dem Besuch des jungen Kaisers die in Parade aufgestellten, ahnungslosen Kameraden durch Verrat angegriffen worden waren und in rätselhafter Panik davonliefen – „daß die Tapferkeitsmedaillen nur so klingelten", wie Serno sagte. Er allein sollte den ganzen, freilich nur partiell versuchten Ansturm aufhalten. Er allein, gekrönt dann von Ruhm und Ehre. Und mit zwei Schüssen, die gerade hinreichten, um den Glücklichen auf lange Zeit heimzubringen zu – nein, wir wollen nicht vorgreifen.

Das ahnte er damals freilich nicht, und es soll auch von dieser furchtbaren Zeit, die Serno als Jäger auf Menschen durchstreiten mußte, kein weiteres Wort mehr erzählt werden.

Jetzt war noch Gottesfriede. Wie er auch heute wieder im Heuschrecken- und Zikadengezirpe dort oben liegt, auf dem Berge, wo der Falk träumt, eher er nach Italien zieht, dem Mons Regius.

Damals war tiefste Schönheit, tiefster Friede über ihnen, und nördlich von Ternowa bei Voglarji hielten stets die Wanderfalken

Raststunde so wie auf dem Nanos, denn hier war die große Vogelzugstraße, die sich zusammenpreßte auf schmalem Raume, um den Weg zum Süden zu finden.

Die Berge hatten slawische Namen. Gleich daneben die italische Taltiefe. Nördlich und südlich der gewaltigen Querrippe, über die durch endlose Wälder die Straße über die eiserne, die „zelezna“ Vrata führte, hieß es Gorizia, Biglia, Raccogliana, Ranziano und Gradiscutta oder abermals Oppacchiasella, Giamiano und Monfalcone, während im Westen das berüchtigt gewordene Plateau von Doberdo den letzten slawischen Namen trug. Über die Edelkastanienhaine von Kostanjovica und in der Richtung über Giamiano hinaus blaute unermeßlich die Adria. Leuchtete bald auf, verblaute bald in Ungewißheit. Und unter Wolkentreiben verdüsterte sich die lombardische und venezianische Tiefebene.

Meist aber unterschied sich die jäh und steil unter seinem Berge liegende italische Landschaft durch ihre große Gewißheit und Bestimmtheit in der heitersten Weise von jenem fast ossianisch umnebelten und unbestimmbaren Norden, dem er entstammte. Ach, dem er sooft wie ein Falke durch das Besteigen einer weitschauenden Höhe, wenigstens für den sehnlichen Blick seiner grauen Augen, zu entrinnen versuchte.

Niemals verübte Serno dort Wildraub. Stets feierte er und schaute. Zündete sich wohl auch ein Hirtenfeuer an und aß von der fast butterfarbigen Frucht der gerösteten Edelkastanie, trank einen Schluck Südwein aus der Tschuttera, der hölzernen kreisförmigen Feldflasche der Südslawen.

Das waren ihm heilige Stunden. Wenn er den Süden sah, den Norden noch schwer in sich und hinter sich ahnte. Der „Mons Regius“, der Nanos.

Egon Freiherr von Kapherr

In der Jagdhütte

„S'ist, Zeit, Iwan, wirf kein Holz mehr aufs Feuer." Der Angeredete, ein kleiner untersetzter Mensch, blickte auf. „Schon Zeit?" Langsam rückte er die Kohlen auf dem Herde zusammen; dann dreht er sich eine Papierzigarette, sucht in der Asche, kriegt ein kleines Stück Glut hervor und setzt den Tabak umständlich in Brand.

Eine niedrige, verräucherte Blockhütte, wie sie die Jäger in der Taiga bauen, roh aus Stämmen zusammengezimmert mit Lehmdiele und Holzdach. Ein kleines blindes Fenster, eine niedrige Tür, in einer Ecke ein aus Feldsteinen geschichteter Ofen, und daneben auf erhöhtem Gerüst die einfache, mit Heu bedeckte Schlafstatt. An den Wänden Pflöcke, an denen Gewehre, ein Gurt und Tragkörper aus Rinde hängen, ein paar Reifen mit Roßhaarschlingen, ein altes Messer. Auf dem Boden stehen roh zusammengeschlagene Bänke, ein Bock, der als Tisch dient und auf dem Gefäße aus Birkenrinde, Holzlöffel und Messer, Fischgräten und Brotkrusten liegen. Von der Lagerstelle klettert ein Mann, riesig, breitschultrig und mit wirrem rotem Bart; wie sein Gefährte ist er karelisch gekleidet. Ein schweres Messer hängt am Gürtel, in langen Stulpenstiefeln stecken die Füße.

„Ich werde zum See gehen und die Netze herausziehen und dann nach den Fallen sehen; sieh du nach deinen Schlingen." Die Männer treten vor die Tür, ein kurzer Gruß, dreimaliges Bekreuzigen, dann gehen sie jeder seinen Weg. Romàn Omossow, der „Bär", wie man ihn nennt, hat weiten Weg, vor Abend wird er nicht heimkehren. Schnell schreitet er aus, vorbei am See, die Hänge hinauf über Geröll und Gestein. – In dichten Flocken rieselts vom Himmel, feucht und schwer, der erste Schnee …

Als der Trapper am Abend müde wieder zur Hütte gestapft kommt, leuchten die letzten roten Lichtstrahlen über die Landschaft, färben das schwer herabhängende Gezweig blutrot. Merkwürdig, keine frische Spur steht vor der Hütte, kein Rauch wirbelt aus dem

First. Schwerer Fußtritt öffnet den Eingang. Leer und kalt ists drin. Der Mann schnitzelt am Holz, wirft Span zu Span, schlägt Feuer mit Stahl und Stein, bläst im Schwamm den Funken zur Glut, zündet die Birkenrinde an, die sich in der Hitze krümmt und knistert, zusammenrollt und endlich aufflackert; Holz darüber. –

Lustig flackerts auf dem Herd. Dann nimmt der Mann ein paar Forellen aus dem Schnappsack, legt sie auf den Holzbock und spaltet sie, indem er sein Messer an der Stirn des Fisches ansetzt und mit einem schnellen Schnitt bis zur Schwanzflosse durchzieht. Er streut Salz dazu, legt die Fische auf die Kohleglut und sieht nachdenklich zu, wie sie bräunen, wie das Salz in der Hitze springt und wie der Saft bratzelt. Der Mann bekreuzigt sich, wischt die Reste vom Tisch und beginnt zu essen. Dann lauscht er lange angestrengt, tritt vor die Hütte, späht und horcht. Es ist doch merkwürdig, von Iwàn noch keine Spur, und doch wars ihm, als hätte jemand gerufen. Was das nur für Albernheiten sind, Dinge zu hören, die es gar nicht gibt; weit und breit ist doch kein Mensch in der Heide zu sehen, und die übergroße Anstrengung der letzten Tage muß daran schuld sein, daß Romàn allerlei Dinge hört, die gar nicht vorhanden sind. Es war wohl nur der Nachtwind, der in den Bäumen sauste und klapperte, nur der Schrei einer Eule, der vom Berge her gellte. Achselzuckend tritt der Mann in die Hütte zurück, schließt den Eingang, schürt das Feuer, setzt sich auf die Bank in der Ecke und zündet seine Pfeife an. Er nimmt einen langen Holzkloben her, stemmt das Messer dagegen und schneidet lange Späne, die er zwischen die Balken und die Fenstereinfassung einklemmt. Dann zündet er die harzigen Dinger an, nimmt den Schleifstein und wetzt sein Messer. Bedächtig öffnet er den Schnappsack, zieht einen Otter hervor, der ihm gestern am Bergfluß ins Eisen ging und beginnt ihn mit Bedacht und Geduld abzubalgen. Den Körper wirf er auf den Boden, dann schabt und kratzt er die Haut, falzt sie, spannt sie aufs Brett, zieht sie in die Länge und nagelt sie an. Eine Zeit lang hockt er noch am Feuer, wirft neue Holzscheite auf die Glut, bläst nachdenklich den Rauch seiner Pfeife hinein und stochert in den Kohlen. Müde sucht er endlich sein Lager auf und, nachdem er sein Gebet gesprochen und sich dreimal gegen Osten verbeugt und bekreuzigt hat, kriecht er aufs Heu.

Wüste Gedanken jagen durchs Hirn. Unruhig wählzt sich der Mann auf der knarrenden Lagerstatt, fährt empor, horcht, und wirft

Span auf Span ins Feuer. Allmählich kommt bleierne Müdigkeit, fest schlummert er ein. Draußen pfeift der Nachtwind, ein Käuzlein heult und kichert am Berge. Hoch! Was war das? „Romàn!" Laut und deutlich ein Hilferuf. Der Mann fährt auf. Täuschte ihn ein Traum? Wars wüster Spuk? Fieber erregter Nerven? Es graust ihn. Doch nein, es war wohl nur Täuschung, ein wilder Traum oder der Ruf eines Nachtvogels im Tann und das Heulen des Windes ... Beruhigt streckte sich der Jäger aus. „Es war nichts", murmeln seine Lippen. Und wieder der Ruf, röchelnd, gepreßt, voller Angst: „Romàn!" Entsetzt springt der Mann vom Lager, reißt die Tür auf und springt vor die Hütte ...

Still ists draußen. Nur der Wind rauscht in den Wipfeln. Weit hinten im Moor bellt ein Fuchs, und bleich und silbern steht der Vollmond im dunklen Blau. Lächelnd tritt der Mann in die Hütte, schüttelt sein Haupt und streicht über die rot-blonde Mähne. Dann wirft er Holz auf den Herd, bläst die Flamme an, kriecht aufs Lager und schläft ein. Doch kein guter Schlaf ists – ein Alp lastet auf Herz und Kehle, wüstes Traumbild scheucht häßliche Fratzen, Alpdruck wechselt mit bösem Gesicht. Der Schläfer stöhnt und atmet schwer. Er sieht sich in lichter Heide stehen und den Gefährten am Astbau, gebückt nestelt der Freund an Schlingen und Sprenkeln. „Ein unrecht Handwerk, ein schmutzig Brot. Doch er ist so arm, hat ein krankes Weib, soviel hungrige Gören. – Boschinka Góspodin! Er muß sie füttern ..." Und dann sieht er Iwàn an der Erde und über ihm steht ein riesiges Etwas, schwarz und zottig, mit weit gesperrtem rotem Rachen, mit langer Zunge, mit riesigen Krallen. Und es geht aufrecht einher, mit langen stelzenden Schritten, trägt Reisig herzu, Moos und Stangen und wirfts auf den blutigen Mann. Und dann tanzt es umher, springt und kichert und lacht in teuflischer Freude. Romàn reißts Gewehr an den Kopf, zieht und drückt am Abzug, und es ist, als wäre die Büchse ein toter Ast, ein Knüttel. Kein Schuß, kein Knall ... Ein neues Traumbild. Er sieht in der Hütte auf dem Boden vor dem Herde den armen Iwàn in roter Lache, die Hände gekrallt, die Augen blutglotzig und glanzlos – – –. Und wieder der Schrei, erstickt, gequält und heiser in den Ohren des Schläfers, angstvoll: „Romàn!"

In Schweiß gebadet, mit stockendem Herzschlag, zitternd und bebend fährt er empor. Entsetzen in der Brust, Schrecken im Hirn blickt er umher. Da, auf dem Boden liegts rot und blutig ... Mit gurgelndem Schrei ist der Mann vom Lager ... Doch gleich gewahrt er den Irrtum und lächelt über sich und das wilde Gespinst erregten Hirns: Denn dort liegt still und friedlich, unsauber, blutig und roh im zuckenden Flammenschein des Feuers der Leib des Otters vom gestrigen Fang.

Hastig kleidet sich der Jäger an, stülpt die Fellmütze auf, schultert die Büchse und verläßt die Hütte; er spürt den Stapfen des Gefährten nach. ’s ist heller Tag, die Häher schwirren und pfeifen, und der Schwarzspecht hämmert am Baumstamm. Romàn Omossow ist kein Phantast. Seine Kraftnatur sträubt sich gegen Spuk und Gespenster, gegen den finsteren Geisterglauben seines Volkes. Und doch – bange Ahnung erfüllt sein Herz. Rüstig schreitet er auf halbverschneiter Spur, den Tapfen des Gefährten nach. Er muß es ergründen, wo jener geblieben. Hier am Moorrand ist der Schnee festgetreten, die Schlingen sind geleert und geräumt. Weiter führt die Spur den Abhang hinab, die Halde hinauf, von Verhau zu Verhau. Überall ist der Freund am gestrigen Tage gewesen, hat die Sprenkel geleert und abgewunden. Dann führt die Spur in die Heide hinauf, in lichten Stangenort. Auch hier ist ein Astverhau, hier sind die Sprenkel noch am Türlein. Warum nahm sie Iwàn nicht mit? Der Fuß des Jägers scharrt im Schnee. Rot schimmert es durch. „Heilige Mutter Gottes, Schmerzensreiche, erbarme dich!“ brüllt der rote Riese. Entsetzen schnürt ihm die Kehle zu. „Góspodin, Góspodin!“ murmeln die Lippen. Ringsum in eiliger Hast tastet der Mann den Boden ab, hastig scharrt der Fuß, rot schimmerts hindurch, rot ist das Kraut: Blut! Und hier, wild durcheinander geworfen Geäst, aufgewühltes Moos, übereinander geschichtet Stangen und Klötze. Am Boden daneben ein kleiner Hügel im Schnee: ein Bündel Sprenkel, zwei Hühner, ein Birkhahn, dann das Handbeil, eine zerfetzte, blutige Mütze, ein Handschuh … Der Mann schlägts Kreuz über Stirn und Brust, denn erst jetzt sieht er die unheimliche Doppelspur, die Fährte eines riesigen Bären hinter der Spur des Freundes. Hier am Astverhau hat der ungleiche Kampf stattgefunden, ringsum ist der Platz zerstampft, von breiten schweren Tritten, wie in höllischem, teuflischem Freudentanz …

Fieberzitternde Hand zerrt am Astwerk, am Strauch, rot grinst der Fleck in tiefgekratzter Moorgrube. „Góspodin, Góspodin, erbarm’ dich, Herr!“

Hier ist der Freund weitergekrochen, wie ein wundes Tier, und breit und schwer führt den Hang hinauf die unheimliche Fährte des

Bären. Geschleift, taumelnd, wie eines Trunkenen die Spur des Armen, rot gefärbt. Hin und wieder ist er stehen geblieben, hat sich hingesetzt, gekauert, blutig ist der Stumpf modernder Brandkiefer, große Lachen bezeichnen die Raststellen. Grauen im Herzen, Fieber im Hirn, eilt der Jäger weiter. Als er drüben in der Heide ankommt, schrickt er zusammen und hält ein im eiligen Lauf. Denn wieder hat sich die Bärenspur mit der des Freundes vereint. Jetzt ists dem Mann klar. Der große Herr der Wildnis wollte sich überzeugen, ob sein Opfer nicht doch wieder aufgestanden, er war auf Umwegen wieder zurückgekehrt und in der Heide auf die Spur gestoßen. Da war er gefolgt, um das halbvollendete Werk zu beenden …

Romàn rafft sich wieder auf und eilt vorwärts. Vielleicht kann er noch helfen, retten. Denn frisch ist hier die Spur. Fest klammert sich die Faust um Kolben und Rohr. Weiter führt die unheimliche Doppelspur. Vorbei am Berghang, wo zwischen Dickung und Bruch die alte verfallene Hütte steht. Da führt die Spur hinein. Dicht vor der Hütte macht die Fährte des Raubtiers halt, dann führt sie bergan und über die Halde. Weit offen der Eingang. Mit fliegendem Atem steht der Rotbart auf der Schwelle, zitternd schlägt die Rechte das Kreuz: denn drinnen vor dem Herde, auf lehmharter Diele, liegt in rotklebriger Lache ein Mensch … Blutig grinst zerfetzter Mund, unter roter Stirn starren gläserne Augen, gekrampft krallen sich die Hände in harten Boden.

Mit heiserem Schrei sinkt Romàn in die Knie: „Herr, erbarme dich, erbarme dich!“

Le Ralli *(Ballade)*

Bewußtlos nun schon zwanzig Tage lang --
Der greise Diener hüllt im Krankenzimmer
In grünen Taft der Lampe weichen Schimmer,
Den stillen Raum durchsingt der feine Sang des brennenden
Dochts. Mit unhörbarem Gang zieht sich zurück der Alte
Und raunt leise zu der Beschließerin im Vorsalon:
„Madame, der letzte Chevalier Crahon geht diese
Nacht noch - auf die letzte Reise!“

.....

Der Kranke hebt sich auf, müd und geschwächt,
Und murmelnd, lächelnd mit dem welken Munde:
„Gut, daß der Tod mich weckt zu seiner Stunde!
Dem großen dürren Jäger stünd' es schlecht,
Wenn er auf schlafendes Wild den Drücker zöge,
Sich um den weidgerechten Schuß betröge
– Denn wahrlich: Er ist weidgerecht!“

Und mit den Augen, die Welt umfassen
In jener Stunde, da sie sie verlassen,
Starrt er zum Gobelin ... und durch die Wand ...
Und zeigt mit Händen, blaugeädert blassen:
„Die ganze Halle voller Geister steht!
Das Feuer des Kamins bauscht ihr Gewand, –
Das sind die Väter, die mich nicht verlassen,
Mich, – dem kein Sohn mehr hinterm Sarge geht.
Willkommen, Vater! Großvater, auch du,
Ihr anderen Treuen aus der Krypta alle,
Die ihr, bedachtsam wartend, in der Halle

Die Hirsche euch beseht in guter Ruh, -
Nicht wahr, manch kapitaler kam dazu?!
He, Aristide!!"

Die Silberklingel schrillt,
„Wie?! Tränen, Alter? Kopf hoch, munter! –
Mein Durst nach Jagd ist lang noch nicht gestillt,
Zur Halle tragt mich einmal noch hinunter,
Stoßt breit der Fenster Doppelflügel auf,
Und vor dem Schlosse soll die Jägerei
Mit den Signalen für jedwed Geweih
Noch einmal mir verblasen alle Hirsche,
Die ich erjagt auf wonnevoller Pirsche
Und die dort drohn an bruchgeschmücktem Knauf!"

.....

Die Halle zu Crahon starrt wirr in Reihen
Von hundert edelen Geweihen,
Wie ein Gestrüpp des tiefsten Waldes starrt,
Das moosumkraust und wild gedrängt
Die tausend Äste durcheinander zwängt,
Wo in den nächtlichen Oktoberwäldern
Der Haupthirsch zornig in dem Reisig scharrt.
Der Nebel steigt weichkalt vom Moseltale,
Blaugrün durchdämmert von des Mondes Strahle,
Verfließt in Strähnen auf den kargen Feldern
Und wiegt sich in lautloser Melodie
Über dem Hügelwald der Seigneurie.

Und droben in der Halle am Kamin
Sitzt matt im Stuhl der Jagdherr, und er lächelt,
Wenn an den Wänden hin die Schatten ziehn
Und ihn mit Streichelhand ein Hauch umfächelt.
Soll er die fürchten, die wohl tausend Male
Becherumklungen saßen hier im Saale?!
Vielleicht, daß sie der alten Jägerchöre
Vertrautes Jubellied wie ihn erfreut,
Wenn aus den hölzernen Hörnern der Piköre
Aufbraust der Gruß wie eben und wie heut?!

Hörnerschall erscholl und schauerte über die Täler,
„Ran an die Meute!" Die Peitsche dräute,
Kläffende Hunde hetzen im Grunde,
Über allen
Erschallen
Die Jubel der Jägerei.

Hörnerschall erscholl und schauerte über die Täler,
Reiter hinjagen in wildem Wagen,
Gerten sausen im Herbstwindbrausen,
Über allen
Erschallen
Die Jubel der Jägerei

Die Hörner klangen ernst und klar
Und sangen Lieder, süß und sonderbar
Wie sie sein Leben sechzig Jahr durchsangen.
Und als nun auf die Flügelfenster sprangen
Da dröhnte fernher zu den Jägerchören
Aus allen Tälern durch die stille Nacht
Der starken Hirsche schauerliches Röhren.
Der Nebel wehte in die Halle sacht
Und trug in seinem schleppend-feuchten Haar
Den Duft der nassen Wälder zu dem Greise,
Und beim Ralli des chiens, da senkte leise
Der letzte Chevalier Crahon die Stirn,
Vereint mit denen, die ihn still umschwebten,
Und durch des Sterbenden dunkelndes Hirn
flog froh und hell zum letzten Male
Der liebe Traum, dem er sein Leben lebte.

Das Hörnerrauschen verzitterte überm Tale
Verhallend … hallend … sacht …

…..

Der Hirsch Röhren durchdröhnte fern die Nacht.

Marie von Ebner-Eschenbach

Krambambuli

Vorliebe empfindet der Mensch für allerlei Gegenstände. Liebe, die echte, unvergängliche, die lernt er – wenn überhaupt – nur einmal kennen. So wenigstens meint der Herr Revierjäger Hopp. Wie viele Hunde hat er schon gehabt, und auch gern gehabt, aber lieb, was man sagt lieb und unvergeßlich, ist ihm nur einer gewesen – der Krambambuli. Er hatte ihn im Wirthaus Zum Löwen in Wischau von einem vazierenden Forstgehilfen gekauft oder eigentlich getauscht. Gleich beim ersten Anblick des Hundes war er von der Zuneigung ergriffen worden, die dauern sollte bis zu seinem letzten Atemzuge. Dem Herrn des schönen Tieres, der am Tische vor einem geleerten Branntweingläschen saß und über den Wirt schimpfte, weil dieser kein zweites umsonst hergeben wollte, sah der Lump aus den Augen. Ein kleiner Kerl, noch jung und doch so fahl wie ein abgestorbener Baum, mit gelbem Haar und gelbem spärlichem Barte. Der Jägerrock, vermutlich ein Überrest aus der vergangenen Herrlichkeit des letzten Dienstes, trug die Spuren einer im nassen Straßengraben zugebrachten Nacht. Obwohl sich Hopp ungern in schlechte Gesellschaft begab, nahm er trotzdem Platz neben dem Burschen und begann sogleich ein Gespräch mit ihm. Da bekam er es denn bald heraus, daß der Nichtsnutz den Stutzen und die Jagdtasche dem Wirt bereits als Pfänder ausgeliefert hatte und daß er jetzt auch den Hund als solches hergeben möchte; der Wirt jedoch, der schmutzige Leuteschinder, wollte von einem Pfand, das gefüttert werden muß, nichts hören.

Herr Hopp sagte vorerst kein Wort von dem Wohlgefallen, das er an dem Hunde gefunden hatte, ließ aber eine Flasche von dem guten Danziger Kirschbranntwein bringen, den der Löwenwirt damals führte, und schenkte dem Vazierenden fleißig ein. – Nun, in einer Stunde war alles in Ordnung. Der Jäger gab zwölf Flaschen von demselben Getränke, bei dem der Handel geschlossen worden – der Vagabund gab den Hund. Zu seiner Ehre muß man gestehen: nicht leicht.

Die Hände zitterten ihm so sehr, als er dem Tiere die Leine um den Hals legte, daß es schien, er werde mit dieser Manipulation nimmermehr zurechtkommen. Hopp wartete geduldig und bewunderte im stillen den trotz der schlechten Kondition, in welcher er sich befand, wundervollen Hund. Höchstens zwei Jahre mochte er alt sein, und in der Farbe glich er dem Lumpen, der ihn hergab, doch war die seine um ein paar Schattierungen dunkler. Auf der Stirn hatte er ein Abzeichen, einen weißen Strich, der rechts und links in kleine Linien auslief, in der Art wie die Nadeln an einem Tannenreis. Die Augen waren groß, schwarz, leuchtend, von tauklaren, lichtgelben Reiflein umsäumt, die Ohren hoch angesetzt, lang, makellos. Und makellos war alles an dem ganzen Hund von der Klaue bis zu der feinen Witternase; die kräftige, geschmeidige Gestalt, das über jedes Lob erhabene Piedestal. Vier lebende Säulen, die auch den Körper eines Hirsches getragen hätten und nicht viel dicker waren als die Läufe eines Hasen. Beim heiligen Hubertus! Dieses Geschöpf mußte einen Stammbaum haben, so alt und rein wie der eines deutschen Ordensritters.

Dem Jäger lachte das Herz im Leibe über den prächtigen Handel, den er gemacht. Er stand nun auf, ergriff die Leine, die zu verknoten dem Vazierenden endlich gelungen war, und fragte: „Wie heißt er denn?“ – „Er heißt wie das, wofür Ihr ihn kriegt: Krambambuli“, lautete die Antwort. – „Gut, gut, Krambambuli! So komm! Wirst gehen? Vorwärts!“ – Ja, er konnte lange rufen, pfeifen, zerren – der Hund gehorchte ihm nicht, wandte den Kopf demjenigen zu, den er noch für seinen Herrn hielt, heulte, als dieser ihm zuschrie: „Marsch!“ und den Befehl mit einem tüchtigen Fußtritt begleitete, suchte sich aber immer wieder an ihn heranzudrängen. Erst nach einem heißen Kampfe gelang es Herrn Hopp, die Besitzergreifung des Hundes zu vollziehen. Gebunden und geknebelt mußte er zuletzt in einem Sacke auf die Schulter geladen und so bis in das mehrere Wegstunden entfernte Jägerhaus getragen werden.

Zwei volle Monate brauchte es, bevor der Krambambuli, halb totgeprügelt, nach jedem Fluchtversuche mit dem Stachelhalsband an die Kette gelegt, endlich begriff, wohin er jetzt gehöre. Dann aber, als seine Unterwerfung vollständig geworden war, was für ein Hund wurde er da! Keine Zunge schildert, kein Wort vermißt die Höhe der Vollendung, die er erreichte, nicht nur in der Ausübung seines Berufes, sondern auch im täglichen Leben als eifriger Diener, guter Kamerad und treuer Freund und Hüter. „Dem fehlt nur die Sprache", heißt es von anderen intelligenten Hunden – dem Krambambuli fehlte sie nicht; sein Herr zum mindestens pflog lange Unterredungen mit ihm. Die Frau des Revierjägers wurde ordentlich eifersüchtig auf den „Buli", wie sie ihn geringschätzig nannte. Manchmal machte sie ihrem Manne Vorwürfe. Sie hatte den ganzen Tag, in jeder Stunde, in der sie nicht aufräumte, wusch oder kochte, schweigend gestrickt. Am Abend, nach dem Essen, wenn sie wieder zu stricken begann, hätte sie gern eins dazu geplaudert.

„Weißt denn immer nur dem Buli was zu erzählen, Hopp, und mir nie? Du verlernst vor lauter Sprechen mit dem Vieh das Sprechen mit den Menschen."

Der Revierjäger gestand sich, daß etwas Wahres an der Sache sei, aber zu helfen wußte er nicht. Wovon hätte er mit seiner Alten reden sollen? Kinder hatten sie nie gehabt, eine Kuh durften sie nicht halten, und das zahme Geflügel interessiert einen Jäger im lebendigen Zustande gar nicht und im gebratenen nicht sehr. Für Kulturen aber und für Jagdgeschichten hatte wieder die Frau keinen Sinn. Hopp fand zuletzt einen Ausweg aus diesem Dilemma; statt mit dem Krambambuli sprach er von dem Krambambuli, von den Triumphen, die er allenthalben mit ihm feierte, von dem Neide, den sein Besitz erregte, von den lächerlich hohen Summen, die ihm für den Hund geboten wurden und die er verächtlich von der Hand wies.

Zwei Jahre waren so vergangen, da erschien eines Tages die Gräfin, die Frau seines Brotherrn, im Hause des Jägers. Er wußte gleich, was der Besuch zu bedeuten hatte, und als die gute, schöne Dame begann: „Morgen, lieber Hopp, ist der Geburtstag des Grafen …" setzte er ruhig und schmunzelnd fort: „Und da möchten Hochgräfliche Gnaden dem Herrn Grafen ein Geschenk machen und sind überzeugt, mit nichts anderem soviel Ehre einlegen zu können, als mit dem Krambambuli." – „Ja, ja, lieber Hopp …" Die Gräfin errötete vor Vergnügen über dieses freundliche Entgegenkommen und sprach gleich von Dankbarkeit und bat, den Preis nur zu nennen, der für den Hund zu entrichten wäre. Der alte Fuchs von einem Revierjäger kicherte, tat sehr demütig und rückte auf einmal mit der Erklärung heraus: „Hochgräfliche Gnaden! Wenn der Hund im Schlosse bleibt, nicht jede Leine zerbeißt, nicht jede Kette zerreißt, oder wenn er sie nicht zerreißen kann, sich bei den Versuchen, es zu tun, erwürgt, dann behalten ihn Hochgräfliche Gnaden umsonst – dann ist er mir nichts mehr wert."

Die Probe wurde gemacht, aber zum Erwürgen kam es nicht, denn der Graf verlor früher die Freude an dem eigensinnigen Tier. Vergeblich hatte man es durch Liebe zu gewinnen, mit Strenge zu bändigen gesucht. Es biß jeden, der sich ihm näherte, versagte das Futter und – viel hat der Hund eines Jägers ohnehin nicht zuzusetzen – kam ganz herunter. Nach einigen Wochen erhielt Hopp die Botschaft, er könne sich seinen Köter abholen. Als er eilends von der Erlaubnis Gebrauch machte und den Hund in seinem Zwinger aufsuchte, da gab's ein Wiedersehen, unermeßlichen Jubels voll. Krambambuli erhob ein wahnsinniges Geheul, sprang an seinem Herrn empor, stemmte die Vorderpfoten auf dessen Brust und leckte die Freudentränen ab, die dem Alten über die Wangen liefen.

Am Abend dieses glücklichen Tages wanderten sie zusammen ins Wirtshaus. Der Jäger spielte Tarock mit dem Doktor und mit dem Verwalter. Krambambuli lag in der Ecke hinter seinem Herrn. Manchmal sah dieser sich nach ihm um, und der Hund, so tief er auch zu schlafen schien, begann augenblicklich mit dem Schwanze auf den Boden zu klopfen, als wollt er melden: Präsent! Und wenn Hopp, sich vergessend, recht wie einen Triumphgesang das Liedchen anstimmte: „Was macht denn mein Krambambuli?" richtete der Hund sich würde- und respektvoll auf, und seine hellen Augen antworteten: Es geht ihm gut!

Um dieselbe Zeit trieb, nicht nur in den gräflichen Forsten, sondern in der ganzen Umgebung eine Bande Wildschützen auf wahrhaft tolldreiste Art ihr Wesen. Der Anführer sollte ein verlottertes Subjekt sein. Den „Gelben" nannten ihn die Holzknechte, die ihn in irgendeiner übel berüchtigten Spelunke beim Branntwein trafen, die Heger, die ihm hie und da schon auf der Spur gewesen, ihm aber nie hatten beikommen können, und endlich die Kundschafter, deren er unter dem schlechten Gesindel in jedem Dorfe mehrere besaß.

Er war wohl der frechste Gesell, der jemals ehrlichen Jägermännern etwas aufzulösen gab, mußte auch selbst vom Handwerk gewesen sein, sonst hätte er das Wild nicht mit solcher Sicherheit aufspüren und nicht so geschickt jeder Falle, die ihm gestellt wurde, ausweichen können.

Die Wild- und Waldschäden erreichten eine unerhöhte Höhe, das Forstpersonal befand sich in grimmigster Aufregung. Da begab es sich nur zu oft, daß die kleinen Leute, die bei irgendeinem unbedeutenden Waldfrevel ertappt wurden, eine härtere Behandlung erlitten, als zu anderer Zeit geschehen wäre und als gerade zu rechtfertigen war. Große Erbitterung herrschte darüber in allen Ortschaften. Dem Oberförster, gegen den der Haß sich zunächst wandte, kamen gutgemeinte Warnungen in Menge zu. Die Raubschützen, hieß es, hätten einen Eid darauf geschworen, bei der ersten Gelegenheit exemplarische Rache an ihm zu nehmen. Er, ein rascher, kühner Mann, schlug das Gerede in den Wind und sorgte mehr denn je dafür, daß weit und bereit kund werde, wie er seinen Untergebenen die rücksichtsloseste Strenge anbefohlen und für etwaige schlimme Folgen die Verantwortung selbst übernommen habe. Am häufigsten rief der Oberförster dem Revierjäger Hopp die scharfe Handhabung seiner Amtspflicht ins Gedächtnis und warf ihm zuweilen Mangel an „Schneid" vor; wozu freilich der Alte nur lächelte. Der Krambambuli aber, den er bei solcher Gelegenheit von oben herunter anblinzelte, gähnte laut und wegwerfend. Übel nahmen er und sein Herr dem Oberförster nichts. Der Oberförster war ja der Sohn des Unvergeßlichen, bei dem Hopp das edle Waidwerk erlernt, und Hopp hatte wieder ihn als kleinen Jungen in die Rudimente der Berufes eingeweiht. Die Plage, die er einst mit ihm gehabt, hielt er heute noch für eine Freude, war stolz auf den ehemaligen Zögling und liebte ihn trotz der rauhen Behandlung, die er so gut wie jeder andere von ihm erfuhr.

Eines Junimorgens traf er ihn eben wieder bei einer Exekution.

Es war im Lindenrondell, am Ende des herrschaftlichen Parks, der an den „Grafenwald" grenzte, und in der Nähe der Kulturen, die der Oberförster am liebsten mit Pulverminen umgeben hätte. Die Linden standen just in schönster Blüte, und über diese hatte ein Dutzend kleiner Jungen sich hergemacht. Wie Eichkätzchen krochen sie auf den Ästen der herrlichen Bäume herum, brachen alle Zweige, die sie erwischen konnten, ab und warfen sie zur Erde. Zwei Weiber lasen die Zweige hastig auf und stopften sie in Körbe, die bereits mehr als zur Hälfte mit dem duftenden Raube gefüllt waren. Der Oberförster raste in unermeßlicher Wut. Er ließ durch seine Heger die Buben nur so von den Bäumen schütteln, unbekümmert um die Höhe, aus der sie fielen. Während sie wimmernd und schreiend um seine Füße krochen, der eine mit zerschlagenem Gesicht, der andere mit ausgerenktem Arm, ein dritter mit gebrochenem Bein, zerbleute er eigenhändig die beiden Weiber. In dem er einen derselben erkannte Hopp die leichtfertige Dirne, die das Gerücht als die Geliebte des „Gelben" bezeichnete. Und als die Körbe und Tücher der Weiber und die Hüte der Buben in Pfand genommen wurden und Hopp den Auftrag bekam, sie aufs Gericht zu bringen, konnte er sich eines schlimmen Vorgefühls nicht erwehren.

Der Befehl, den ihm damals der Oberförster zurief, wild wie ein Teufel in der Hölle und wie ein solcher umringt von jammernden und gepeinigten Sündern, ist der letzte gewesen, den der Revierjäger im Leben von ihm erhalten hat. Eine Woche später traf er ihn wieder im Lindenrondell – tot. Aus dem Zustande, in dem die Leiche sich befand, war zu ersehen, daß sie hierher, und zwar durch Sumpf und Gerölle, geschleppt worden war, um an dieser Stelle aufgebahrt zu werden. Der Oberförster lag auf abgehauenen Zweigen, die Stirn mit einem dichten Kranz aus Lindenblüten umflochten, einen ebensolchen als Bandelier um die Brust gewunden. Sein Hut stand neben ihm, mit Lindenblüten gefüllt. Auch die Jagdtasche hatte der Mörder ihm gelassen, nur die Patronen herausgenommen und statt ihrer Lindenblüten hineingetan. Der schöne Hinterlader des Oberförsters fehlte und war durch einen elenden Schießprügel ersetzt. Als man später die Kugel, die seinem Tod verursacht hatte, in der Brust des Ermordeten fand, zeigte es sich, daß sie genau in den Lauf dieses Schießprügels paßte, der dem Förster gleichsam zum Hohne über die Schulter gelegt worden war. Hopp stand beim Anblick der entstellten Leiche regungslos vor Entsetzen. Er hätte keinen Finger heben können, und auch das Gehirn war ihm wie gelähmt; er starrte nur und starrte und dachte anfangs gar nichts, und erst nach einer Weile brachte er es zu einer Beobachtung, einer stummen Frage: – Was hat denn der Hund?

Der Krambambuli beschnüffelt den toten Mann, läuft wie nicht gescheit um ihn herum, die Nase immer am Boden. Einmal winselt er, einmal stößt er einen schrillen Freudenschrei aus, macht ein paar Sätze, bellt, und es ist geradeso, als erwache in ihm eine längst erstorbene Erinnerung …

„Herein", ruft Hopp, „da herein!" Und Krambambuli gehorcht, sieht aber seinen Herrn in allerhöchster Aufregung an, und – wie der

Jäger sich auszudrücken pflegte – sagt ihm: „Ich bitte dich um alles in der Welt, siehst du denn nichts? Riechst du denn nichts? … O lieber Herr, schau doch! Riech doch! O Herr, komm! Daher komm! …“ Und tupft mit der Schnauze an des Jägers Knie und schleicht, sich oft umsehend, als frage er: Folgst du mir? zu der Leiche zurück und fängt an, das schwere Gewehr zu heben und zu schieben und ins Maul zu fassen, in der offenbaren Absicht, es zu apportieren.

Dem Jäger läuft ein Schauer über den Rücken, und allerlei Vemutungen dämmern in ihm auf. Weil das Spintisieren aber nicht seine Sache ist, es ihm auch nicht zukommt, der Obrigkeit Lichter aufzustecken, sondern vielmehr den gräßlichen Fund, den er getan hat, unberührt liegenzulassen und seiner Wege – das heißt in dem Fall recte zu Gericht – zu gehen, so tut er denn einfach, was ihm zukommt.

Nachdem es geschehen und alle Förmlichkeiten, die das Gesetz bei solchen Katastrophen vorschreibt, erfüllt, der ganze Tag und auch ein Stück der Nacht darüber hingegangen sind, nimmt Hopp, eh er schlafen geht, noch seinen Hund vor.

„Mein Hund“, spricht er, „jetzt ist die Gendarmerie auf den Beinen, jetzt gibt's Streifereien ohne Ende. Wollen wir es andern überlassen, den Schuft, der unsern Oberförster erschossen hat, wegzuputzen aus der Welt? – Mein Hund kennt den niederträchtigen Strolch, kennt ihn, ja, ja! Aber das braucht niemand zu wissen, das habe ich nicht ausgesagt … Ich, hoho! … Ich werde meinen Hund hineinbringen in die Geschichte … Das könnt mir gefallen!“ Er beugte sich über Krambambuli, der zwischen seinen ausgespreizten Knien saß, drückte die Wange an den Kopf des Tieres und nahm seine dankbaren Liebkosungen in Empfang. Dabei summte er: „Was macht denn mein Krambambuli?“ bis der Schlaf ihn übermannte.

Seelenkundige haben den geheimnisvollen Drang zu erklären gesucht, der manchen Verbrecher stets wieder an den Schauplatz seiner Untaten zurückjagt. Hopp wußte von diesen gelehrten Ausführungen nichts, strich aber dennoch ruh- und rastlos mit seinem Hunde in der Nähe des Lindenrondells herum.

Am zehnten Tag nach dem Tode des Oberförsters hatte er zum erstenmal ein paar Stunden lang an etwas anderes gedacht als an seine Rache und sich im „Grafenwald“ mit dem Bezeichnen der Bäume beschäftigt, die beim nächsten Schlag ausgenommen werden sollten.

Wie er nun mit seiner Arbeit fertig ist, hängt er die Flinte wieder um und schlägt den kürzesten Weg ein, quer durch den Wald gegen die Kulturen in der Nähe des Lindenrondells. Im Augenblick, in dem er auf den Fußsteig treten will, der längs des Buchenzaunes läuft, ist ihm, als höre er etwas im Laube rascheln. Gleich darauf herrscht jedoch tiefe Stille, tiefe, anhaltende Stille. Fast hätte er gemeint, es sei nichts Bemerkenswertes gewesen, wenn nicht der Hund so merkwürdig dreingeschaut hätte. Der stand mit gesträubtem Haar, den Hals vorgestreckt, den Schwanz aufrecht, und glotzte eine Stelle des Zaunes an. Oho! dachte Hopp, war, Kerl, wenn du's bist; trat hinter einen Baum und spannte den Hahn seiner Flinte. Wie rasend pochte ihm das Herz, und der ohnehin kurze Atem wollte ihm völlig versagen, als jetzt plötzlich, Gottes Wunder! – durch den Zaun der „Gelbe" auf den Fußsteig trat. Zwei junge Hasen hängen an seiner Waidtasche, und auf seiner Schulter, am wohlbekannten Juchtenriemen, der Hinterlader des Oberförsters. Nun wär's eine Passion, den Racker niederzubrennen aus sicherem Hinterhalt.

Aber nicht einmal auf den schlechtesten Kerl schießt der Jäger Hopp, ohne ihn angerufen zu haben. Mit einem Satze springt er hinter dem Baum hervor und auf den Fußsteig und schreit: „Gib dich, Vermaledeiter!" Und als der Wildschütz zur Antwort den Hinterlader von der Schulter reißt, gibt der Jäger Feuer … All ihr Heiligen – ein sauberes Feuer! Die Flinte knackst, anstatt zu knallen. Sie hat zu lange mit aufgesetzter Kapsel im feuchten Wald am Baum gelehnt – sie versagt.

Gute Nacht, so sieht das Sterben aus, denkt der Alte … Doch nein – er ist heil, sein Hut nur fliegt, von Schrot durchlöchert ins Gras …

Der andere hat auch kein Glück; das war der letzte Schuß in seinem Gewehr, und zum nächsten zieht er eben erst die Patrone aus der Tasche …

„Pack an!" ruft Hopp seinem Hunde heiser zu: „Pack an!" Und: „Herein, zu mir! Herein, Krambambuli!" lockt es drüben mit zärtlicher, liebevoller – ach, mit altbekannter Stimme …

Der Hund aber – –

Was sich nun begab, begab sich viel rascher, als man es erzählen kann.

Krambambuli hatte seinen ersten Herrn erkannt und rannte auf ihn zu, bis – in die Mitte des Weges. Da pfeift Hopp, und der Hund

macht kehrt, „der Gelbe“ pfeift, und der Hund macht wieder kehrt und windet sich in Verzweiflung auf einem Fleck, in gleicher Distanz von dem Jäger wie von dem Wildschützen, zugleich hingerissen und gebannt …

Zuletzt hat das arme Tier den trostlos unnötigen Kampf aufgegeben und seinen Zweifel ein Ende gemacht, aber nicht seiner Qual. Bellend, heulend, den Bauch am Boden, den Körper gespannt wie eine Sehne, den Kopf emporgehoben, als riefe es den Himmel zum Zeugen seines Seelenschmerzes an, kriecht es – seinem ersten Herrn zu.

Bei dem Anblick wird Hopp von Blutdurst gepackt. Mit zitternden Fingern hat er die neue Kapsel aufgesetzt – mit ruhiger Sicherheit legt er an. Auch „der Gelbe“ hat den Lauf wieder auf ihn gerichtet. Diesmal gilt's! Das wissen die beiden, die einander auf dem Korn haben, und was auch in ihnen vorgehen möge, sie zielen so ruhig wie ein paar gemalte Schützen.

Zwei Schüsse fallen. Der Jäger trifft, der Wildschütz fehlt.

Warum? Weil er – vom Hunde mit stürmischer Liebkosung angesprungen – gezuckt hat im Augenblick des Losdrückens. „Bestie!“ zischt er noch, stürzt rücklings hin und rührt sich nicht mehr.

Der ihn gerichtet, kommt langsam herangeschritten. Du hast genug, denkt er, um jedes Schrotkorn wär's schad bei dir. Trotzdem stellt er die Flinte auf den Boden und lädt von neuem. Der Hund sitzt aufrecht vor ihm, läßt die Zunge heraushängen, keucht kurz und laut und sieht ihm zu. Und als der Jäger fertig ist und die Flinte wieder zur Hand nimmt, halten sie ein Gespräch, von dem kein Zeuge ein Wort vernommen hätte, wenn es auch statt eines toten ein lebendiger gewesen wäre.

„Weißt du, für wen das Blei gehört?“

„Ich kann es mir denken.“

„Deserteur, Kalfakter, pflicht- und treuvergessene Kanaille!“

„Ja, Herr, jawohl.“

„Du warst meine Freude. Jetzt ist's vorbei. Ich habe keine Freude mehr an dir.“

„Begreiflich, Herr“, und Krambambuli legte sich hin, drückte den Kopf auf die ausgestreckten Vorderpfoten und sah den Jäger an.

Ja, hätte das verdammte Vieh ihn nur nicht angesehen! Da würde er ein rasches Ende gemacht und sich und dem Hund viel Pein erspart haben. Aber so geht's nicht! Wer könnte ein Geschöpf niederknallen, das einen so ansieht? Herr Hopp murmelt ein halbes Dutzend Flüche zwischen den Zähnen, einer gotteslästerlicher als der andere, hängt die Flinte wieder um, nimmt dem Raubschützen noch die jungen Hasen ab und geht.

Der Hund folgte ihm mit den Augen, bis er zwischen den Bäumen verschwunden war, stand dann auf, und sein mark- und beinerschütterndes Wehgeheul durchdrang den Wald. Ein paarmal drehte er sich im Kreise und setzte sich wieder aufrecht neben den Toten hin. So fand ihn die gerichtliche Kommission, die, von Hopp geleitet, bei sinkender Nacht erschien, um die Leiche des Raubschützen in Augenschein zu nehmen und fortschaffen zu lassen. Krambambuli wich einige Schritte zurück, als die Herren herantraten. Einer von ihnen sagte zu dem Jäger: „Das ist ja Ihr Hund." – „Ich habe ihn hier als Schildwache zurückgelassen", antwortete Hopp, der sich schämte, die Wahrheit zu gestehen. – Was half's? Sie kam doch heraus, denn als die Leiche auf den Wagen geladen war und fortgeführt wurde, trottete Krambambuli gesenkten Kopfes und mit eingezogenem Schwanze hinterher. Unweit der Totenkammer, in der „der Gelbe" lag, sah ihn der Gerichtsdiener noch am folgenden Tag herumstreichen. Er gab ihm einen Tritt und rief ihm zu: „Geh nach Hause!" – Krambambuli fletschte die Zähne gegen ihn und lief davon; wie der Mann meinte, in der Richtung des Jägerhauses. Aber dorthin kam er nicht, sondern führte ein elendes Vagabundenleben.

Verwildert, zum Skelett abgemagert, umschlich er einmal die armen Wohnungen der Häusler am Ende des Dorfes. Plötzlich stürzte er auf ein Kind los, das vor der letzten Hütte stand, und entriß ihm gierig das Stück Brot, von dem es aß. Das Kind blieb starr vor Schrecken, aber ein kleiner Spitz sprang aus dem Hause und bellte den Räuber an. Dieser ließ sogleich seine Beute fahren und entfloh.

Am selben Abend stand Hopp vor dem Schlafengehen am Fenster und blickte ihn die schimmernde Sommernacht hinaus. Da war ihm, als sähe er jenseits der Wiese am Waldessaum den Hund sitzen, die Stätte seines ehemaligen Glückes unverwandt und sehnsüchtig betrachtend – der Treueste der Treuen, herrenlos!

Der Jäger schlug den Laden zu und ging zu Bette. Aber nach einer Weile stand er auf, trat wieder ans Fenster – der Hund war nicht mehr da. Und wieder wollte er sich zur Ruhe begeben und wieder fand er sie nicht.

Er hielt es nicht mehr aus. Sei es, wie es sei! … Er hielt es nicht mehr aus ohne den Hund. – Ich hol ihn heim, dachte er, und fühlte sich wie neugeboren nach diesem Entschluß.

Beim ersten Morgengrauen war er angekleidet, befahl seiner Alten, mit dem Mittagessen nicht auf ihn zu warten, und sputete sich hinweg. Wie er aber aus dem Hause trat, stieß sein Fuß an denjenigen, den er in der Ferne zu suchen ausging. Krambambuli lag verendet vor ihm, den Kopf an die Schwelle gepreßt, die zu überschreiten er nicht mehr gewagt hatte.

Der Jäger verschmerzte ihn nie. Die Augenblicke waren seine besten, in denen er vergaß, daß er ihn verloren hatte. In freundlichen Gedanken versunken, intonierte er dann sein berühmtes: „Was macht denn mein Krambam..." Aber mitten in dem Worte hielt er bestürzt inne, schüttelte das Haupt und sprach mit einem tiefen Seufzer: „Schad um den Hund!"

In den Hungerbergen

Da hinten in der Heide, wo Fuchs und Wolf sich „Gute Nacht!" sagen können, liegen die Hungerberge.

So haben die Bauern die siebenfache Kette von Sandhügeln genannt, die sich dort hintereinander erheben, und die Jäger, die dort im Frühherbste auf Birkwild suchen, nennen sie die Schwitzmühle.

Früher soll dort einmal ein Dorf und ein schöner Eichenwald gewesen sein; im Dreißigjährigen Kriege brannten die Schweden das Dorf nieder oder die Kaiserlichen, denn von beiden zogen Kriegsvölker hier durch, und der Wald verschwand auch; jetzt wachsen dort Fuhren, die die Bauern gepflanzt haben.

Es gibt in dieser großen Jagd viel schönere Ecken: das Bruch, die Wohld, die Gemeinheitsfuhren; aber mir sind die Hungerberge das Haupt. Dort stört mich niemals ein Mensch und es ist schon ein Wunder, wenn ich irgendwo in der Heide die Twicke eines Heidhauers aufblitzen, und seine weißen Hemdmaugen leuchten sehe. Einsam bin ich hier.

Allein bin ich deswegen nicht. Wo Heide wächst und Fuhren stehen, kann ich es nicht sein, denn dort bin ich zu Hause. Mit allem, was um mich lebt und webt, stehe ich auf du und du, mit dem gelben Sande, mit dem bunten Gestein, mit den Bäumen und den Blumen und mit allem, was da kreucht und fleugt, singt und summt.

Aber Gelegenheit, einsam zu sein, ist reichlich da in dieser Jagd, denn weit zieht sich die Heide hin, und breit liegt das Moor da; mich aber zieht es in die Hungerberge. Denn hier, wo ihn nie ein Mensch stört, steht Jahr für Jahr der stärkste Bock, weit und breit von hier wechselt er, wenn der Abend Himmel und Erde verbindet, zur Äsung, heute in das Bruch, morgen zu Felde, je nachdem der Wind weht.

Denn es kann einem alten Bock hier schon gefallen. Da sind Dickungen, so rauh, daß nur ein Bock sich zwischen den verfilzten Zweigen durchfinden kann; da sind enge Stangenörter und Bäume, die sich schon gereinigt haben; da sind Wacholderbüsche, das Gehörn daran zu fegen; Brombeeren und Himbeeren wuchern da und in den Sinken manches bessere Kraut.

Sieben Jahre sind es her, daß ich die Hungerberge für mich entdeckte. Ich hatte im Bruche gewaidwerkt und ging quer durch die Heide, denn der gelbe Sand lockte mich. Es war eine Hitze zum Umstürzen. Ich zog Bluse und Hose aus und legte mich nackt in das feuchte Torfmoor der Sinke. Und wie ich da so lag und rauchte und ein Loch in den blauen Himmel sah und gähnte und die Augen mir zufallen wollten, da flammte es rot zwischen den krausen Fuhren auf, und vertraut, als gäbe es weder Kraut noch Lot, zog ein Hauptbock über die Heide und äste sich an den goldenen Blüten des Zwergginsters. Meine Büchse aber hing hinter mir am Baume, und rühren durfte ich mich nicht.

Zwei volle Wochen kostete es mich, ehe ich dem Bock die Kugel antragen durfte, aber es waren zwei herrliche Wochen, reich an blutroten Sonnenuntergängen und goldenem Morgenrot und glühenden Unterstunden, reich zwar an Mühe und Schweiß und Enttäuschung und überreich an Aufregung, Spannung und Hoffnung. Als er dann im glühenden Mittagssonnenbrande wieder einmal über die hohe Heide zog und in der Todesflucht die Dickung annahm, und ich vor die Dickung schlich und horchte, und meine Pfeife zu Ende rauchte und mich barfuß in die Dickung stahl und ihn da liegen sah, da wünschte ich, meine Kugel hätte ihn verfehlt, damit ich noch weiter so reiche Tage leben dürfte.

Der aber, der jetzt hier steht, der Bock kostet mich noch mehr Mühe und Schweiß. Zweimal bekam ich ihn zu Blick in diesen drei Wochen; das eine Mal jagte er einen anderen Bock, der sich in die Nähe der Hungerberge gewagt hatte, vor sich her; so rasend schnell stoben die Böcke an mir vorbei, daß die wilde Jagd längst vorüber war, ehe ich den Drilling schußgerecht in der Hand hatte; und das andere Mal zog er vor mir her in der langen Heide, die ihn bis zum Halse deckte, und ich mochte den Schuß nicht wagen. Jeden Morgen spürte ich ihn auf den Wegen, mehr als einmal vernahm ich seinen tiefen Baß, wenn ihm der Wind meine Witterung zutrug, aber vor die Augen bekam ich ihn nicht mehr, und wenn ich mir auch eine Nacht nach der anderen um die Ohren schlug und abends so lange paßte, bis die letzten Sonnenmale am Himmel verblichen waren.

Die Hoffnung, ihn zu erbeuten, gab ich auf, die Hungerberge aber nicht. Zu schön ist es, hier in der Vormittagssonne die warme Luft mit allen Poren zu fühlen, zu köstlich, den Kiengeruch einzuatmen, der über die Heide schwebt, in der, halb grün, halb schwarz, die Wacholder stehen, aus der, wie blankes Gold, des Zwergginsters Blumen leuchten. Vom Himmel herab singen die Heidlerchen, vom Moore kommt das Flöten der Brachvögel, die Luft lebt vom Grillengesang, und die Hitze zittert über dem Sande. Hinter mir in dem hellen Holze singt ein Täuber sein dunkles Lied, und vor mir tanzt ein heller Falter hin.

Heidlerchensang und Grillengefiedel machen müde; höre ich länger darauf hin, dann fallen mir die Augen zu. Und mir ist heute so, als sollte sich mir mein Wunsch fügen. Das Käuzchen, der Glücksvogel, weckte mich heute vor dem Tage, ohne Suchen fand ich Vierblattklee, und das schönste Mädchen im Dorfe kam mir im Bruch entgegen, lachte mich an und wünschte mir Glück. Ich lasse den Rucksack liegen, wo er liegt, schultere den Drilling und schleiche barbeinig voran. Blauflügelige Heuschrecken schnarren vor mir auf, goldgrüne Käfer blitzen vor mir hin, ein alter Rammler, vom knisternden Heidzweig geweckt, erhebt sich aus seinem Lager und hoppelt verdrossen fort.

Von hier oben habe ich weite Sicht über die Dickung, die sich über die drei Hügelkämme hinzieht; hier steht der Bock.

Jeden Morgen steht seine Fährte hier hinein. Und dort in der hohen Heide, wo die krausen Fuhren ihre Triebe recken, ist sein Hauptgang um diese Zeit. Aber da ist nur Heide und Heide und hier und dort ein Wacholderbusch, zerfegt und zerfetzt von dem Gehörn des Bockes. Ich muß jetzt ganz still stehen, denn eine Krähe baumte vor mir auf; äugt sie mich, so plärrt sie los, und der Bock weiß Bescheid. Endlich streicht sie weiter, und ich schleiche von Busch zu Busch, immer stehen bleibend, den Drilling fertig zum Schusse, die Augen überall und auf jeden Laut horchend. Aber hier ist nichts als Grillengezirpe und das Gepiepe der flüggen Meisenbrut.

Ich stehe und warte und fühle, wie mir die Sonne die Haut unter der Bluse gerbt und den Schweiß über den Rücken schüttet; die Augen wollen mir mit einemmal zufallen, und die Verdrossenheit stellt sich neben mich, schielt mich an und tuschelt: „Du Narr, du Narr!“ Ein Schleier ist vor meinen Augen; das Glitzern ist von der Heide fort, und aus den Fuhren verschwand das Flimmern; die Heidlerche singt langweilig, und der Kiengeruch will mir nicht mehr schmecken. Ich denke an eine grüne Bank unter einem blühenden Lindenbaum, an eine helle Stimme und ein kühl, beschlagenes, schäumendes Glas. Neben mir das unholde Wesen flüstert und tuschelt in einem Fort: „Geh' doch, du Narr!"

Und dann rennt sie, was sie kann, die Verdrossenheit; der Schleier ist nicht mehr vor meinen Augen, süß singt die Heidlerche, labend duften die Fuhren, und die Heide glimmert und flimmert wie Gold. Denn irgendwo vor mir bricht und dröhnt es, bricht es hell und dröhnt es dumpf, und ich weiß, was das ist, und das ist der Bock; er fegt und plätzt. Und nun steht die Angst links bei mir und rechts der Wagemut; die eine hält mich zurück, und der andere stößt mich voran: „Geh' zu, geh' zu, sonst kommst du zu spät!" Ich höre nach rechts und horche nach links, und dann sage ich: „Ich will es wagen!" Und schleiche bis zu der nächsten Fuhre und spähe und lausche.

Aber ich gewahre nichts und vernehme nichts und zürne mir selber, bis das Knicken und Poltern wieder beginnt; da wage ich mich einen Busch weiter, halte den Atem an und lasse die Augen verloren suchen, bis sie eine Wacholderspitze fassen, die ein klein wenig zittert. Jetzt schwankt sie wild hin und her, es rasselt und prasselt, es stöhnt und dröhnt, und jetzt zeigt sich ein roter Fleck, und darüber ein silberweißes Blitzen und Blenden. Das ist der Bock, aber er steht nicht frei; die hohe Heide deckt ihn und ein krauser Wacholder. „Warten, warten!" so flüstert es links von mir, und rechts: „Auf und an!" Und in mir singt es: „Auf und an, auf und an, spannt den Hahn, lustig ist der Jägersmann!"

Die Hand liebkost den Kolben, der Finger streichelt den Abzugsbügel. Vor mir ist freie Heide; fort kann er nicht, der Bock! Ich trete vor den Busch, gehe in die Knie, und den Kolben an der Backe, den Ellbogen auf dem Knie, den Finger am Bügel, warte ich, bis der Wacholder wieder hin und her geht, und dann lasse ich des Rotkehlchens Warnruf erschallen. Still steht der Strauch, und hinter ihm hervor, das Haupt hoch, rundumher äugend, tritt der Bock. Die hohe Heide deckt mich gut, aber der Bock steht schlecht, ich muß warten, bis er sich dreht. Steif steht er da, wie ein dürrer Wacholder, so rot; der dünne Ton hat ihm allen Übermut genommen. Wenn das Rotkehlchen warnt, darf der Bock nicht weiterfegen, denn die Luft ist dann nicht rein, und sicherer ist es dann in der Dickung.

Er wendet und äugt nach der Dickung hin; ich fasse Haar und lasse fliegen. Im roten Feuer sehe ich ihn eine hohe Flucht machen. Den hab ich! Er kann nicht weit; vor dem breiten Wacholderbusche brach er zusammen. Ich warte, ob er nicht doch den Kopf noch hebt, und gehe langsam, leise näher, immer näher, bis ich bei ihm stehe und sehe, daß er den Schuß nicht mehr vernommen hat. Als er die hohe Flucht machte, war sein Leben nicht mehr in ihm.

Und jetzt, wo er an der Fuhre hängt und die Heide unter ihm sich purpurn färbt, da ist mir, als hätte ich mich selber um viele reiche Tage bestohlen, an denen ich in Hoffnung und Enttäuschung noch waidwerken könnte den Bock in den Hungerbergen.

Detlev von Liliencron

Der Tod (Gedicht)

So grausam ist die Hasenhetze nicht,
Wie man gern sagt, wenn nur der Windhund gut
Und leidenschaftlich bin ich oft gefolgt,
Bis mir an einem Sommertag im Herbst,
Die Spinneweben banden alle Stoppeln,
Auf immer jede Lust verloren ging.

In jener Zeit verkehrt' ich täglich fast
Auf einem nahgelegnen Nachbargute,
Wohin mich eine junge Gräfin zog.
Fünfhundert Jahr zurück schien sie geboren,
So stolz, so hochmütig, so aller Welt
Bog sie die feine Hakennase kraus.
Ein Bär, am Hals beringt, zum Streit gerichtet,
Droht auf dem Wappenstein des schmalen Fingers
Jedweden an, der sich ihr nähern will.
Und doch war sie ein Weib wie alle andern.
Mit ihr zusammen ritt ich lange Wege
In Wald und Feld und auf die Hasenhetze.
Und sollte Dante, wünscht' er noch einmal
Die vielen Ringe schauernd zu durchwandeln,
Mich statt Virgil als Reisemarschall wählen,
Ich sähe nichts, ich suchte nur die Gräfin
Im Fegefeuer und in Höll und Himmel.
Der Windhund ist kein Hund wie seine Brüder
Einsam und mürrisch, ohne Hang zum Herrn,
Fehlt ihm der gute, treue, brave Blick.
Aus seinen Augen aber schielt der Tod,
Gewiß, der Tod, ich hab ihn dort gesehen.

Am Riemen, an des Pferdes rechter Seite,
Folgt willig oder widerwillig auch,
Der Strick; drei Hunde sinds gewöhnlich, und –
Hetz'! hetz'! der arme Has' ist aufgestochen,
Die Hand läßt los und vorwärts stößt der Sturm,
Voran der schnellste, ohne Laut, sieh! sieh!
Und Lampe stürmt, und hinter ihm die Hunde,
In deren Augen sich der Tod verkrochen.
Wir preschen vor auf jenen Hügel dort,
Und dicht an uns vorüber schießt die Jagd.
Noch immer, lang gestreckt am ebnen Boden,
Läuft er wie rasend vor den Winden her.
Halt da, bei Gott! ich hab' den Tod gesehen:
Er hockt, ein Männchen, mager wie ein Geizhals,
Er hockt im Augenstern des Hundes, gierig
Und sicher wie die Spinne doch, die weiß,
Daß sich im Netz die Fliege ihr verfängt.
Der arme Hase wie sein Lecker hängt!
Jetzt, bravo, schlägt er seinen ersten Haken,
Und ihm vorbei, ins weite Feld hinein,
Sie müssen wenden, jagen die Verfolger.
Nur einer kam nicht ab: der Solofänger.
Äugt er so scharf? Gab ihm der Tod Befehle?
Er hat den Lauf gemäßigt und nimmt rasch
Die Flucht des Angstgefegten wieder auf.
Nun ists vorbei, noch zwei und drei Sekunden,
Und hoch trägt er den Schächer uns entgegen,
Den furchtbar sein Gebiß im Nu gewürgt.

Einmal, an jenem Sommertag im Herbst,
Die Spinneweben banden alle Stoppeln,
Von fernen Wäldern schimmert blau herüber
Ein hold Geheimnis, trabten wir zusammen,
Das schöne Weib und ich. Ich selber führte
Den Solofänger und allein am Riemen;
Die andern lagen überhetzt im Stall.
Die junge Gräfin ritt an meiner Seite,
So dicht, daß sich die Pferde spielend bissen,

Daß sie sich meinem Sattel fast vertraute.
Und jene Wälder wollten wir erreichen,
Aus denen uns hold ein Geheimnis winkte.
Da fuhr ein Häschen auf, und hetz, hetz, hetz,
Laß ich vom Riemen los den Solofänger.
Wo blieb der Wald? Flog Amor scheu zurück
Die Tränen mit den dicken Fäustchen haltend?
Und vorwärts ging die Jagd.
Der Hase flitzt, der Windhund hinterher,
Hier, dort, noch immer nicht, nun da,
Und weiter, immer weiter jagen wir.
Die Gräfin, auf der schlanken, edlen Stute,
War mir voraus, ich ließ es gern geschehn,
Denn mit Entzücken folgt' ich ihrem Schleier.
Plötzlich, halt an, der Hase ist verendet,
Und hinter ihm, kaum sind es fünfzehn Sprünge,
Streckt auch der Windhund sich, vom Schlag gerührt.
Wir von den Pferden. Und just zwischen beiden,
Hier liegt der Hase, dort der Solofänger,
Steht blaß wie Lakentuch die schöne Gräfin.
Sie steht, sie wankt, das Auge starr gerichtet
In Wahnsinnsängsten auf den Solofänger.
Und diesem tritt, nie werd' ich es vergessen,
Aus dem gebrochnen Blick ein mager Männchen
Und lacht uns hämisch an, und vor der Gräfin
Verbeugt er sich unendlich tief, und schwindet.
In meinen Armen hielt ich eine Tote.
Und nicht wie Blattgewispers leisen Ton
Hört' ich im Leben einen Hauch von ihr.
Seit jenem klaren Sommertag im Herbst,
Die Spinneweben banden alle Stoppeln,
Hab' ich mit Windhunden nicht mehr gehetzt.

Peter Rosegger

Der Mann in Gefahr

Was doch das zu bedeuten hat!

Die Nacht ist ruhesam, die Stube friedlich, Frau Johanna müde von der Tagesarbeit, der Abendsegen schon das drittemal gebetet – und doch nicht schlafen können! Ihr ist angst und bange, und sie weiß nicht warum. Nun steht sie auf und geht nachsehen, ob die Tür gut verschlossen ist. Dreifach, mit doppeltem Riegel und mit dem Drudenkreuz. Dann geht sie zu den Betten ihrer Kinder. Das Marielein schläft süß, und das Franzelein schläft süß. Sie fühlt ordentlich die weichen Fittiche des Schutzengels, der über den Kleinen wacht. Und dennoch ist ihr ach und weh.

Wird doch nicht ihr Mann in Gefahr sein? Ihr Mann ist Jäger, ist gestern ins Hochgebirge gegangen und nicht zurückgekehrt. Das ist nun nichts Neues, Jäger treiben sich oft tagelang in den Bergen umher. Aber warum ist ihr heute so bang? Vor kurzem ist auf dem Schroffenstein ein Hirtenknabe von Lämmergeiern angefallen worden. Aus den hinteren Karschluchten hat man gehört, daß ein Kräutermann mit einem Steinbock gerungen haben soll und beide in die Tiefe gestürzt sind. Einem Jäger, der Stutzen und Hirschfänger bei sich hat, kann derlei doch nicht passieren. Aber die einfallenden Nebel und groben Wetter! Die Abgründe! Die Wildschützen! Es vergeht kein Jahr, daß sie nicht einen Jäger kalt machen. Der Toni ist ein gewissenhafter Jäger und hat viele Feinde. Heilige Jungfrau, bleib' bei ihm! Gute Nacht!

Das war ihr Denken. Noch faltete Frau Johanna die Hände zwischen den Kissen und ihren glühenden Wangen. So schlief sie ein. Es war aber kein freundlicher Schlaf. Sie träumte, ihr Mann läge auf einer Schaukel von Spinnengewebe und schaukle hin und her über einer grauenhaften Schlucht …

Und ihr Mann war zur selben Stunde wirklich in Gefahr.

Von den Gemsgehägen des Schroffenstein war er glücklich herabgekommen, aber auf den weiten, schluchtenreichen Almen überraschten ihn Nebel und Nacht. Da begegnet er dem Halter Hasel. Das war ein krüppelhafter Zwerg. Er war weit älter als der Toni – denn dieser kannte ihn schon seit Kindheit in der gleichen Gestalt, an der keine Jugend und kein Alter zu erkennen war. Dem Hasel wuchs kein Bart; seine Stimme war fein, wie die eines dreijährigen Kindes, und sein Mund war zahnlos, wie der eines siebzigjährigen Greises.

Diesen Hasel fragte der Jäger nach einer Herberge für die Nacht.

„Geh zum Miadele, dorten in der Tale," gigste der Halter, „die ist allein in ihrer Hütte."

Der Jäger pfiff seinem Hund und ging gegen die bezeichnete Hütte.

Die Sennerin war eben beim Buttern. Und als sie den Toni dahergehen sah, rief sie aus: „Uih! Da kommt ein sauberes Mannsbild!"

Der Toni sah es jetzt, das Miadele war eine gute Bekannte von ihm, noch aus der Zeit seiner Junggesellenschaft.

Das Miadele könnte lange schon verheiratet sein, denn sie ist ein leckeres Ding, aber sie hat kein Glück. Zwei Bräutigame hatte sie schon gehabt, aber zufällig zu gleicher Zeit, und das soll ihr jeder von ihnen übel genommen haben. Weil sie so viel wunderlich sind, die Mannsleute.

„Das ist ja gar ein Seltsamer!" sagte sie jetzt, als der Toni daherging.

„Grüß' dich der Obere!" sagte der Jäger, „hast was zu essen für uns?" Er deutete auch ein wenig auf seinen Hund.

„Das ist gewiß, daß ich was hab!"

„Und wo kann ich nachher liegen?"

„Doch leicht auf der untenaufern Seiten," war ihre Antwort. Schalkhaft ist sie. Und fein sauber. Daß Bauern solche Dirndle auf die kalte Alm stellen! Es ist unbesinnt. Der Übermut ist ihr noch nicht vergangen, der Feinen, gerade im Frühsommer des Lebens ist sie, wann die Himbeeren reifen. Ein Rösl auf der Alm, man steckt es gern auf den Hut.

Das Miadele denkt ihrerseits: Was er doch noch alleweil für ein prächtiger Mensch ist! Man schaut ihn grad' gern an.

Beim Nachtmahl – die Sennerin tut ihr Bestes – wird ein wenig geschmollt und ein wenig gescherzt, eins ist so gut wie's andere. Ja, das Schmollen ist oftmals besser, der Versöhnung wegen. – Aber der Toni ist so viel langweilig worden, er sagt zu allem: Ja, oder: Hast eh recht oder: Laß dir's gelten – und sonst nichts.

Jetzt werden ihr die Haare zufällig locker; das Dirndl will sie wieder hinaufbinden. schwer geht's, wenn niemand hilft. Aber wie sie heute ungeschickt ist, jetzt hat sie sich einen Splitter in den Fuß gestoßen. Ob er nicht so gut sein wollt', der Toni, und ihn herausziehen! Er macht nicht lang' Umstände. Mit dem Taschenmesser. Schreien kunnt sie!

Nun meinte der Toni, es wäre Zeit zum Schlafengehen. Er hat's bequem. Von der Sennerin Kammer führt eine Leiter in das Dachgeschoß. Im Dachgeschoß ist Heu, duftendes Almheu. Auf dem mag er liegen. Zwang ist aber keiner dabei.

Als er die Leiter hinansteigt, atmet er auf. Sie schaut ihm mit Beklemmung nach. Wenn die Leiter bricht! Aber so eine Leiter ist ein Holzklotz, sie ist nicht gebrochen. Die Sennerin will sie wegziehen, unterläßt es aber; man kann nicht wissen, was in der Nacht geschieht. Es kann Feuer auskommen, und jetzt, wenn dieser schöne Mensch verbrennen müßte!

Wenn man so ans Feuer denkt, mein liebes Miadele, da kann man freilich nicht einschlafen. – Ich glaub's, daß ihr heiß wird. Die Hütte kam ihr heute so niedrig vor, so drückend, als ob das Obergeschoß niedersinken wollte. Ein sakrisches Gewicht muß er haben, dieser Jäger.

„Jager!" rief sie plötzlich hinaus, „ich muß dich was fragen."

„Frag' zu," antwortete er.

„Daß du doch nicht etwan rauchen tust, da oben!" Als er darauf nichts entgegnete, setzte sie bei: „Wenn du etwan des Abends gewohnt bist, ein Pfeifel zu rauche, so kunnt's da herunten geschehen. Oben nit, Jager, im Heu."

Er rührt sich nicht mehr.

Nun stand sie auf, stieß unversehens an die Leiter und legte sich wieder hin. Da dachte er oben im Dachgelaß – denn er schlief nicht – das ist doch eine fleißige Person, dachte er, noch in der Nacht arbeitet sie herum und gönnt sich keine Ruh'. Wer die zur Magd hat … Aber warm ist's im Heu, Durst kriegt man. Es waren auch die Nocken, die sie ihm vorgesetzt, voller Fett gewesen. Draußen rauscht der Brunnen. Ja, wenn die Ohren trinken könnten, die hören ihn wohl; aber je schärfer sie auf das Rieseln horchen, je trockener wird der Gaumen. Er wird hinaus müssen, der Toni. Gefährlich ist das Hinabsteigen jetzt im Finstern. Was da lehnt, es ist die Jakobleiter, aber die umgekehrte, weil man hier niedersteigen muß, wenn man in den Himmel kommen will. Und ein frischer Brunnen ist wie der Himmel, wenn man Durst hat.

Weil er sich in seinem Schmachten hin und her zu wälzen begann, daß die Trambäume des Bodens ächzten, so fragte sie hierauf: „Fehlt dir was, Jager?"

Da war er mäuschenstill, und nach einer Weile schien es, als wäre er in den Schlaf gesunken.

„Oh mein Gott," seufzte das Miadele, „ist das heut' eine Nacht! Nichts ist unausstehlicher, als wenn ein Mannsbild schnarcht!"

Draußen in der Futterkammer war der Jagdhund unruhig, er kratzte an der Wand und heulte.

„Daß du schlafen kannst bei dem Gewinsel!" rief die Sennerin nun in das Dachgelaß hinauf. „Geh, sei so gut und heiß das Vieh still sein. Ich bin in der Pfaid und kann nicht hinausgehen."

Da dachte sich der Jäger: es ist wahr. Der arme Sultel hat gewiß auch Durst und bei einem Hund ist das kein Spaß. Er kann die Wasserscheu kriegen, wenn er das Nasse zu lang entbehren muß. Der Toni stieg vorsichtig die Leiter hinab und ging hinaus. Den Hund ließ er aus der Kammer und der Sultel sprang vor Freuden den Jäger heftig an, so daß dieser meinte, heute werde das Tier sein Herr. Hierauf umarmte der Toni den Brunnenständer und trank aus dem Rohr. Bei den ersten Zügen war ihm: ewig wird getrunken! Aber nach und nach stellte es sich heraus, daß ein rechter Brunnen länger rinnt, als der durstigste Jägersmann trinken mag.

Nun ging er wieder zurück in die Hütte und verschloß hinter sich sorgfältig die Tür. Jetzt tat ihm die warme Stube wohl, er tastete sich am Milchkasten vorbei, am Herd vorbei, an der Gewandtruhe vorbei. Wo ist denn die Leiter? Da ist eine Bettstufe – da ist der Zipf eines Kissens, eine Haarlocke ... In diesem Augenblick fällt ihm das erste Fensterln ein, mit dem er vor wenigen Jahren seine Braut begrüßt hatte. – Er schleicht am Bett der Sennerin vorüber...

Mit Mühe fand er die Leiter, die er nun still hinanstieg.

Das Miadele zerkrallte ihr Kissen. Der Jäger schlief.

Er schlief nun wirklich. – Und am Morgen, als er herabstieg, bekam er kein Frühstück. Es sei das Feuer ausgegangen, sagte sie , und jetzt sei keine Zeit mehr zum Anheizen.

Der Toni schmunzelte und machte sich nichts daraus. „Behüt' dich der Obere, Sennin, der Untere ist dir eh' gewiß." Mit diesem Bauernspruch, der den also Begrüßten nachgerade dem „Unteren", dem Teufel, zuspricht, verabschiedete er sich von dem gefährlichen Miadele. Das schaute ihm gar nicht nach.

Draußen lag die weite Gotteswelt im Sonnenschein. Es wäre doch schade um einen solchen Morgen … Dem Jäger war leicht und wohl zum Jauchzen. Und jetzt fiel ihm ein, was er einmal im Wirtshaus gehört hatte, als ein Stadtherr die Abwesenheit seiner Gemahlin dazu benutzen wollte, die hübsche Wirtin zu küssen. Die hatte dem Herrn ein Nasenstieberlein versetzt, da war der Herr schier unwirsch geworden und hatte die Treue einen „Aberglauben" genannt. Auf solche Lästerung hatte sich damals im Wirtshaus der Schullehrer erhoben, ein schneidiger Mann. Dem leuchtete das Auge, als er nun ausrief: „Die Äpfel in seinem Hausgarten verderben lassen und Nachbarsbäume plündern, das ist welscher Spitzbubenbrauch, der dem deutschen Manne nicht ansteht. Einer, der sein Weib betrügt, ist auch sonst nicht viel nutz. Wenn der Mann der Mutter seiner Kinder das Ehrenwort bricht, dann ist alles aus, dann ist er auch dem Freund nicht treu, dem Vaterland nicht, seinem eigenen Kind nicht." –

An jenen kleinen Vorfall erinnerte sich jetzt der Jäger, auch er hatte daheim ein Weib, und doch war ihm plötzlich zumute, er müsse wieder zur Hütte zurück und ohne Frühstück könne er heute nicht davongehen. – Der Hunger überschreit alle guten Vorsätze, hatte der Toni einmal gelesen. Soll denn das wahr sein? Just nicht soll es wahr sein. Das wollen wir doch sehen, wer da der Stärkere ist. Just nicht! – Das Griesbeil stieß er in den Boden, pfiff den Sultel und schritt rasch niederwärts gegen die Waldungen.

Sein Weib, das Franzelein auf dem Arm, lachte ihm schon von weitem entgegen und rief: „Weil du endlich nur kommst! Hunger wirst haben!" Er sah ihre weißen Zähnlein, er sah ihre hellen Augen. Der herzige Knabe packte ihn am Halse und lallte forwährend: „Ata! Ata!" Das Marielein, das tief unten herbeigekommen war, packte ihn an den Beinen. In dieser glückseligen Gefangenschaft nahm er, gab er seiner Johannna den Kuß – es war einer der süßesten des ganzen Lebens.

Noch lieber hatte er sie jetzt, seit er ihr zu Lieb' eine große Gefahr besiegt und in Wahrheit ein Mann geworden war.

Und was macht das Miadele auf der Alm? Dank der Nachfrage! Muß schon gut sein, wenn's nicht besser ist.

Friedrich Frhr. von Gagern

Ein Uskokenbock

Die Sache war die, daß ich: erstens einmal den Waldgrasschnitt in einigen bestimmten Revierorten gegen Meistgebot vergeben, zweitens einen womöglich nicht zu alten Küchenbock schießen, drittens am folgenden Tage, einem fünften Juni, wenn auch nicht sogleich mit allen Schikanen, aber doch so annähernd und von weitem mich verloben sollte. Ferner die, daß ich, angesteckt durch irgendwelche angeflogenen Gifte, eben damals die Meinung gewonnen hatte, mit meiner alten, zähen, treuen Hahnenbüchsflinte und ihrem molligen Elfmillimeterbleistumpf nicht mehr ganz auf der Höhe zu stehen und mir etwas Schlankes, Rasantes, Modernes, Elegantes zulegen zu müssen. Weil aber, bisher nichts als unbefangener Jäger, annoch in den Anfangsgründen der tieferen Pulverwissenschaft befindlich, nahm ich das berühmte Sechseinhalbmilli ohne Ansehung seiner inneren wie äußeren Mitgifte, vom eben dazumal am Anbeginn seiner Ruhmeslaufbahn stehenden Mannlicher-Schönauer schließend, für den selbstverständlichen Inbegriff aller erreichbaren Seligkeiten, griff derohalb – Repetierern von wegen des kurzen Laufes abhold – zu einer bildhübschen, äußert genau zirkelnden einschüssigen Mauserbüchse, Patrone sechsfünf-achtundvierzig, Geschoßgeschwindigkeit so um fünfhundert Meter-Sekunden, und meinte damit den Gipfel der Wünsche und Unfehlbarkeiten erklommen zu haben. Dies also die gegebenen Punkte und Längen, mit denen diese ganz einfache Geschichte zu triangulieren.

Die Waldgrasversteigerung war eines frühen Nachmittags schnell überstanden, es folgte das schon etwas interessantere Kapitel des Küchenbocks, um dessen Erlangung willen ich die mit ihren Geboten und Gegengeboten ganz überflüssig lärmenden Agrikel auch möglichst zeitig aus dem betreffenden Revierteil abgeschoben. In diesem Schlage, genannt der „Eidechsengraben" – und in Wahrheit gar kein Graben, sondern eine, wenn schon bestockte, darum nicht minder typische Karstdoline, wie sie sich auf dem breiten Bergrücken zu Dutzenden aneinanderreihten – in diesem Schlage also wußte ich zwar nur einen ganz schwachen Sechserbock, aber der gerade war mir zum gedachten Zwecke recht. Um sechs bezog ich meinen Stand, um halb acht peitschte der stahldünne Schuß der neuen Büchse den Gegenhang hinauf, und der Bock zeichnete überhaupt nicht, er warf sich nur herum und ging in den hohen, keineswegs übereilten Fluchten eines Kerngesunden nach dem Buchenholze zurück, aus dem er getreten. Dorthin nach rechts glücklicherweise, und nicht die dreißig Schritte nach dem Grat hinauf und jenseits in die maßlos steile und tiefe Lehne des Bannwaldes gegen das Breganatal hinab, Nachsuche in jener rutschkrumigen, dabei dschungelmäßig verfilzten Leiten gehörte zu den Schreckgespenstern jeder Birsch in diesem Revierteil.

Nachgesehen aber mußte werden, und das, wie sich zeigte, mit Recht; den beobachteten Zeichen entgegen fanden sich einige Zwölf Schritte vom Anschuß weg schon ganz beträchtliche kirschrote, teils stumpfsiegellackrote Schweißspritzer. Blatt; Lunge; nun also!

Wie ich jedoch der erträglich gut erkennbaren Wundfährte nachhängend – etwas unbedacht und regelwidrig, ich gebe das zu – an das eindunkelnde Holz herantrat, es einblicken und den vielleicht schon Verendeten noch an diesem Abend vor dem morgenden kritischen Tage erster Ordnung bergen zu können, rumpelte der Bock nah vor mir auf und in Tiefen der Dämmerung hinab. Da blieb denn nichts übrig. Als Vorgeschmack zum Todesurteil auch noch eine übernächtig-frühe Nachsuche.

Und ich war damals noch jung und liebte das grüngoldne Leben, wenn ich aus, aus Ahnentrieb her zum Jäger verdammt, nicht immer danach gehandelt ... Schnarrende Nachtschwalben umspannen meinen Heimweg die Waldblößen hinab, die jungen Waldkäuze zischten heiser in den Tiefen, über brauenden Südfernen spielte Wettergeleucht ...

Zu Hause erzählte ich lieber schon gar nichts von all dem Konflikt der Pflichten und Gefühle; nur dem „alten Johann" – manchem der Leser bekannt aus meinen „Birschen und Böcke" und aus meinem Roman „Die Straße" – vertraute ich mich zur jagdlichen Hälfte der Angelegenheit an, und mit ihm wurde der Kriegsplan verabredet: dahingehend, daß wir uns um sechse des Morgens etwa bei der jene

Schlagmulde vom oberen Südrande her beherrschenden „alten Eiche“ treffen und dann zusammen, er mit dem Rauhteckel „Krampus“, ich mit dem Braunkurzhaar „Lump“, die Schweißfährte bearbeiten sollten. Ich hätte auch die andere Hälfte meiner Gemütslast getrost auf den Alten abwälzen dürfen. Gesegnet mit einer wahrhaft gespenstigen Hexenvettel von Lebensgefährtin und einer Unlast reinrassigster Eheprodukte, hätte er tiefstes Verständnis dafür gehabt.

Es schlug zwei, es zeigte halb drei: da nahm ich das Gewehr, nicht die schlanke neue Modebüchse, sondern die wuchtvertraute alte Büchsflinte, einige der schwerlötigen Bleipatronen dazu auf alle Fälle und stahl mich über die 66 Stufen meiner Turmklausenhöhe an der schnarchenden Küchenuhr und der eiligen Flucht der schwarzen Schwaben vorbei hinaus in die kühle Freiheit der Früh.

Das Gewitter war wieder stumm unter den Saum der Südfernen zurückgesunken; rein blinkten die verblassenden Pfingststerne. Im Ost über den Hügeln ruhte ein ätheriger Vorschein, vom breiten Bug der Save aus dem Dunkel der Niederung emporgespiegelt; es war bissig frisch. Die Jungkäuze zischten, irgendwo in Wipfelmassen der Parkfichten meldete schon eine Wachkrähe. Kuckucke in unermüdlichem Wechselschlag zu Hunderten allher aus der ganzen Landschaft; aus jasminenen Tiefen die chopinsüße Herzkantilene der Nachtigall; über erstes Schleifen eines Wetzsteines im Tau empor perlten die Lerchen. Grasruch, Nachtschattenduft, bald werden die Schwaden, die Tage bald fallen; es ist die Zeit, da das sehnsüchtige Sommergeschöpf keinen Schlaf kennt, nur Leb, Lieb, Lust in alle Ewigkeit. Der Mensch aber geht fluchbeladen durch all die dankbar psalmodierende Verzücktheit, denkt an ein Naturgebild, das durch irgend Zufall oder Vorzug um eines Fingers Breite länger und um drei Grashalme dicker sein könnte als ein anderes schon geerntetes der gleichen Art, brütet im finsteren Geiste Ziffern und Zahlen – und tötet …

Dann durch die Vorhölzer hinauf geleiteten mich all die vertrauten Gespenster und Gestalten ringenden Zwielichts: der drohende Strunkriese am Wege, die Unform der verknorrten Femmelbuche, unheimlich Laufen durch Strupp und Strauch, webende Schemen, Schauer der Frühe, Spukvolk ewig heidnischen Jägertums. Und mancherlei wölkende, nebelnde, aus heimlichen Innentiefen aufsteigende Gedanken. Im großen ganzen denkt man ja zu viel; in diesen besonderen Fällen aber bisweilen zu wenig.

Und nun stand ich unter der „alten Eiche" über der Schlagmulde, taublau im Schauer der Frühe; all die erwachende Pfingstwelt rings von Blüte und Vogelstimmen ein Schwall. Die „alte Eiche", als solche bekannt und benannt im Volksmund wie in den Bestandeskarten, war ein machtbreiter Donarbaum aus urvordenklich früherem Waldgeschlecht, an die acht Meter Umfang spannend, Beil und Säge hatten ihrer als eines geweihten einsamen Wahrzeichens ehrfürchtig geschont, die Turteltauben buhlten, der Schreiadler blockte in ihrer krausen Krone, wie unter Yggdrasils Weltschatten trat unter ihrem knorrigen Wurzelgestühl hervor ein kalter klarer Quell. Manchem guten Bock schon hatte ich hier tabakumwölkte Totenwacht gehalten, im goldgrünen Maienfrühling, im glastlodernden Hundsmittag, im Spätsommer, wenn drunten über das traubige Hügelgeländ' schon die scheidenden Stare schwirrten. Gerade in diesem Grund stellte sich immer irgendwoher irgendwas ein; er war unerschöpflich, kellerwarm im Winter, kellerkühl im Sommer, die Geheimsten aus ihren unzugänglichen Einständen, undurchdringlichen Laubdickungen voll ewiger Äsung, kamen irgendeinmal hier zum Vorschein. Nur in diesem aufgehenden Jagdjahr hatte sich bisher nichts Rechts gezeigt, außer dem angeschweißten Krüppelsechsling vom Vorabend, außer der steinalten, schwerkapitalen, jedesmal verläßlich anzutreffenden, kuhvertrauten Geltgais dort, der Ricke mit dem strammen Einzelkitz grad vierzig Schritt unter mir, dem Schmalreh drüben unterm Grad, dem noch hastigen spielerischen Spießbock, der eben von links aus einem Steckenschlag her übermütig in die Morgenäsung hineinsprang, und – ja, und dem ganz klobigen dunklen Mordsbock, der soeben unfern von dem gestrigen Anschuß auftauchte und stichgrad, umsichtig nah an einem Dorngedick hin, in der unsteten schnellen Weise der Altgebrannten sich zur Tiefe des Kessels herabäste.

Da hieß es handeln. Für die alte Büchsflinte und ihr gemütliches Schmierblei war der Schuß über die trennenden zweihundert Meter viel zu weit; auch für eine andere Waffe wär er's gewesen. Wollte ich den Bock haben – und natürlich wollte ich gegen allen Brauch, der vor Streckung wunden Wildes jeden anderen Anbruch verbietet – wollte ich ihn haben, so mußte ich ihm auf einem Umwege, altem Abfuhrwege durch deckendes Stangenholz entgegenbirschen, und zwar schnell, auf Strümpfen; denn bruchnistrige Streu und der rote

Dolomitgrieß im Gleis machten lautlosen Schlich auf harten Bergsohlen unmöglich. Kunst war da weiter keine dabei, ich hatte das gerade hier schon mehrmals mit Erfolg gemacht; rund um diesen Schlagkessel kannte ich tatsächlich jeden Stubben und Storren, jede Lücke, jede Entfernung und ihre fallweise Nutzbarkeit. Die Eiche stand oben hart am Rande gegen den erwähnten Steckenschlag; vor den anderen Rehen konnte ich mich schnell in Deckung bringen. Aber der Hund, der da hinter mir im kalten Tau zitterte, der braune „Lump?" Er gehörte eigentlich gar nicht mir, sondern meinem Bruder Hans; bis auf eine allerdings glänzende und fasellos flotte Schweißsuche zehn Tage zuvor nach einem mit hohem Leberschuß abgegangenen Bock, einem starken alten Einstanger, hatte ich noch nichts von ihm gesehen. Man mußte es eben wagen.

Und es glückte. „Lump" benahm sich glänzend. Als ob er das Ablegen der Schuhe genau verstanden – sich selbst ablegen ließ er nicht – glatt angedrückt wie eine Katze kroch er hinter mir her. Jetzt hatte ich den Rand des Stangenholzes erreicht. Die Entfernung von reichlich zweihundertfünfzig mußte damit auf achtzig bis neunzig Schritt abgeschnitten sein. Von den anderen Rehen hatte keines geschreckt. Ob aber der Bock überhaupt noch im Schlage? Er konnte mich immerhin doch vernommen, konnte in der für menschliche Sinne herrschenden Windstille doch einen Hauch von Witterung geschöpft und sich nach Art der Altgewitzten lautlos verdrückt haben … Doch nein, da war er; jetzt ganz pfeilgerad gegen mich äste er sich herab, so steil auf dem Dache des Hanges, daß seine hirschkäfrige dunkle Krone sich gegen die Rückendecke zeichnete. Was weiter? … Fünfzig Schritt halblinks vor mir im Grund futterte emsig die alte Geltgais; die wackelte mit keinem Luser. Ich strich an eine junge Randbuche an und nahm dem Bock das Maß über den Hals weg, schräg von oben zwischen die Blätter, wie ich in unseren engschluchtigen Bergen noch ein und das andere Mal einen auf der Dachung der Gegenlehne zu Tal Ziehenden geschossen. Im schmauchigen Schwarzpulverknall sackte er schwer zusammen, und für ein paar aufhorchende Herzschläge lang war ein stockend Verstummen in der Natur, durch all das Blühen und Freuen eine jähe Kluft hinunter ins schwarze Nichts … Schmerzlos gefällt aus dem ahnungslos genießenden Alltag mit einem kerntreffenden Schlag hinüber in Finsternis oder Licht – so wollt' auch ich gerne dahinfahren.

Und dann intonierte wieder der Kuckuck, es fiel der Fink ein, der Pfingstvogel folgte, das Leben sang weiter an seiner Fuge, seinem ewigen Kanon von Lieb und Lust und Lenz, con gracia in infinitum. Und die alte Geltgais, kaum fünfzig Schritt weit – und das nur zögernd – abgesprungen, wahrer Kasten an Phlegma und Gebäude, schüttelte ein paarmal mißbilligend verwundert das eselsgraue Haupt und begann sogleich wieder zu äsen. Sie hatte das schon mehrmals mitgemacht, hatte schon vier oder fünf Platzböcke schießen hören, etwelche darunter sogar fallen sehen, sie ging das nichts an, das wußte sie. Immer stand sie da: im Herbst aber, wenn es einmal auch ihr gelten sollte, war sie plötzlich verschwunden. Mochte sie leben, und sie lebte noch erkleckliche Jahre; drei Frühlinge nach der erzählten Begebenheit streckte ich kurz nacheinander zwei Hochkapitale, einen ihr etwa gleichuraltrigen mit engverwachsenen, wüstverschobenen Stangen, einen jüngeren mit knorrener breitgewuchteter Krone von ihrer Seite weg. So ward sie schließlich jener Eiche gleich zu dieses Waldes Ältermutter, die viele Geschlechter aufsteigen und dahinsinken sah. An Pulver und Blei hat sie meines Wissens nicht geendet.

„Lump", auf den Augenwink verstehend, brachte die abgelegten Schuhe, einen schön nach dem anderen. Durch den beißenden Tau hinauf ging's zum Erlegten; eben traf die Sonne mit fahldunstiger Rotglut die ersten Wipfel, da hob ich das schwarzgestirnte Haupt mit den in den schimmelweißen Lidkapseln etwas zusammengekniffenen, opaltoten Lichtern an der faustfüllenden Wehr aus dem Grase. Ein Mordsbock übereinander, mein zweitbester bis hin nach ihren schon erklecklichen Dekaden; sechsundzwanzig hoch, zehne dick, perlig gerillt, hirschkäferzangenförmig, mit deutlichem Verschub aus der Symmetrale, die Rosen schon leicht gedacht, sechs- bis siebenjährig und achtundvierzigpfündig. Drei Jahre zuvor war hier auf demselben Tagwerk Schlages im August der ganze gleiche, nur etwas jüngere und entsprechend geringere Zangenbock gefallen; auch der erwähnte Uralte mit den schon übertrieben verschobenen, um anderhalb Zentimeter höheren Stangen gehörte zur selben Gruppe und Sippe. Und jetzt erkannte ich auch den Geschossenen an einem dünnen, verharschenden Stanzloch im linken Luser. Das war er also, den ich vor fünf Tagen zwei Kilometer nördlich im sogenannten „Martiniloch", einem anderen solchen dolinenförmigen Schlagkessel

– unterm jähen Verdunkeln eines Abendgewitters – eine Entschuldigung muß immer sein! – mit der neuen Büchse so unverständlich gefehlt, der sich unterm Peitschenknall so seltsam, wie stark zeichnend, geduckt, und dann mit einem baßschreckenden Riß nach dem Bannwald zur Bregana hinab in Sicherheit gebracht. Das war er, zweifellos, der nun schmerzlos Ausgelöschte, und er wie ich konnten von Glück sagen, daß das unverläßlich stiftige Stahlblei nicht weidwund oder den Äser oder – eine der klobigen Stangen gefaßt. Von der ereilenden Todeskugel dieses Morgens, die genau wie angetragen zwischen den Blattschaufeln die Wirbelsäule und weiterhin die ganze Geräusch- und Gescheidhöhle durchschlagen, konnte der Bock nicht einmal den Knall vernommen haben.

Und dann saß ich überm Aufgebrochenen an Mimirs Born unter der Welteiche auf Totenwacht, atmete zum Zigarettenduft seinen waldsäuerlichen Aushauch, wartete, lauschte, spann, und die Gedanken wölkten und wuchsen … Ja, und dann muß man also zum Goldschmied gehen und Ringe kaufen … Und dann wird man tagelang Anzeigen beschriften müssen … Und dann jagen Stöße von Telegrammen in alle Welt, die das eigentlich durchaus nichts angeht … Und dann kommen die schrecklich anrührenden Glückwunschauftritte … Und dann muß man den furchtbar artigen, furchtbar glücklichen jungen Mann spielen … Und dann kommen Wochen voll Festkriegsberatungen und Haufen von Weißwäsche … und dann ist man überall vollkommen überflüssig und dennoch nicht Herr seiner angeborenen Freiheit, wird zwischen Tanten, Torten, Torturen herumgestoßen und muß vollkommen fremden Onkeln Liköre einschenken, Zigarren anbieten, Zötchen erzählen. Und es kommt der Tag des Gerichtes: und es kommt die bewußte Reise ins Endlichallein mit den bewußten glückstrahlenden Ansichtskarten vom Markusplatz … Und dann kommen Kinder; und kommen Kinderkrankheiten; und diese Kinder kriegen auch wieder Kinder, was alles bei uns Menschen eine furchtbar verwickelte und kostspielige Angelegenheit … Und jetzt kam der alte Johann mit seinem vorsichtig aus der Ferne anfragenden Anpfiff, sah, staunte, verschwor sich, versicherte – wie gewöhnlich – den Bock sogleich erkannt und überhaupt bis in die kleinste Perle hinein gekannt zu haben, verquantete einige seiner schon tausendoft vernommenen, zum tausendeintenmale noch wundersam stimmungsvoll anzuhörenden Geschichten

von den Urböcken seiner dienstlichen Vorvergangenheit, und dann gingen wir an unsere Arbeit.

„Lump", sich immer besser entfaltend, durfte vom letzten bald gefundenen Wundbett des Vorabends aus revieren, und er hatte den unter einem überhangenden Schlehbusch längst versteiften Bock in einem einzigen fasellosen Anzug. Aber auch der kleine, noch nicht eingearbeitete „Krampus" sollte seine Freude haben. „Lump" wurde abberufen und der Rauhteckel machte seine Sache zwar etwas langsamer, aber durchaus vorschriftsmäßig, sauber und sicher, und sogar von seinen angeborenen Verbellerkünsten gab er sogleich eine in erstaunlich körnigem, hohlem Baß erschallende Probe. Der Bock, Träger eines geringen, aber ganz gut geperlten und mit überraschend schönen breiten Rosen ausgestatteten Gehörnes, hatte die Kugel hoch hinter den Blattschaufeln durch die Rippen; seltsam genug, sogar glatt durchbohrt hatte das schlanke Teilmantelgeschoß eine der dünnen, federnden Rippen, ohne sie zu zersplittern, Zeichen allzu geringer, von der Lieferfirma wahrscheinlich überbezifferter Fluggeschwindigkeit. Auch die Innenwirkung ließ stark zu wünschen übrig. Ich gab die nette, aber unzulängliche Waffe sogleich weg, dazu auch die alte, treue Büchsflinte – Charakterlosigkeit sondergleichen –, um mir dafür einen achtmillimetrigen Drilling zu kaufen, der auch nicht voll genügte, und so weiter durch alle Register der Kaliber, Kombinationen, Ladungen, Erfahrungen, die mich schließlich, ein mageres Ergebnis, zum praktischen „Ballistiker" gemacht …

Und jetzt, nach der zweiten, bei Zigarette und Priem verplauderten Totenwache mußte ein Entschluß gefaßt werden. Ach was! … Die Welt ist voller Männer. Sie würde, wenn man's einmal ernstlich brauchte, auch voller Mädchen sein. Die Erde ist groß, und die Zeit ist noch lang … Und die Wälder; und die freischweifende Einsamkeit; und all die Stimmen und Stimmungen, Geheimnisse und Gesichte, die das beste sind am ganzen Leben … Einen schönen Gruß, und ich käme nicht, ließ ich durch den alten Johann schlichthin bestellen. Man möge getrost ohne mich zur kritischen Landpartie und meinetwegen sonstwohin abfahren. Ich für mein Teil bliebe heroben in den Bergen: – und einige unausgesprochene Drastika von erschreckender Durchschlagskraft dachte ich mir dazu …

Wir fanden einen Köhler, der den schwereren Bock willig aufbuckelte; für den geringeren konnte der Alte gleich im nächsten Dorf drunten einen zweiten Träger auftreiben. Mit ehrlich ungemischten Gefühlen sah ich die beiden Gestreckten durch den sonnendunstenden Kastanienhang hinab zu Tal ziehen. Die Morgenglocken läuteten; aus Tiefen der Feldflur herauf pochte eintönig der Dengelhammer; die Welt war neu; in der Nähe einer eiskalten Quelle wußte ich eine Blöße voll warmen, krausen Heidekrautes, da legte ich mich neben das treue, alte Gewehr und versank aus träger Himmelsschau in würzigen Schlaf. –

Und weil es dieses Bockes, dieses letzten guten Schusses aus der lieben ehrlichen Jugendwaffe und dieses Erlebens nun ein Vierteljahrhundert, weihe ich ihrem Gedächtnis einen wehmütigen Bruch …

Anton Freiherr von Perfall

Die Furcht

Entlang dem Bach, der sich zwischen den steilen Wänden, immer in schneidigem Gefäll, talabwärts bewegt, hat man von der Sägmühle aus noch zwei gute Wegstunden. Oft rücken die Wände so dicht zusammen, daß aus dem Saumpfad ein ganz schmales Wegerl wird, das gar nicht jeder zu betreten wagt und oben gegen das Firmament zu kaum noch Raum bleibt, für einen schmalen Streifen blauen oder grauen Himmels.

Kalte Schatten wechseln mit sonnigen Flecken, die sich auf den Matten der Südseite eingebettet, es weht ein kalter, rauher Wind, der kein rechtes Behagen aufkommen läßt.

Ist aber die Sonne einmal verschwunden, so gegen 7 Uhr im Hochsommer, dann senkt sich die Schwermut herab auf den engen Spalt, und aus den schwarzen Löchern in den engen Wänden ringsum kriecht das Grauen für die, die es lieben, nämlich mit seinen Sphinxaugen, seinen lautlosen, katzenartigen Bewegungen, seinem zarten Tasten und wollüstigem Anhauch, der durch alle Nerven rieselte.

Bei einer uralten, ganz bemoosten Steinbrücke mit schön gewölbtem Bogen, deren Anwesenheit in dieser Öde überrascht und ihre wilde Romantik nur erhöht, indem sie unwillkürlich an irgendeinen Monsalvatsch denken läßt, der sich irgendwo verbirgt, um plötzlich strahlend aufzutauchen, zweigt ein schmaler, aus Gestein gehauener Saumpfad nach rechts ab, während der Weg, den Bach verlassend, sich einer Schlucht zur Linken anvertraut.

Es besteht kein Zweifel, nach welcher Seite man sich zu wenden hat, so verwahrlost erscheint der Weg nach rechts, der von Bach und Wänden plötzlich derart verschluckt wird, daß nichts übrig bleibt als ein schwarzes Loch, dem man sich nicht gerne anvertraut ohne triftige Gründe.

Eine an einem Nagel schief herabhängenden Wegtafel ändert daran besonders für den nichts, der sich wirklich die Mühe gibt, die verwitterte Schrift zu lesen. „Zur Furcht!“ steht darauf.

Auf die meisten mag das wenig Eindruck machen, ebensowenig wie die schwarzen Löcher, aus denen das Grauen kriecht, denn die meisten sind ja überaus kluge Leute, die sich von solchen Dingen nicht ins Bockshorn jagen lassen.

Mich packte es, als ich die Tafel zum ersten Male las. – Ein wohliges Rieseln lief mir über den Rücken, und als der mich begleitende Jäger stracks daran vorbei wollte, fast kam es mir vor, absichtlich rasch, fragte ich ihn, was es für ein Bewenden habe mit „der Furcht“?

„A was! A schiach’r Platz halt,“ antwortete er, sichtlich ausweichend.

„Aber was für ein Platz? – Ein Wirtshaus?“

„A no’,“ lachte er, „der machat a schlecht’s G’schäft. – A alte, eing’fall’ne Mühl’ halt.“

„Ohne Müller also – unbewohnt?“

„O je, der Müll’r is scho’ lang’tot, wenn’s überhaupt oaner war – a Müll’r.“

„Was soll er denn sonst gewesen sein? Du sprichst doch von einer Mühle – –“

„Scho’ scho’ – aber was woaß ma’ – sag’n tuat ma’ allerhand – –“

Das war Wasser auf meine Mühle. Ich kenne dieses „allerhand“, es liegen oft Perlen in dem bunten Sand. –

Ich bog ohne weiteres ab nach rechts.

„Werd’n ma’ halt d’Abendbirsch versama,“ meinte er unwirsch.

Ich erwiderte nichts.

„’s Reißen kann ma’ si’ a hol’n in dem feucht’n Loch –.“

Ich schwieg.

„Die Tafl muaß a weg, grad daß nur d’Leut’ für an Narr’n halt.“

Alles umsonst, ich schwieg. –

Ein natürlicher Tunnel nahm uns auf, nur ein Lichtstreif fiel von oben herein. Neben dem Felssteig plauderte das Wasser, dann und wann leuchtete ein weißer Strudel auf. Jäh bei einer Wendung des Weges nahm der Lärm zu, schwankte auf und nieder, jetzt war es schon mehr ein Brausen – dann ein Brüller – feuchte Kühle wehte mir entgegen.

„Was braust denn so?“

„Der Wasserfall halt," meinte der Jäger.

Jetzt hatte ich schon einen Wasserfall zu der verlassenen Mühle. –

Da stand ich schon davor. Das Terrain hatte sich geweitet. Ein breiter, weißer Schleier senkte sich hoch herab über moosiges Gestein, zerriß in der Mitte des Falles an einem mächtigen Block, um dann links und rechts in zwei dicken Strahlen sich in ein schaumerfülltes Becken zu ergießen, dessen Abfluß der Bach war.

Die dämmerige Helle schien mehr vom weißen Gischt zu kommen als von dem kleinen Stückchen Firmament, das über mir hing – die Luft erfüllt von seinem Wasserstaub, moderig.

Und die Mühle – – triefendes Gebälk, ein schiefes Schindeldach, kohlschwarz, ein vermodertes Rad an einer geborstenen Welle, alles moos- und schwammüberwaschen, drohend hing ein Felsblock darüber – das war die Mühle! –

Sie mußte gesucht werden, so hatte sie sich in ihre Umgebung verschlossen, dafür stand dicht davor ein seltsames Ding, das den Blick völlig von ihr abzog, in seiner krassen, leuchtenden Farbe.

Ein riesiger Baumstrunk, splitternackt, in der Leuchtkraft des Asbestes, eine Fichte wohl, gewipfelt, gesprengt, von der ständigen Feuchtigkeit ausgelaugt, gespenstig reckte er seinen silbergrauen Leib, in dem der Wasserstaub des Falles ein seltsames Lichtspiel trieb.

Ich betrat die Mühle. Die Treppe zum Mühlgang war längst eingestürzt, nur der Wohnraum war noch erhalten, ein finsteres Loch, in dem ein massiver Tisch stand, sonst nichts. Es roch nach Moder und Schwamm. Das Rauschen des Falles verdichtete sich hier zu einer monotonen Melodie, gleichmäßig steigend und fallend, und als jetzt schweres Gewölk über den Himmelsspalt über uns zog, alles in tiefe Schatten senkend, aus denen nur die Baumleiche leuchtete und der weiße Fall, – da war die „Furcht" fertig. Es war ein Dichter, der den Ort so benannt.

Der Anderl war anderer Ansicht.

„Mein Gott, da erzähl'ns die grausigst'n Sach'n, was sich hier all's begeb'n – –"

„Bitte, was für grausige Sachen? Jetz red' einmal!" Ich setzte mich auf eine der Radschaufeln.

„Die oan sag'n, der Müller is a Schütz und a Pasch'r g'wes'n, der Schlimmst'n oaner. Eines Tag's hätt' er seine Kameraden ums Geld verrat'n, nachher hätt'ns 'hn ans Radl bund'n und d'Mühl geh'n lass'n. Acht Tag sei er dran g'hängt, bis 'hn g'fund'n hätt'n. Die andern sag'n wied'r ganz anders: sein eign's Weib und sein Sohn hätt'n ihn umbracht und im Bach eingrab'n. Kein Mensch hätt' was g'wußt drum, drei Jahr' lang, bis 'hn 's Hochwasser amal aussag'schwemmt hätt', bis ins Dorf aussa, gradenwegs in Kirchhof eina, wo sein Grabstätt'g'wes'n is. Nachher hoaßt's wieder, die Tirol'r anno neune sein über'n Paß übrikäma und hätt'n all's kurz und kloan g'schlag'n. Scha'ns, draus sehn's scho', daß nix net wahr is dran."

„Was ist denn dann wahr, du gar G'scheiter du?" fragte ich, ärgerlich über den Ungläubigen.

„Furcht' hat er g'hoaß'n, der Müller. Gibt ja Nam' die dümmst'n. Ja wohl. – Im Pfarrbuach steht's, und was da drinn steht, das is wahr."

„Laß mich aus mit deinem Pfarrbuch." Die ganze Laune war mir verdorben.

„Wenn er begrab'n is im Kirchhof drunt."

„Hast du den Namen selber gelesen, den Müller Furcht?"

„Des wohl net – so an Nam' schreibt ma' net auf d'Tafel –"

„Und warum denn nicht?"

„Weil er a Selbstmörd'r g'wes'n is, da an der Ficht'n is er g'hängt-"

Ich fühlte mich ordentlich befriedigt – wenigstens etwas Stimmung war gerettet.

„No, und seit der Zeit spukt's halt a bißl da, sag'n d'Leut'. D'Ficht'n is abg'storb'n 's Jahr drauf, sagn's – und so was dumm's. – Da schaun's eina-" Er wies auf den Bach. „Sehn's den weiß'n Stoan, mit dem Moosbart dran?"

Ich sah den weißen Stein im Wasser.

„Des is der Müller, sagn's. Seit fünfzig Jahr'n schaut er da raus."

Das Wasser, das sich, von der Wucht des Falles getrieben, in jähem Lauf darüber ergoß, strömte in weißen Strahlen von den Rändern, daß es sich ausnahm wie weißes, nach allen Seiten starrendes Haar, während das hin- und hergepeitschte Moosgeflecht einem wallenden Bart glich; zwei dunkle Stellen in dem ovalen Weiß konnten wohl als Augen gelten. Je länger ich darauf hinblickte, desto täuschender wurde der Anblick; jetzt blickte er wirklich herauf, der Müller.

Gewitterwolken zogen herauf, Donner grollte, es ward Nacht in der „Furcht", nur der weiße Stein leuchtete mit dem Falle um die Wette.

Die ersten Tropfen fielen, und hoch oben stieß der Sturm in den Wald.

Da standen wir am besten in der Mühle unter, bis das Wetter vorüber.

Jäh brach es los! Ein Knattern und Leuchten begann von unerhörter Majestät. Bei jedem Blitz leuchtete das Antlitz des Müllers auf im Bach, um rasch wieder in schwere Finsternis zu versinken, der alte Storren knarrte und stöhnte.

Der Anderl schlug ein Kreuz um das andere. Es war ihm nicht geheuer an dem Ort, mir rieselte ein wollüstiger Schauer des Erhabenen über den Rücken. Im Grund war es wohl eine Empfindung, die uns beide erfüllte. – – –

Nach vier Jahren führte mich der Weidmannspfad wieder in die Gegend. Es war zur Hirschbrunftzeit, der Wald im bunten Narrenkleid, alles flammte und lohte, gefiel sich im farbigen Kontrast.

„Wenn's in der ‚Furcht' sich einquartier'n woll'n, die schönste Winterstub'n steht jetzt dort, und in einer Viertelstund' führt Sie der neue Steig nach der obern Alm", meinte der Förster.

Ich war überrascht. – In der „Furcht" eine Winterstube! „No, und das Gered', das damals ging vom spuk'n?"

Da wurde er ganz ärgerlich. „A was – der Anderl halt –, grad mit Fleiß hab i 's hingebaut, um dem dummen Gered' ein End' zu machen."

„Und ist es Ihnen gelungen?"

„A was, das g'wöhnt sich alles, grad der Anderl mischt's alleweil wieder auf, die alten Sachen – kein Holzknecht denkt an so was."

„Ja, wie macht er denn das, der Anderl?"

„Das lassen Sie sich von ihm selber erzähl'n, lachen werden's, mir kommt grad der Verdruß, wenn i davon reden soll."

Der Anderl zog nur die eckige Stirn in Falten, als er den Befehl bekam, für mich in der „Furcht" Quartier zu machen.

„Wenn's moa'n, Herr Först'r, i hab' nix dageg'n –"

„Das wär' noch schöner," brummte der Förster, „wenn du nimmer auf fünfe zählen kannst, ist das doch deine Sach'."

Der Anderl machte ein dummes Gesicht und schwieg.

Er schwieg auch beharrlich, als wir allein auf dem Wege waren, und ich war doch wirklich neugierig, was es für eine Bewandtnis habe mit dem auf fünfe zählen – –

Erst als wir von der Steinbrücke abbogen in die „Furcht", begann ich ganz ärgerlich: „Jetz red' einmal! was ist los? Was spukt in der ‚Furcht'? Warum kannst du nicht auf fünfe zählen?"

„I? Auf mehra kann i zähl'n, wia der Herr Först'r – ja wohl –" Er spuckte verdrossen den braunen Saft des Kautabaks aus. „Aber was i woaß – das woaß i –"

„Und was weißt du denn?"

„No, so lachen's halt – daß alleweil oaner mehr da is in der ‚Furcht', als da san, bal' du's zählst –"

„Und der zu viele ist der Müller – nicht wahr?"

„Das hab' i net g'sagt – und sag's a net – grad was wahr is sag' i –"

„Nun, da können wir gleich heute noch eine Probe machen –"

„Ja, alleweil is net gleich – und wenn oaner gar nix glaubt – nachher glaub' i selb'r – –"

„Ich glaube aber an etwas, Anderl – wie viele Holzknechte sind denn in der Hütte?"

Der Anderl zählte sie an den Fingern ab. „Der Sepp – der Hias – der Ziller Franzl – der Hansjakob – viere. Das macht mit uns zwei sechse. Wenn's einakomma, stimmt's akkurat, aber wenn's nach oaner Weil wieder zähl'n, san's halt sieben –"

„Und bleiben es dann sieben?"

„Koan Schein net. Auf amal, wennst wieder zählst, san's wieder sechse –"

„Na, da wär' ich doch neugierig."

Die Holzknechte kannten wohl ihren Mann, und so hart ihr Tagwerk, zu einer kleinen Frozzelei sind sie immer aufgelegt, besonders wenn es einem Jäger gilt.

Der rauschende Fall, der fahle Fichtenstorr leuchteten mir durch das Dunkel des Oktoberabends entgegen, ernst starrten die Felsen ringsum wie damals – aber es war doch nicht mehr die „Furcht". Ein fröhlicher Feuerschein fiel aus der offenen Türe der Hütte, huschte über die sprudelnden Wellen des Baches, über die schwarze Felsenwand – Licht, Wärme, Leben hatten die „Furcht" umgebracht.

Ich sah gerade noch, wie eine dunkle Gestalt zur Tür hineinhuschte und diese hinter sich schloß.

Ein dunkler Verdacht stieg in mir auf.

Wir traten ein, Anderl zuerst.

Da saßen sie um das lodernde Feuer und kochten ihre Schmalzkost, der Sepp, der Hias, der Ziller Franzl, der Hansjakob. Ich zählte genau vier, und der Anderl zählte getraulich mit, auf jeden mit den Finger deutend.

Es entging mir nicht das tückische Lachen und Augenzwinkern des Jüngsten, eines schwarzen Burschen, den er den Ziller Franzl nannte, die richtige Tiroler Verschlagenheit im jugendlichen Antlitz.

Der Anderl packte aus, man machte ihm ganz ehrfürchtig Platz, dem Herrn Jäger. Dann nahm er seine Pfanne herunter und begann seinen Schmarrn anzurichten.

Ich sah mich in dem Raum sorgfältig um, die Grelle des Feuers ließ alle Winkel noch dunkler erscheinen, der Steinherd ließ nur einen schmalen Raum zur Bewegung frei.

Die Unterhaltung, die bei unserem Eintritt eine sehr lebhafte war, stockte, jeder war emsig mit Essen oder Kochen beschäftigt. In der Pfanne prasselte es, Schmalz- und Kaffeegeruch füllten den Raum.

„Sonst is neamd herob'n?" fragte der Anderl.

„Neamd's," klang die trockene Erwiderung, und wieder blitzte der Schalk auf um des jungen Burschen Augen, dessen Antlitz vom Feuer grell beleuchtet war.

Ich zählte im stillen noch einmal. Vier, nicht mehr, der Sepp, der Hias, der Ziller Franzl und der Hansjakob.

Die Türe zum Schlafzimmer war zu, nur eine zweite, hinter der ein paar Äxte und eine Säge aufblitzten, dann und wann von einem Lichtschein getroffen, stand offen und ergoß die Finsternis eines engen Raumes über die Gestalt des Hansjakob, eines alten Mannes mit grauem Bart, der dicht davor saß und wie geistesabwesend in seine glimmende Pfeife glotzte.

Man hörte nur mehr das Prasseln des Schmarrns und die Kaubewegung schwerer Kinnladen.

Da blickte plötzlich der Anderl auf, sah forschend in den Kreis umher, bis sein Blick, wie es mir schien, auf dem Hansjakob hängen blieb.

Unwillkürlich folgte ich ihm und war selbst ganz starr im Augenblick.

Dicht neben dem Alten saß ein Fremder, den ich noch nicht bemerkt. Er trug eine Mütze tief hineingedrückt und hielt den Kopf auf einen Stock gebeugt; nur seine knochige Hand traf ein Lichtfunke; es war eine derbe Arbeitshand.

„Jetzt zähl's!" flüsterte mir der Anderl zu, ohne einen Blick von der Gestalt zu wenden.

Ich tat's. Der Sepp, der Hias, der Ziller Franzl, der Hansjakob und noch einer – der Fremde!

Keiner von den Burschen verzog auch nur eine Miene, nur der Hansjakob brummte etwas Verdrossenes, wie mir schien. Das war doch eine Keckheit, ich fühlte mich mit dem Anderl zum Narren gehalten.

„He du – neben dem Hansjakob," rief ich, „laß dich einmal anschau'n, was bist denn du für einer?" fragte ich.

Da klang eine spitze, kindische Stimme – „I", und ein breites, jugendliches Gesicht erschien unter der Schirmmütze, das nichts weniger als gespensterhaft aussah.

„Ja du! – was schleichst du denn so herein?" fragte ich.

Wieder das spitze: „I – i bin ja scho' lang da, grad g'schlaf'n hab' i a wengl –" Die Stimme klang wirklich so.

„Wie heißt denn nachher?"

„I? Muk, Josef Muk schreib' i mi'. Der Herr Jaga woaß ja eh'- gel, Anderl?"

Ich sah fragend auf den Jäger, das Lachen kaum verbergend.

„Sag'i, daß d' net so hoaßt?" fuhr dieser zornig auf, „aber her g'hörst net, z'tuan hast nix da."

„Wenn i dem Franzl was ausz'richt'n hab' – gel, Sepp?"

„Nix hast ausz'richt'n! Zum Teufl scherst di'! Da hab' ich zu b'fehl'n. Mach', daß d' aussikommst – Streun'r verdammt'r!"

Der Anderl machte einen drohenden Schritt gegen ihn.

Der Muk erhob sich ganz gelassen. „No – no – nur net so hitzi', Herr Jaga – i geh' scho'. B'hüat di' Gott, Franzl! Guate Nacht, es Herrn!" Mit einer tiefen, mir fast spöttisch erscheinenden Verbeugung verließ er den Raum.

Keiner wagte den Anderl anzusehen, so verdächtig strich er sich den Bart und ließ seine Blicke im Kreis herumgehen; auch ich beherrschte meine Mienen.

„A Banda seid's, a elendige. – Wie kam denn nachher der Muk her, zwei Stunden Weges von sein'm Arbeitsplatz – und jetzt is sechse –"

„Sel wol," meinte der Ziller Franzl, „i hab' mi' a g'wundert."

„Hörn's! Er hat si' g'wundert!" meinte der Anderl zu mir.

Jetzt war es mir doch zu toll.

„Aber der Muk war's doch! Oder war es nicht der Muk – Franzl, Hansjakob, Sepp, Hias – war es der Muk oder nicht?"

„Wol, Herr, der Muk war's, das is sicher –"

„Also – ich dank' schön – bin schon zufrieden."

Der Anderl sprach kein Wort mehr von der Sache, auch den andern Morgen nicht, und am Abend waren und blieben es vier, obwohl ich dreimal zählte – der Sepp, der Hias, der Ziller Franzl und der Hansjakob – und in den zehn frohen Weidmannstagen sind es nicht mehr geworden.

Auch der Müller schaute nicht mehr herauf aus dem Bach, obwohl der Mond jede Nacht in die „Furcht“ blickte und ein paar Stunden Tageshelle verlieh – es war und blieb eine weiße Steinplatte, über die das Wasser schoß.

In der Hütte begleitete der Ziller Franzl oft bis spät den Wasserfall mit der Zither und der Klampfen. Einmal lag ein guter Hirsch, den grünen Bruch im Äser, vor der Hütte, und der Franzl zapfte den Bantzen an, den ich zu dem Feste kommen ließ.

Frisches, frohes Leben hatte die „Furcht“ umgebracht, so stark sie auch auf mich vor Jahren gewirkt. Ich schrie ihr nicht nach – das Leben hat doch allein immer recht.

Detlev von Liliencron

Auf der Hühnerjagd

In jedem Jahr pflege ich einige Monate auf meinem Gute Wulffhägen zuzubringen. Ich richte es so ein, daß ich im August dort eintreffe, und bleibe dann den Monat September. Nach den Reisen in fremden Ländern, die ich gern besuche, um mich immer von Neuem von unbekanntem, tausendfältigem Leben umgeben zu lassen, ist es eine große Erquickung, meine ruhige nordische Heimatprovinz wiederzusehen. Oft begegnet es mir, daß mich mitten im Gedränge der Pariser Boulevards oder auf einem Rout in England eine tiefe Sehnsucht nach meinem engern Vaterland überrascht. Ich befinde mich dann plötzlich in einem Dorfe: Schmutzige kleine Flachsköpfe vor den Türen; Bauern und Bauernweiber gehen stumm ihrer Arbeit nach. Das Dorf ist ihre Welt. Der Brennpunkt des Jahres: der Jahrmarkt. Der gute Pfarrer predigt ihnen am Sonntag. Einige beherzigen die wohlgemeinten Worte, einige (wohl die meisten) denken an die kommende Ernte, viele auch schlafen. Der Küster, meistens ein ernster Mann, der durchaus von der Wichtigkeit seines Amtes überzeugt ist, beginnt, wie ein Uhrwerk einsetzend, den Gesang, und Alles singt nach.

Es ist so still und feierlich. Über die alten Pastorenbilder an den weißen Wänden gleitet langsam die Vormittagsonne. Über das Erbbegräbnis der Familie, der das Dorf gehört, spielen Millionen Staubpunkte. „Zu Staub sollst du werden“ sagt grade der Prediger. Eine eigentümliche Stimmung ergreift mich. Statt auf die Worte des Seelsorgers zu hören, muß ich an meine Kinderzeit denken, an meine Mutter. Eine ganze Welt voll Unschuld treibt meine Gedanken weit zurück.

Am Sonntagnachmittag hat der Pastor die Liebenswürdigkeiten, meiner Einladung zum Mittagessen zu folgen. Ich finde einen sehr gebildeten Herrn, mit dem ich mich gern unterhalte. Es ist das feine, nicht die Grenze überschreitende Hin und Wieder der Meinungen und Lebensanschauungen, das ein Gespräch so anziehend und unterhaltend macht.

Dann auch stärkt mich mein Septembermonat mit seiner Einsamkeit für die Freuden des kommenden Winters. Wir alle wissen, was es, wenn wir nicht mehr jung sind, mit diesen „Freuden" für eine Bewandtnis hat. Zahlreiche Gesellschaften, denen wir, weil es unsere Stellung als Pflicht erfordert, nicht entgehen können, durchziehen wir wie ein alter Wochenwagen, der fort und fort dieselbe Straße seinen Weg nehmen muß. Selten fesselt uns noch eine „neue" Erscheinung. Wir wissen bald, daß sie, mag sie ein interessanter Greis, mag sie eine „blendende" Schönheit sein, ein Mensch ist, wie wir alle. In Kurzem hat die allbekannte „böse Zunge" sie erbarmungslos begeifert. Wir unangenehme Bagage.

Vanity fair nennt Thackeray seine berühmte „Novelle ohne Helden".

Auch in diesem Jahre verlebte ich den September auf meinem Gute. Die Hühnerjagd wurde am Ersten eröffnet.

Es hat für mich einen besonderen Reiz, an einem schönen Sommerherbsttag in Begleitung des grauhaarigen Hans Tams, meines langjährigen Holzvogtes, und meiner alten Hündin über die Felder zu gehen. Der Morgen ist so frisch; in die schon früh geöffneten Fenster zog der strenge Gartengeruch.

Bald ist der Kaffee genommen. Hans Tams hat die Jagdgeräte in den Wagen gelegt; wir steigen ein, und fort geht es in schlankem Trabe bis zum dem Punkt, wo die Suche beginnen soll.

Hans Tams stellt sich auf einen erhöhten Punkt, um von dort aus zu beobachten, wohin die Hühner streuen. Meine Hündin in freudiger Bewegung, fängt an zu revieren. Halt! Sie markiert! Das Gewehr schußbereit haltend, schleiche ich, wie wenn ich im Begriff stünde, einen hinterlistigen Mord auszuführen. „So gut, so gut, alte Hündin, so schön." Leäne (ein recht unpassender Name zwar, aber sie heißt einmal so) steht: starr, aus Stein gemeißelt. „So gut, Hündin, so gut." Vorsichtig gehe ich näher. Halt … „Avance" … und mit jenem surrenden Tone nimmt sich das Volk auf. Zwei Schüsse fallen schnell nach einander. Der Hund springt zu und bringt mir die gefallenen Hühner. Sie sind noch jung; auf dem einen ist kaum der Anfang des rostbraunen Schildes zu erkennen. Hans Tams kommt und macht seine Meldung: „Twe sünd achter Hinrich Kuhr sin Koppel övern Tun flagen. Dat hevv ick man sehn, Herr.“

Die Jagd beginnt von neuem.

Allmählich ist es heiß geworden wie im Juli; mein leinener Kittel wird mir schon zu warm. Es ist gegen Mittag. Hans Tams und ich sind in meinem Dorfe angekommen. Am frischesten ist noch die Hündin, die jeden Wassertümpel benutzt hat, um ein Bad zu nehmen, was sie eben nicht verschönert hat.

Ich trete in den Krug, um den Wirt zu begrüßen. In der mir seit langen Jahren bekannten Gaststube ist Alles beim Alten geblieben. Da hängen an den Wänden: „Thorwaldsens Bisaettelse“ (Beisetzung), und als Seitenstück das Bild: „Des Jägers Begräbnis“. Thorwaldsens Sarg ist eiergelb.

An der Wand, dicht unter der Decke, wie Zwiebeln am Faden, prangen die Photographien sämtlicher Familienmitglieder von Eggert Mahrt, dem Wirte. Man erkennt die stark mit Staubgold aufgetragene Uhrkette eines Husaren, der sonst, wie noch trotz der Höhe zu ersehen ist, in heroischer Stellung drohend in die Stube blickt.

Während ich mir ein Gläschen Branntwein geben lasse, blättere ich in einem von mir auf der Fensterbank entdeckten Almanach. Der Titel lautet: „Taschenbuch für Damen. Auf das Jahr 1831.“ Darin finde ich unter andern schönen Sachen drei Gedichte des Königs Ludwig des Ersten von Bayern. Der Titel des ersten heißt:

Teutschland Heerführer
im
Befreyungskrieg

Die zweite Strophe:

„Seinem Vaterlande hingegeben
Hatte Schwarzenberg sich ganz, sein Streben
Ging ausschließlich nach des Guten Sieg;
Ihm gleich viel: ob einst die Welt ihn nennen,
Ob sie sein Verdienst jemals erkennen
Würde, alle Eigenliebe schwieg.“

Scharnhorst, Kleist, York, Bülow und der bei Quatrebas gefallene Herzog von Braunschweig werden besungen.

„Scharnhorst, York und Kleist und Bülow, Helden
Wie zugleich das Vaterland sie selten
Hatte, ihnen währt sein heißer Dank.
Und denjenigen, die Österreichs Schaaren
führen, wird die Heimat ihn bewahren,
Wird's dem Welf, der auf der Walstatt sank."

Bald bin ich wieder unterwegs. Brennender Nachmittag.

Gleich hinter dem Dorfe weiden Kühe, die, wie ich das Feld betrete, mich und Leäne neugierig umzingeln. Die Hündin drängt sich, Schutz suchend, an mich. Ich schwenke das Gewehr, um das Rindvieh zu verscheuchen. Alle glotzen mich an, und indem eine von ihnen kehrt macht, folgen ihr die andern in drolligen Sprüngen. Nur ein Kalb, mit prächtigem dunkelbraunem Kopfe, bleibt stehen und schaut unverwandt auf mich und den Hund. Es läßt sich gefallen, daß ich ihm die Stirn kraule, wendet sich aber dann, als habe es nach tiefem Nachdenken eine ungeheure Gefahr erkannt, hinten ausschlagend und galoppierend, zu den Schwestern.

Die Jagd geht weiter. Die Hühner halten noch gut. Doch überfällt mich eine für einen Jäger höchst unpassende Stimmung, als ich, über ein Hecktor gelehnt, auf der vor mir liegenden Graskoppel das Locken der Hühner höre. Die armen Dinger. Noch vor wenigen Stunden scharrten sie, geschwisterlich neben einander liegend, im warmen Sande. Da kamen der Mordmensch und der Mordhund. Auseinander das Völkchen.

Ich habe genug gejagt und gehe dem nahen Walde zu, wo Hans Tams mit kalter Küche auf mich wartet. Die Flinte über den Rücken hängend, schlendre ich durch die Hitze. Auf einem Feldweg zwischen hohen Knicks bemerke ich einen Reiter, der sich, englisch trabend, (Eins, zwei, drei, Eins, zwei, drei), mir nähert. Bei mir angekommen, hält er sein Pferd an und ruft mir zu: „Sie da, bin ich hier richtig auf dem Weg nach Saxtorff?"

„Sie da", antworte ich, „ja; trinken Sie aber erst einen Kirsch, ehe Sie weiter reiten" Und durch den Knick mir Bahn brechend (man erlangt in Schleswig-Holstein, wenn man dort jagt, viel Übung darin) stehe ich vor ihm. Wir sind alte Bekannte. Große Heiterkeit auf beiden Seiten. Ein tüchtiger Schluck, einige Worte, und jeder von uns setzt seinen Weg fort. Noch lange sehe ich die wellenförmige Bewegung des trabenden Offiziers. Das heißt: Mütze, Kopf und zuweilen die Spitzen des langen Schnurrbartes.

Nur noch wenige Schritte, und ich habe den Wald erreicht.

Waldeinsamkeit.

Eine köstliche Stille strömt mir entgegen. Alles schweigt: Ihre Majestät die Königin geruhen Höchstihren Mittagsschlaf zu halten.

Ein Schmetterling mit dunkelvioletten Sammetflügeln treibt mit unsäglichem Behagen über Klettenstauden weg. Auf dem weichen Grasweg, auf dem nur undeutlich die Spuren der Holzfuhrwerke zu erkennen sind, wandre ich weiter, bald rechts, bald links in die Hallen sehend. Ich komme auf einer Blöße an, und, mich an einen Buchenstamm lehnend, versinke ich in Träumereien.

Ein großer Raubvogel fliegt mit hoheitsvollem Flügelschlage langsam über mich fort. Auf einer nicht fernen Eiche hakt er an. Ich gewahre deutlich, wie er die prächtigen Schwingen faltet. Seit Jahren mein alter Bekannter, habe ich strengen Befehl gegeben, ihn nicht zu schießen. Wie ich mich anschicke, weiterzugehen, bricht er, doch ohne Hast, aus den Ästen. Bald ist er über den Kronen, die in diesem Augenblick zu rauschen beginnen, verschwunden.

Ihre Majestät sind erwacht. Die ewig zankende Schwarzdrossel lärmt wieder. Wilde Tauben lachen. Eine jener so überaus schön gezeichneten Kreuzspinnen flickt, zwischen Brombeersträuchern, ihr Netz.

Weiter … und da bin ich auf meinem Stelldichein angekommen. Hans Tams und sein kleiner siebenjähriger Sohn Klaus, der inzwischen zu seinem Vater gestoßen ist, empfangen mich. Welch ein herrlicher Punkt zum Ausruhen. Schroff abfallend ein wohl hundert Fuß hoher Sandberg. Vor mir die Ostsee. Unbegrenzt. Sie liegt in der Nachmittagssonne und sendet mir, leise bewegt, ihre Götterkühle. Kein Schiff, kein Boot. Meereinsamkeit.

Zwischen zwei Buchen, die ich „den Doppelposten" nenne (Sie sind ein seit Jahrhunderten bekanntes Zeichen für die Schiffe und für die Fischer), hat der Holzvogt ein weißes Tuch ausgebreitet. Hans Tams und sein Söhnchen müssen sich zu mir setzen, und wir nehmen unser Frühstück ein, das zumeist aus kalter Ente, kalten Eiern,

Brot und Butter besteht. Am besten schmeckt es dem Kleinen. Erst scheu und mich von der Seite ansehend, faßt er Mut, sobald er gemerkt hat, daß ich ihn nicht beobachte. Leäne sitzt neben mir und erhält allerlei Schönes.

Das Frühstück ist beendet. Die beiden Tams haben sich zurückgezogen, und ich strecke mich, eine Zigarre rauchend, ins Gras. Vor mir das ernste Meer.

Wie kommt es, daß mir grade in diesem Augenblick eins jener herrlichen Sonette Konrads von Prittwitz in den Sinn fällt:

An einen guten Schützen

Du hasts erreicht, erreicht mit Windes-Eile!
Wie einst Odysseus meisterst du den Bogen,
Am Ziel ist kein Geschoß vorbeigeflogen,
Ein Held wie du verschießt nur Todespfeile.

Du trafst mich gut und tief – noch kurze Weile,
Dann sind verströmt des Herzbluts Purpurwogen;
Und um die karge Spanne Zeit betrogen,
Wird frühe mir das schwarze Los zu teile.

Nicht an des Daseins Überschätzung leid ich,
Mir ist der Abschied wie ein Wiedersehen,
Und nur von wenigem – ich weiß es – scheid ich.

Fahr wohl, o Nacht! die Morgenlüfte wehen!
Doch dich, beim ewigen Gotte, nicht beneid ich,
Wenn wir uns dort einst gegenüberstehen!

Kein Segel, nur „am fernen Horizonte“ ein schwarzer Streifen sichtbar. Es ist der Qualm eines vorüberziehenden Dampfers.

Bin ich im Traum? Ich befinde mich an Bord des Schiffes. Große Ozeanwellen.

New York. Ein tropisch heißer nordamerikanischer Sommertag. Grammercy Place.

Ich glaube, es ist uns allen mehr als einmal im Leben begegnet, daß wir auf der Straße im Vorbeigehn, auf dem kurzen Halt einer

Eisenbahnfahrt, oder wie und wo immer ein schnelles Vorüber uns weiter zieht, plötzlich ein Gesicht schauen, zu dem wir uns sofort in unerklärlicher Sehnsucht hinneigen. Es baut sich dann in wenigen Sekunden eine Welt von gedachtem Glücke auf.

Vielleicht hat Plato seinen tiefschönen Gedanken von der getrennten und sich wiedervereinigenden Seele in ähnlicher Weise gefunden.

Die Gräfin Hahn-Hahn nennt die Liebe eine vom Himmel gefallene Blume. Beim Jupiter, ganz hübsch, aber?

Grammercy Place ist ein vornehmer Platz. Eine fast brutal aristokratische Ruhe herrscht hier zu jeder Zeit. Inmitten des Vierecks liegt ein hübscher Park, verschlossen. Nur die Umwohner haben die Erlaubnis, ihn zu besuchen.

Heute, in der Mittagsglut, was Alles wie ausgestorben. Aus dem offnen Erdgeschoßfenster eines der Braunsteinpaläste leuchtete der Marmornacken unsrer lieben Frau von Melos; er war zart übergossen vom Widerschein der dicken roten Vorhänge.

Kein Ton. Das fortdauernde Geräusch der Straßenbahnwagen, die rechts und links vom Platz auf der zweiten und dritten Avenue vorbeifuhren, vermehrte die Stille. Wenn sie an den Straßeneinmündungen zum Platze vorüberkamen, rasselten sie; dann schwächer und schwächer, bis mählich und stärker der folgende nahte, um in gleicher Weise wieder schwächer und schwächer zu werden.

Heiß und heißer die Luft: sie stand. Wir würden in Deutschland sagen: heiß wie im Backofen.

Aus einem Fenster bog sich ein Negerschädel, ein Diener in kaffeebrauner Livree und weißer Halsbinde. Er drehte den Kopf nach oben, um in demselben Augenblick von einer dienenden Lady über ihm ein Glas Wasser voll in die Augen zu bekommen. Verschwunden war er.

In die Stille hinein stellte ein italienischer Orgeldreher den Leierkasten aufs Gestell: Ein irisches heimwehdurchschauertes Volkslied.

Ich gehe, den Hut in der Hand, den Schirm aufgespannt, um den Platz, und lasse diese mächtige Vornehmheit auf mich wirken. Unterdessen spielt die Straßenorgel, die ich stets so gerne höre, ruhig weiter. Sie weckt mir Erinnerungen, und in einer Straße durch den Lärm des Tages klingt sie mir: wie töricht Alles. Eine unerklärliche, angenehme Traurigkeit zieht dann in mein Herz.

Ein schlankes, knapp siebzehnjähriges Mädchen, biegsam wie ein Bäumchen im Winde, lenkt aus der zweiten Avenue und geht rasch an mir vorüber.

Der Blitz hat mich getroffen.

Doch nur einen Augenblick betäubt er mich. Schon folge ich ihr. In der dritten Avenue steigt sie in einen vorbeifahrenden Straßenbahnwagen. Ich erreiche ihn gleichfalls.

Der Mann siegt immer, wenn er will, und – die „Göttin“ Gelegenheit ihm beisteht.

Schon nach drei Tagen haben wir eine behagliche Wohnung, 39, West, 26. Straße, bezogen. Unser Haushalt ist bald eingerichtet. Ein Chinese von ungewöhnlicher Größe, mit weißem Überwurf (wie die Soutane der Priester), auf dem Kopfe eine Art von dunkelblauem Turban, an den Füßen zollhohe Korksohlen, macht den Türhüter. Zu meinem aus Schleswig-Holstein mitgebrachten Kammerdiener Jürgen Naeve (der Amerika haßt und die Menschen in diesem Lande eine „verrückte Bande“ nennt) gesellt sich eine junge Negerin als Jungfer für meine kleine Lady.

Wer auch nur wenige Wochen in den Vereinigten Staaten von Nord-Amerika gewesen ist, wird ein Gefühl der bedingungslosen Freiheit mit in sein Vaterland zurücknehmen und bis an seinen Tod daran zurückdenken.

Frei! Mach und tue, was du willst. Das heißt: stiehlst du einen Regenschirm, so wird dir unfehlbar eine Zuchthausstrafe von fünf Jahren zum mindesten zuerkannt. Stiehlst du eine Million: man vergöttert dich und setzt dir ein Denkmal.

Frei! Ich will ein Beispiel nehmen: Auf einer Fahrt mit der Eisenbahn gefällt es dir, um dein Ziel, das zwischen zwei Haltepunkten liegt, schnell zu erreichen, mit einem Sprung den in voller Fahrt befindlichen Zug zu verlassen. Gut. Es hindert dich kein Mensch. Es ist deine Sache. Du springst und brichst vielleicht den Arm, ein Bein, den Hals – deine Sache.

Frei!

Fünf Monate war ich schon unterwegs, und hatte diese Zeit benutzt, um von New York aus die „Umgegend“ mir „anzusehen“. In einigen, mir mit echt amerikanischer Gastfreundschaft entgegenkommenden Familien, an die ich Empfehlungsbriefe hatte, war ich aufs freundschaftlichste aufgenommen worden. Schon war ich bereit, nach San Franzisco weiter zu reisen, als mich der Zufall über den Grammercy Place führte.

Frei! … und dann die verdammten Rücksichten, die wir im Leben zu nehmen haben! In meiner Lage von heute waren mir diese Rücksichten recht unangenehm, wenn ich an Begegnungen dachte, die ich mit Mitgliedern jener ebenerwähnten Familie haben könnte. Ich hatte meine Abschiedsbesuche gemacht und meine Freunde glaubten mich auf der Pacific-Bahn.

Frei? Doch zum Henker mit den ewigen Rücksichten! Ich will einmal das Leben in vollen Zügen genießen. Ich setze keinen Becher an die durstigen Lippen, sondern einen Humpen.

Unter Palmen und großblättrige amerikanische Gewächse war eine Chaiselongue gebreitet, auf dem Mylady ruhte. Die rechte Hand, die einen havanesischen Fächer hielt, hing schlaff nach unten; das erste Glied des kleinen Fingers der Linken war im halbgeöffneten Munde verschwunden. Das Köpfchen ein wenig nach der Seite geneigt, sahen, unter fast geschlossenen, langen, schwarzen Wimpern, zwei Augen, von der Farbe: wie blaue Tinte (Verzeihung), auf mich: kalt, ruhig, etwas verwundert. Ich beugte mich und küßte den Rücken der graden Nase, auf dem, wie über den Hügel verstreute Lämmlein, Sommersprossen lagen. Dann kniete ich nieder und fragte:

„Wohin befiehlt mein süßes Täubchen heute?“ (My sweet little girl, sagte ich.) Den Kopf um einige Linien zu mir beugend, antwortete sie langsam, die Unterlippe mit dem kleinen Finger niederdrückend:

„Long Branch you know.“

Der Befehl war gegeben, und in kurzem waren wir auf dem Wege, um uns in dem „fashionablen“ Ozeanbade einige Tage von der unerträglichen Hitze zu erholen. Bisher waren wir, der Nähe halber, nur in Coney Island, dem „demokratischen“ Long Branch gewesen.

Der Sommer ging zu Ende und mit ihm meine stürmische Zuneigung. Ich hatte die Kleine überschüttet mit meiner Liebe, mit Geschenken und allen jenen tausend Zeichen einer grenzenlosen Leidenschaft, die uns ohne Rücksicht und Bedenken zwingt, uns selbst und alles für den Frauenwunsch Erreichbare vor die Füße der Geliebten zu legen. Sie gab mir dafür sich, aber nicht ihr Herz. Aus ärmlichen Verhältnissen plötzlich zu einer ihr früher nicht denkbaren Höhe emporgehoben, war sie zuerst fast erstarrt vor Bewunderung. Aber bei welcher Frau löst sich diese Erstarrung nicht bald in das Gegenteil, wenn sie sieht, wie unbedingt sie über einen Sklaven und seine reichen Mittel verfügen kann?

Und während ich mich in Gluten verzehrte, blieb sie kalt

Der Sommer ging zu Ende, und mit ihm meine Liebe. Ehe der nordamerikanische Herbst seine volle, unbeschreiblich schöne, rot und goldne Farbenpracht zeigte (wir haben in Deutschland auch nicht annähernd einen Begriff von diesen Kupfertinten), hatte ich beschlossen, mich von ihr zu trennen. In mein Vaterland zurückkehren wollte ich nicht; und auch den Gedanken aufgebend, Japan und China zu sehen, hatte ich meinen Weg nach Frankreich, Italien und dem Orient in Gedanken vorgeschrieben. Ich redete mir ein, daß ich mir in keiner Weise Gewissensbisse zu machen hätte.

Mit jenem unmittelbaren, das Kommende scharf erkennenden Vorauswissen des Weibes, fühlte die Irländerin, daß meine Liebe zu ihr verronnen sei, und daß ich sie verlassen würde.

Auf einem langen Spaziergang, den ich allein im Zentral-Park unternommen, hatte ich den Entschluß gefaßt, noch denselben Abend sie von meiner Abreise nach Europa in Kenntnis zu setzen. Ein für ihre Verhältnisse fürstliches Abschiedsgeschenk würde sie, so dachte ich, über die Trennung für immer leicht hinwegführen. Außerdem konnte sie mit unsrer Einrichtung vornehmen, was in ihrem Belieben stand. Nur weg, der Zustand wurde mir unerträglich.

Als ich an unserer Wohnung angekommen war, fand ich Lizzie vor dem Kamin sitzen; sie starrte ins Feuer. Die kleinen Füße auf den Vorsetzer stemmend, ließ sie mit der linken Hand die Ringe am vierten Finger der Rechten auf und ab gleiten.

„Guten Abend, Lizzie." Sie gab mir keine Antwort, und ohne auch eine Antwort abzuwarten, ging ich an den Tisch und breitete die Anweisungen aus, während ich ruhig sagte: „Ich habe dir hier, da ich übermorgen abzureisen gedenke, ein Geschenk von zwölftausend Dollar hingelegt; ich denke, es wird genügen, um …"

Keine Antwort. Ich ging nun zu ihr. Sie legte ihre Hände in die meinigen und lehnte den schmalen Kopf an meine Brust:

„Ich will dein Geld nicht, Henri, und – vergiß mich nicht." Dann schlug sie die Augen zu mir auf und sah mich klar und fest an – – – in ihren Augen aber lag eine Welt von Schönheit, von flehender Schönheit; lag die Welt der Liebe.

Hätte ich meine Arme um sie geschlungen, vielleicht … vielleicht …

Aber ich tat es nicht. Eine Pause, minutenlang, trat ein; dann erhob sie sich ruhig, und an den Tisch tretend, ließ sie sich von mir die Checks erklären, vollständig gelassen.

Am andern Morgen ging sie, um eine Besorgung in der Stadt zu machen, aus, und nachdem sie zurückgekehrt war, sprachen wir, wie im Geschäftston, über unsre beiderseitige Zukunft. Sie dankte mir für die Güte, die ich ihr jeder Zeit bewiesen habe, und bat mich schließlich, das ihr geschenkte Geld an arme Verwandte im Staate Ohio schicken zu dürfen. Ich konnte, nach einigen Widerreden, nichts dagegen zu erinnern finden. Einen letzten Liebesdienst noch möge ich ihr erweisen und die Banknoten für die ebengenannten Verwandten dem Bankier James B. Delano auf dem Broadway zur Auslieferung übermitteln.

Darauf sprachen wir von meiner Reise und von den Sachen, die ich mitnehmen wollte. Als es dämmerte, ging ich, um das Geschäft für sie zu besorgen.

Schon in der Tür, eilte Lizzie noch einmal zu mir, ergriff meine Hände und küßte sie mit einer Leidenschaft, die ich nicht bei ihr geahnt hätte.

Während meines Weges downtown (wie der Newyorker sagt) mußte ich fort und fort in die roten Abendwolken sehen, die über Castle Garden und Staten Island hingen. Eine unnennbare Sehnsucht nach Deutschland, nach den alten gewohnten Verhältnissen, überfiel mich. Zurück, zurück.

Es war Nacht geworden, als ich nach Hause kam. Der Chinese öffnete mir, wie gewöhnlich.

Als ich ins Zimmer trat, brannte eine kleine gefärbte Ampel und warf spärliches Licht. Es duftete schwer nach Ylang-Ylang ihrem Lieblingsräucherwerk. „Lizzie“, sagte ich. Es kam keine Antwort. Ich trat nun ganz hinein und sah sie, schlafend, auf der Chaiselongue ausgestreckt. Das schwache Licht gab geisterhaften Schein.

Ich trat an sie hinan, ganz nahe. Ihre langen, wie Ebenholz dunklen Haare waren aufgelöst um Schulter und Nacken. Das schöne Haupt, ein bleicher Mond in schwarzen Wassern, lag in ihnen.

„Lizzie, Lizzie“, schrie ich, und an ihre Seite stürzend, strömten meine Tränen über das süße Gesicht.

Sie war tot. Auf dem Tische sagte mir ein geleertes Glas, was geschehen. Auf einem Zettel stand, von ihrer ungeschickten Hand geschrieben:

Forget me not. Lizzie.

Hatte ich geschlafen? Ich sah nach dem Rauch des Dampfers. Er war nicht mehr zu entdecken.

Meereinsamkeit … Waldeinsamkeit …

Da hörte ich hinter mir schnarchen. Es waren Vater und Sohn Tams. Der eine sperrte das Maul auf, der andere das Mäulchen. Leäne, die zu meinen Füßen lag, sah mich, in ihrer Stellung verbleibend, von unten an, wedelte und schlief mit einem tiefen Atemzug wieder ein.

„He, Hans!“ Der Alte erwachte. Bald waren wir auf dem Heimweg. Unterwegs zeigte mir Tams einen schwachen, niedergetretenen Streifen, der über den Grasweg führte. Hier wechselte das Damwild.

Wir sprachen im Flüsterton, als wenn der Hirsch in unmittelbarer Nähe wäre.

Ich beschloß, am nächsten Morgen einen Schaufler zu schießen.

Auf meinem Gute angekommen, aß ich Rühreier und Schinken und einen Speckpfannkuchen, den meine alte Haushälterin, Wiebke Hinrichsen, so vortrefflich zuzubereiten versteht, und streckte mich dann rauchend in den Lehnstuhl. Neben mir auf dem Tische lagen die angekommenen Zeitungen, Zeitschriften und Briefe. Doch kam ich nicht zum Lesen; eine innere Unruhe ließ nicht von mir, und weit vor Tagesanbruch schon wanderte ich mit meiner Kugelbüchse auf den Anstand. Bald stand ich regungslos auf meinem Platze. Noch rief der Waldkauz. Dann wurde es ganz still. Einmal im Gebüsch hinter mir raschelte es: vielleicht ein zu früh erwachtes Vögelchen. Ein kurzer Windstoß, der Verkünder des jungen Tages, kam und starb. Dämmer. Heller und heller. Der Morgen.

Plötzlich leises, vorsichtiges Knacken im Unterholz, und wieder still. So schleicht der Feind an einen Posten, den er überfallen will.

Der Hirsch.

Ein Knall. Volle Flucht noch hundert Schritt, und der Recke des Waldes bricht verendet zusammen. Es war ein guter Blattschuß gewesen.

Die Waldschnepfenjagd (Gedicht)

Vor Tagesanbruch ging ich einst zum Busch,
Den scheuen Vogel zu erlegen, der,
Im Frühlingswanderzug nach ferner Küste,
Geheimnisvoll durch unsre Wälder zieht.
Bald stand ich schußbereit am Holzesrande,
Zu Füßen, jagdgierzitternd, saß der Hund.
In schwerem Dunste lag die feuchte Wiese,
Und drüber weg, trotz Dämmerung und Nebel
Sah deutlich ichs, bog sich ein Kranz von Tannen.
Schon zwitscherten, doch klang es noch aus Träumen,
Vereinzelt Vogelstimmen, und es brach
Wie flüsternd durch die kahlen, schwarzen Äste
Ein kurzer, kühler Windstoß, der, ein Läufer,
Den Sonnenaufgang eilig pflegt zu künden.
Da sah zwei Menschen ich am Tannensaum.
Im Jagdrock er, die Büchse umgehangen,
Den Hut ein Weniges aufs Ohr geschoben.
Das Mädchen eingeschmiegt in dichte Pelze,
Ein weißes Tüchelchen um Kopf und Schulter.
Es lag ihre Händchen in den seinen.
Aus Nebeltoren zog die Siegersonne.
Und von des Mädchens Schönheit wie berauscht,
Nahm schnell er ihr das weiße Tuch vom Haupte,
Daß schwer in goldenroten, breiten Strömen
Das ungebundne Haar sie ganz umfloß.
Wie halb ertappt auf unerlaubten Wegen,
Fand ich mich bald in anderen Gehegen.

Die Ermelinenhöhle

Wir saßen beim schwarzen Kaffee, die alte Dame und ich. Des Tages steigende Wärme und die Bewegung bei den vormittäglichen Arbeiten hatten die alte Dame ermüdet. Zurückgelehnt in den Fauteuil genoß sie das Wohltun schläfriger Stille. Um ihr Nickerchen nicht zu stören, verhielt ich mich ruhig. Die Uhr in ihrem schlichten Holzgehäus an der Wand; Pelargonien knallig rot in den offenen Fenstern; tief unter ihnen vor heißer Südwand des Schlosses die scharrenden Hühner; an hohlem Holz der großen Eiche überm Weg zum Mausoleum der eifrige Specht; und klang es wirklich wie Trommelwirbel? Hatte das nicht mehr Ähnlichkeit mit kurzen Feuerstößen eines Maschinengewehrs? Wie brachte der Specht das bloß fertig? Die Stare im Garten drüben hatten es jedenfalls leichter, viel leichter als er; sie plünderten die Kirschbäume in ungestörtem Verlangen. Mochten sie's tun. Die Früchte zu ernten lohnte sich nicht. Der Marktpreis brachte die Kosten für Pflückarbeit und Transport nicht ein. Was überhaupt war noch lohnend zu säen, zu pflanzen, zu ernten? Im vergangenen Jahr hatten die saftigen Zuckermelonen an Schweine verfüttert werden müssen und sechs Eier waren mit einem Dinar bezahlt worden, nach deutscher Währung das Ei mit einem Pfennig. Allein der Weinbau rentierte sich noch. Vier Dinar für den Liter vom Roten aus der Gutedeltraube, fünf für den Liter Welschriesling, sechs für den Muskateller, sieben für den karfunkelroten, süffigen Portugieser. Wer da einen Weingarten in guter Lage und die Arbeiter fürs Behauen, Binden und Spritzen hatte, der glaubte an Gott und die Regierung in Belgrad; wer keinen Weingarten besaß, war fromm und trug die Verheißung des Erlösers im Herzen.

Die alte Dame wurde plötzlich unruhig. Griff hastig nach einer Zigarette und setzte sie, mir zuvorkommend, ebenso rasch in Brand; warf ihren Kopf nach rechts, nach links, begann heftig zu atmen, stand auf. Hatte sie einen schlechten Traum gehabt? „Nein", sagte sie, auf und ab gehend, „es ist kein Traum, ist etwas anderes." Trat dann auf den Füßen wippend vor mich hin und sagte: „Du wirst sehen, es passiert etwas Unerwartetes … ein Besuch oder ein Brief, ich weiß nicht, habe nur bestimmtes Gefühl, daß etwas …"

Unmittelbar danach heller Aufruhr unter den Hühnern draußen. Und das bekam ich im Blick aus dem Fenster zu sehen:

Fuchs mitten zwischen stiebendem, zeterndem Hühnervolk. Hat auch schon eine braune Henne, wirft sie jedoch aus dem Fang und setzt anderen Schreihälsen nach. Goldrotbunt die nächste, die dran glauben muß; und wiederum läßt er die Beute fallen. Was für ein Bursche? Ein Fuchs, der Amok läuft? Oder ein Lustmörder? Ein drittes Huhn in dunklem Kleid teilt das Schicksal mit seinen Vorgängern, das vierte aber, auf das es der Fuchs abgesehen hat, ist reinweiß. Eine kräftige, schwere Henne, die alle Federn einsetzt, auf ein Luftkissen zu kommen, das höher trägt. Will dennoch scheinen, als sei es umsonst. Gleich wird auch sie der rote Ritter, doch dann … Im Satz über vermeintlich stufenhohen Stein saust der blindgierige Räuber mit vergeblich schräg aufgerissener Steuerlunte in den entleerten Futtersilo, während der Henne die Landung auf sicherem Boden glückt.

Der Aushub ist dreiundeinenhalben Meter tief. Wände und Boden Beton; harte Tatsache, die der Fuchs nach einer Tastprobe begreift. Viereckig die zwölf Quadratmeter große Fläche, viereckig auf einmal auch der Himmel darüber. Was gäbe dem Gefangenen noch Hoffnung? Dieses vielleicht, daß die Szene einen Jägermenschen zum Beobachter gehabt hatte? Mich, der es dir, mein Füchslein, in deiner Verwegenheit zwar nicht gleichtun könnte, aber in der Verstellung? Denn höre bloß, was ich der lieben alten Dame, die ohne Brille nichts von deinem Mißgeschick hat sehen können, jetzt erzähle? „Drei Hühner hat der Fuchs auf dem Gewissen, merkwürdigerweise aber keines von ihnen mitgeschleppt, als er sich wieder davongemacht hat. Ein Verhalten, das mir bislang fremd gewesen war. Ich werde die abgemurksten Hennen holen; wem der Leute sie gehören, wird sich dann bald herausstellen. Dem Hofbesitzer von nebenan vermutlich oder dem Bildhauer drüben im Nebengebäude."

Die alte Dame sah beruhigt drein und setzte sich an ihren Schreibtisch. Ich begab mich zwei Räume weiter an ein Fenster, aus dem die Grube gut einzusehen war.

Der Fuchs kreiste eine Weile lang. Er änderte dabei den Kurs nicht ein einziges Mal, zog den Kreis nahe der Wand gegen den Uhrzeiger und blieb dann in schattiger Ecke sitzen. Ich ging hinunter, die Hühner zu sammeln, und warf im Vorübergehen einen Blick in den Silo. Der Fuchs blickte auf, ohne Frucht und Scheu zu zeigen.

Seine Missetaten schienen keinen anderen Menschen zum Zeugen gehabt zu haben. Der Besitzer des nahegelegenen Stalles war mit dem Knecht am frühen Morgen in den Weinberg gegangen, um die Rebblätter mit verflüssigtem Kupfervitriol gegen Peranospera zu spritzen; seine anderen Dienstleute befanden sich beim Heuen auf ferngelegener Wiese.

Ich legte die drei Hühner in der dunklen Holzlage ab und schultere vier längere Bretter auf, um mit ihnen einen Teil der Grube zu überdecken. Während ich damit beschäftigt war und das Verhalten des Fuchses beobachtete, kamen nacheinander drei Wagen auf der geschotterten Straße herab. Diese Straße zieht in vielen Windungen vom Hügelland der Weingärten ins Savetal hinunter. Wie allgemein üblich, waren den Wagen Kühe und Ochsen vorgespannt. Die Leute machten Rast, um die Zugtiere zu tränken. Es war ihnen gewährt, das Wasser aus dem unerschöpflichen tiefen Brunnen heraufzuwinden, der, überschattet von hoher Roßkastanie und eingehüttet, aber nie verschlossen, an der Straße lag und die Bewohner des Schlosses und der anliegenden Gebäude seit undenklichen Zeiten mit seinem quellkalten Wasser versorgte. Die Männer auf den Wagen hatten mich gesehen, und weil sich einer von ihnen bei der Arbeit eine Verletzung an der Hand zugezogen hatte, kam ihm der Gedanke, mich um Jodtinktur und Pflaster zu bitten. Ich hatte sein Näherkommen nicht bemerkt, und der Fuchs war verraten. Sehr bald umstanden vier Männer die Grube, und was sie redeten, geschah nicht im Flüsterton. Die Versammlung wurde größer, und in jedem dieser Menschen, ob groß ob klein, ob Mann ob Weib, entbrannte der Wunsch, das Tier zu töten. Steinigen sagten die einen, mit der Gabel abstechen die anderen, Schlinge um den Hals und aufhängen, die dritten. Petroleum ins Loch und anzünden, keifte ein Weib. Was sollte ich diesen Menschen sagen?

Sollte ich ihnen von den vielen, auch für den Menschen nützlichen Eigenschaften des Fuchses erzählen? Sollte ich ihnen zu bedenken geben, daß auch der Fuchs eine Familie gründet, Kinder aufzieht und sich vor allem ihrerwegen in Sommermonaten zum Hühnerdieb macht? Konnte ich von ihnen soviel Verstand voraussetzen, daß sie den Fuchs als raubberechtigtes Mitglied im Verein aller Tiere anzuerkennen bereit waren? Fuchs, der vom Schöpfer selbst mit Raubritterrechten privilegiert worden war? Etwas Besseres fiel mir ein, etwas Füchsisches …

„Braucht nicht zu sorgen, daß der Strolch mit dem Leben könnte davonkommen", sagte ich den Leuten. „Das verläßliche Ende wird ihm mein Gewehr machen. Ein Schuß groben Hagels, der ihn auf der Stelle umwirft. Werdet jedoch einsehen, daß ich nicht auf ihn knallen kann, so lange wie er in dem Loch ist. Dabei könnten die an ihm vorbeistreuenden Schrote vom Beton zurückspritzen und ins Auge gehen. Und wer kann mir ein verlorenes Auge wiedergeben? Dem Fuchs muß deshalb zuerst Gelegenheit zum Entspringen aus dem Kerker da unten gegeben werden. Wie? Das ist furchbar einfach. Ein Langbrett schräg abwärts ins Loch gestellt, und wer dagegen wetten will, daß der Fuchs dann nicht übers Brett flüchtet, dem halte ich gegen seinen Einsatz. Wer wettet? Keiner … Abgewartet also, bis ich mit der Flinte wieder zur Stelle sein werde."

Flinte. Eine eigene hatte ich dort im Schloß nicht, aber die alte Dame besaß dergleichen in einem Exemplar totaler Untauglichkeit. Sollte dem Vernehmen nach sehr braves Schießeisen gewesen sein, bevor die Läufe vorn verkürzt worden waren. Was angeblich nicht in Händen eines Büchsenmachers, sondern in einer Dorfschmiede vorgenommen gewesen war. Seither die Schrote wie der Strahl durch die Brause einer Gießkanne sprengten. Was konnte mich's in diesem Falle kümmern? War so belangslos wie das Fehlen von Patronen. Glauben macht selig, und versagten die „Patronen", dann hatte Gott es eben so gewollt …

Mit meinem Erscheinen am Schauplatz der Exekution steigerte sich die Spannung. Die Flinte machte den erwünschten glaubwürdigen Eindruck. Willig folgten die Leute meiner Weisung, sich zu entfernen. Einen Mann forderte ich auf, das Brett in die Grube hinabzulassen. Strahlend, sich als Auserwählter zu meiner Assistenz ansehen lassen zu dürfen, griff er nach einem Knüppel und gebärdete sich wie ein Boxer vor dem fight, wenn Scheinwerfer und Kameras auf ihn gerichtet werden. Den Knüppel in der rechten, das lange Brett in der linken Hand, hockte er an der Grube nieder, schob das Brett unter ein Knie und förderte es mit genießerischem Grinsen langsam schrägab in die Tiefe. Noch ehe die Brettkante des vorderen Endes auf den Boden gestoßen war, ereignete sich's. Aus seiner Ecke heraus schnellte sich der Fuchs auf das wippende Holz, war mit zwei Satz an Bord der Erde und bekam in diesem Augenblick eins auf den Kopf, daß ihm die Sinne schwanden. So erstaunlich die rasche Reaktion und der zielsichere Knüppel des Mannes, so erbärmlich dieser Ausgang der Geschichte. Und ich, der sie alle hatte betrügen wollen, mußte als Betrogener zusehen, wie der Fuchs noch zwei weitere kräftige Hiebe auf den Kopf erhielt, wie er vom bejubelten Erleger an der Lunte gepackt, niederträchtig durch die Luft geschwenkt und den herbeilaufenden Leuten vor die Füße geworfen wurde.

Der verruchte Räuber war tot. Die Menschkreatur blinden Hasses und mörderischer Wollust sah sich nach Betten für ihr Gewissen um. Ja, in den Nachrufen auf den Erschlagenen schwang sogar frommes Geläut. Gott meiner Seel, wär er nicht so verdorben, nicht so ein Lump, er hätt's nicht verdient. Aber wie uns, werden auch ihm alle Sünden vergeben sein. Eine andere Stimme: Hat so ein schimpfliches Ende nehmen müssen mit ihm, wo er doch nichts hatte für können … Und die Gewohnheit: Hat's ein End mit ihr – mit seinem Tod? Wird jeder Fuchs wieder einer werden, wie der hier gewesen. Dritte Stimme: Da liegst jetzt in dei'm Tode, hat dir all Falsch und Schläue nix nutzt, aba, wann i dich so sehe, da tut mir's anderswo weh, weil keiner was von dei'm Verrecken haben tut, wo's Fell im sommrigen Haar zu nix taugt … 's wär, scheint mir, g'scheiter g'wesen … kannst aba nix machen … Gott sieh's drein, sind halt Menschen. Weiberworte: Wann jeder von uns gleich tät derschlagen werden, weil er's treibt wie der, da müßt unser Herr Dechant als erster drankommen, weil er durchbrennt ist mit der Sparkasse und verspielt hat in Monte Carlo, der feine hochwürdige Herr … und nacha da käm jeder andre dran vom Regenten und den Ministern aba bis auf … Soll Gott mir vergeben, was ich gesagt habe, aber vergeben auch dir, der's hingemacht hat, das arme Viech...

Die Leute verliefen sich. Zurück blieben der Mann mit dem unbarmherzigen Knüppel und drei seiner Freunde von den Fuhrwerken an der Brunnentränke. Sie rauchten Zigaretten an und baten mich, das Gewehr ein wenig studieren zu dürfen. Ich überließ es ihnen, es wanderte von Hand zu Hand, von Probe zu Probe zielsuchenden Anschlagens. Meinungen wurden getauscht, Mordgelüste geweckt. Wer Augen hat auf ein Gewehr und es reizvoll findet, dem zuerst schießt es ein Loch in den Kopf; und wer sich an den Spieltisch setzt, dem ergeht es ebenso. Aber der Fuchs überläßt es den Hühnern, den Tag zu wecken; und fällt er unter die Mörder, steckt er seinen Kopf ins Loch ihrer Köpfe.

Wie hier. Die aus einem Lauscher schweißende Fähe am Boden neben uns bekam plötzlich Leben und Läufe. Unterm Gejohle der Männer ging sie flüchtig hügelan in den Wald. Wie warm wurde mir da …

Eine Stunde später war mir der geeignete Hund am Riemen zur Hand. Ein Jagdterrier, den mir sein Herr gern überlassen hatte, um Gewißheit zu bekommen, ob Ermeline trotz der mutmaßlichen Schädelfraktur und Gehirnerschütterung heil weitergekommen war, und wo sich ihr Geheck befand. War doch anzunehmen, daß sie zum Bau getrabt war.

Struck, der Terrier, fiel die Spur sofort hitzig und wie ein Teufel am Riemen zerrend an. Sie führte durch den Bestand hoher Edelkastanien, Akazien und Buchen nahe ans Haus des schwarzen Zugic heran. Der war ein einschichtig hausender Herr über zwei Kühe und zwölf Zwetschgenbäume auf eigenem Grund; an jedem Fest zu Gottes Ehre und jedem Feiertag im Kalender der jungfräulichen Gottesmutter jedoch Leibeigener eines anderen, ihn noch viel seliger machenden Gottes, der Bacchus sich nennt, und gegen dessen seligmachende Gaben und Gnaden die Erträgnisse der beiden Kühe und zwölf Zwetschgenbäume eingetauscht wurden. Die Sühne für solchen Sündenfall stand ihm dann gewöhnlich drei Tage lang im verpflasterten Gesicht und ließ darauf schließen, daß Mama Zugic noch am Leben war; denn zu sehen bekam man sie nie. Von hier führte mich Struck ins wüchsige Holz der Edelkastanien, deren Stöcke, wie sie rund um die Stubben treiben, nach erreichter Höhe von vier und fünf Metern geschlagen und zugespitzt, den Weingärtnern als Pflöcke zum Aufbinden der Rebranken dienen. Dann ging's hinein in den nach Süden hin offenen großen Kessel mit den Rebenpflanzungen an lehmigen Hängen, durch feuchten Grund mit schmalem Wässerlein und wieder die Ränge hinauf in der großen, vitriolblaugrünen Arena bis zu einem langgestreckten Eselsrücken mit naturbelassener Wildnis. Die Vermutung lag nahe, daß sich der Bau hier befand. Es traf jedoch nicht zu. Struck hielt die Spur, die uns in großem Bogen jenseits wieder hinabführte und mich in lieblich gelegenem, verstecktem Winkel mit einem Einschichthof bekannt machte. Der war von einem Kestenbaum überschattet, dessen Stamm in Brusthöhe über acht Umfangmeter hatte. Die Spur folgte hier etwa zweihundert Schritte einem mergelgelben Fahrweg, dann über die Böschung in dornig verstrauchten Hang. Ich wollte den Hund nicht schnallen, mußte mich also durch reißende und stechende Wehr zwängen. Die Mühe war nicht vergeblich. In diesem Dickicht und an scharfem Gefälle befand sich der Bau. Sein „Schindanger“ lag einige Meter tiefer. Die Speisereste waren über den schmalen Balkon vor den Röhren geworfen worden.

Ich kehrte befriedigt um und beschloß, am nächsten Tag mit den drei abgekragelten Hühnern den lieben Fuchsgott zu spielen.

Um mich auf dem Wege zum Bau keiner Beobachtung auszusetzen, zog ich in grauer Frühe hinaus. Ein Huhn legte ich aus, die beiden anderen machte ich zu baumelnden Bissen in gut zwei Meter Höhe über dem Boden. Es war den Jungfüchsen nicht zuzutrauen, daß sie sich die hängenden Hühner schnappen konnten. War die Fähe dazu imstande, dann wollte ich es als Zeichen ihrer fortschreitenden Genesung ansehen. Bei dieser Verrichtung sah ich mir die „Küchenabfälle“ ein wenig genauer an. Unter diesen befand sich ein Knochen, groß und braun. Zugehörend welchem Tier gewesen?

„Machen Sie mir nichts vor“, sagte der Tierarzt, dem ich diesem Knochen einige Tage später vorlegte. „Sie wissen so gut wie ich, daß es der Oberschenkelknochen eines ausgewachsenen Mannes ist, und ich werde mich nicht darin täuschen zu wissen, woher Sie ihn haben. Den haben Sie aus der Gruft im Mausoleum vom Stasi, wie die Leute hier den Anastasius Grün nennen und dabei ausspucken, weil sie den Robot für ihn noch in Erinnerung haben. Das heißt, in den Schulen, da wird ihnen erzählt, auch der Dichter und freiheitliche Politiker Graf Anton Alexander Auersperg, der Anastasius Grün sich nannte, sei ein Leuteschinder gewesen wie alle anderen Herren in der Welt; seine Seele sei deswegen verdammt, müsse in Unfrieden auf Erden verweilen, gehe mitunter in Spukgestalt um. Hat sich umgesprochen, daß erst jüngst in die Gruft des Mausoleums eingebrochen wurde und keiner seine Hand dafür hätte hergeben wollen, die Gebeine wieder zu ordnen, die da aus den Särgen herausgerissen wurden; die Gendarmerie soll die Anzeige überhaupt nicht zur Kenntnis genommen, eine Verfolgung der Leichenfledderer unterlassen haben. Sie müssen's wissen. Denn Sie, und auch das hat sich herumgesprochen, haben wieder Ordnung in der Gruft gemacht, und stimmt es, was ich gehört habe? Das Antlitz von Ihrem Urgroßonkel Anastasius Grün soll sich noch gut erkennen lassen … getrocknet Fleisch und Haut, daran der Bart, das Kopfhaar … stimmt's? So wie das mit dem Knochen hier stimmt, wenn ich sage: Andenken an die Stunden Ihres Aufenthalts in der finsteren Moderhöhle unter dem schönen kleinen Grufttempel da oben am Wald?"

„Irrtum, lieber Herr Doktor", erwiderte ich. „Dieser Knochen wurde von mir im Freiland gefunden. Und daraufhin sehen Sie ihn bitte noch einmal sehr genau an. Das andere aber stimmt. Ich habe den Leichnam von Anastasius Grün in einem Zustand gefunden, der keinen Ekel machte; im Gegensatz zu anderen Leichen, die aus ihren Särgen geworfen worden waren. Auch die Kranzschleifen deutscher Burschenschaften, des Turnvereins von Vater Jahn und anderer freiheitlicher Körperschaften Deutschlands fand ich teilweise gut erhalten. Und wissen Sie, wie die Grufträuber den Einbruch unternahmen? Sie zerschmetterten zuerst die Glasscheibe über dem Portal des Mausoleums, um einzusteigen. Daraufhin beförderten sie zwei Stangen frisch geschlagener Akazien auf demselben Weg ins Innere, um sie als Hebel zum Hochstemmen der sehr schweren Bodenplatte zu verwenden. Als ihnen dies gelungen war, sicherten sie den Spalt, indem sie die im Mausoleum aufgestellte Büste von Anastasius Grün zwischen angehobene Steinplatte und Fließboden schoben. Dann seilten sie sich vermutlich in die Gruft ab oder nahmen eine Strickleiter zu Hilfe. Man kann von Glück reden, daß die Büste der großen Belastung gewachsen gewesen war und keinen wesentlichen Schaden genommen hat. Dieser Knochen ist also nicht aus der Gruft, und die Fundstelle liegt eine Wegstunde weit von der nächsten Kirche und ihrem Gräberfeld. Der Kirchhof dort ist ummauert. Daß es sich um einen von dorther vertragenen Knochen handeln könnte, erscheint mir deshalb zweifelhaft. Was ist Ihre Meinung?"

„Ich bin vorsichtig", sagte der Tierarzt. „Ich will darum nichts behaupten, nichts annehmen. Überlassen Sie mir den Knochen."

Wollte er ihn genauer untersuchen lassen? Das konnte ich selber auch tun.

War's zu verwundern, daß der Knochen alsbald wie phosphorisierendes Leuchten in Gefilden meiner Phantasie geisterte? Immer wieder diese Fragen: Wie war der Fuchs an den Knochen gekommen und wo? Welchem Körper hatte er zugehört, wie war der betreffende Mensch aus dem Leben gegangen und wo? Verbarg sich ein Blutverbrechen dahinter, das keinen Zeugen gehabt hatte? Oder hatte der Mensch seinem Leben selber ein Ende gemacht? Der seit altersher verrufene große Wald, die Krakau genannt, lag nicht weitab von der Fundstelle; nicht einmal so weit entfernt wie das Schloß. Und am Rande dieses großen Laub- und Buschwaldes, darin schon so mancher dunkle Mann geendet hatte, siedelten vereinzelt Zigeuner. Wen kümmerte es, was sie lebten und wie sie lebten, wer fragte nach ihren Familien, wer wußte, unter welchen Weidenbäumen sie ihre Toten in der Nacht begruben? Lag noch anderes Menschengebein in der Nähe des Fuchsbaues umher, dann wollte ich's finden.

Die Hühner waren vertilgt worden und ihre Flügelreste gaben dem Stilleben der Fraßabfälle frische Farbflecke. Auf Knien rutschend, suchte ich den Platz ab. Einen zweiten Knochen fand ich nicht, aber die Ausdauer wurde durch einen anderen Fund belohnt: Einen Stein mit glattem Rundloch in der Mitte, groß genug, um den Daumen durchzustecken. Ich nahm ihn mit und legte ihn auf den Tisch in meinem Zimmer.

In Tagen danach unternahm ich eine mehrwöchige Reise, und als ich zurückkehrte, fand ich einen Brief unter dem Stein vor, darin mir ein Forscher aus der Bezirksstadt seine Adresse angegeben und mich gebeten hatte, ihn sobald wie möglich zu besuchen. Wie ich von der alten Dame erfuhr, hatte er gelegentlich eines Besuches bei ihr den Stein zu sehen bekommen und sich sehr eingehend mit ihm beschäftigt.

Ich machte Otto Aumann meinen Besuch. Sogleich sprach er mich auf den Stein an und wünschte, dessen Fundort kennenzulernen. Wir begaben uns zu dem Fuchsbau, der nun, im Juli, nicht mehr befahren war. Unterwegs erzählte ich meinem Begleiter die mit der Fuchsfähe erlebte Geschichte. Er hörte sie wie hingewendet einem Jäger an, den man des Lateins verdächtigt. Als ich ihm aber den gefundenen Knochen erwähnte, schien mir etwas in seinem Kopfe virulent zu werden.

An Ort und Stelle fragte mich Aumann, ob ich mir vorstellen könne, wie tief der Bau wäre. Ich sagte ihm, daß wahrscheinlich Dachse die Baumeister gewesen waren und die Füchse bei ihnen nur in Untermiete gewohnt hatten. Erfahrung mit solchen an Steilhängen angelegten Bauen besäße ich zwar nicht, nähme aber an, daß die Anlage mehr als zehn Laufmeter groß sei. Das war eine Auskunft nach seinem Wunsch. Sie bestärkte ihn in der geheimen Vermutung, es mit einer Höhle zu tun zu haben, deren Tor „blind" war. Wirklich entdeckte er bald darauf einen im oberen Teil des Hanges stellenweise bis zu vierzig Zentimeter breit klaffenden, horizontal verlaufenden Spalt, dessen Tiefe sich mit einem langgeschnittenen Haselstock nicht ausloten ließ.

Zwei Wochen danach schickte er einen Boten zu mir. Die ihm mitgegebenen Zeilen enthielten die Bitte an mich, zum Fuchsbau zu kommen. Dort bot sich mir ein völlig anderes Bild. Die Sträucher waren abgeholzt und ein schwarzes Loch im Hang gähnte mir entgegen. Und was war das wie auf eine Bretterbühne ein wenig abseits aufgebaute Sammelsurium?

„Das ist bei weitem noch nicht alles, was die Höhle beherbergt", sagte ihr Entdecker. „Diese mehr als vierzig Fundstücke sind nur die erste Ausbeute. Einen Menschen wie in Krapina habe ich leider nicht ausgegraben, aber sehen Sie sich das hier an: Zwei unbeschädigte Reißzähne vom Höhlenbär, selten schöne Exemplare; daneben angebrochene Zähne anderer drei Höhlenbären; hier Fragmente größerer Röhrenknochen, auch von Höhlenbären; die geglätteten Ränder deuten an, daß die Knochen bestimmten Verrichtungen dienten. Dieselbe Abscheuerung hier, an den Rändern einer Hüftgelenkpfanne, in der wahrscheinlich Talg den Stoff für Beleuchtung abgegeben hatte. Aus diesen Fundstücken schließe ich, daß in dieser kleinen, etwa vierzig Quadratmeter Bodenfläche messenden Höhle Menschen vor – na, sagen wir dreißigtausend, vierzigtausend Jahren gehaust hatten. Es weisen darauf vor allem die Holzkohlenbrandreste hin, die ich in derselben Tiefe vorfand wie die Geräte aus den Gebeinen von Höhlenbären. Wären die Bären in der Höhle verendet, dann müßten sich andere Knochen von ihnen finden lassen. Das ist bis jetzt nicht der Fall. Was ich ausgegraben habe, das sind alles Knochen, deren sich der Mensch damaliger Zeit bediente. Also Geräte. Leider keine Spur, kein Fundstück von diesen Menschen selbst, kein Schädel eines Jägers aus der frühen Altsteinzeitperiode. Nur seine Geräte, zu denen auch Ihr Fund, der Stein mit dem Rundloch gehört. Vier ähnliche und noch größere Steine sehen Sie hier, und wissen Sie, wie diese kreisrunden polierten Löcher durch den Stein gemacht wurden? Der Mensch hat sie geschmirgelt. Man könnte die Arbeitsstunden nachrechnen, denn das Verfahren läßt sich prüfen. Derselben Periode gehören die Faustkeile und die von Steinen abgespalteten Stücke hier an; späterer Epoche dagegen diese Muschelkette, wie ich glaube. Man wird noch mehr finden. Einer wiederum viel späteren Epoche, nämlich der Bronzezeit, so um zwölfhundert vor der Zeitrechnung, sind diese Stücke hier zuzuordnen. Schließen, Spangen, Schmuckgegenstände darunter, wie Sie sehen. Was daneben liegt sind Menschenknochen; der von Ihnen gefundene Oberschenkelknochen gehört dazu. Sie haben keine Bedeutung, sind nämlich noch nicht einmal vierhundert Jahre alt. Ich nehme an, daß es sich um einen Toten aus dem gräßlichen Bauernaufstand handelt, der im Frühjahr oder genauer, im Februar 1573, tobte. Da hatte es nicht weit von hier eine Schlacht gegeben, bei der ein paar tausend Bauern umkamen. Besitzer des Schlosses war damals Valvasor gewesen, ein Vorfahre des berühmten Historienschreibers. Ich nehme an, daß die Knochen des Mannes, die wir hier gefunden haben, das geschätzte Alter haben; bestimmt läßt sich das nicht sagen. Aber diese Knochen haben in der oberen Schicht des Lößbodens gelegen. Ihre beiden Fundstücke, der Knochen und der Stein, wurden von Dachsen oder Füchsen bei der Anlage des Baues herausgeworfen. Wie also wollen wir die kleine Höhle nennen? Grimbart-Höhle? Reineke-Höhle?“

„Nennen wir sie Ermelinen-Höhle“, erwiderte ich, „denn ihre Entdeckung haben wir einer Fuchsfähe zu verdanken.

Ernst Wiechert

Mein erster Adler

Ich war dreizehn Jahre alt und aus der Stadt zu den Sommerferien nach Hause gekommen. Wir hatten einen neuen Forstaufseher bekommen, und er empfing uns, meinen Bruder und mich, mit den Worten: „Ich weiß einen Schreiadlerhorst, und einer von euch darf einen Adler schießen." Es gab genug Wunder in unsren Wäldern, aber es dauerte eine Weile, bis wir dieses Wunder begriffen. Wir sahen einander an, mein Bruder und ich, und in diesem Blick fühlten wir, daß Böses und Schmerzliches unter diesem Wunder lag: einer von uns mußte verzichten. Keiner würde es freiwillig tun, denn für einen Adler würden wir unsre Seligkeit verkauft haben. Wir sprachen nicht miteinander, aber mit jedem Blick wußten wir, was der andere dachte.

Am zweiten Tag mußten wir losen. Mit Grashalmen, wie sich das im Walde gehörte. Und ich verlor. Ich starrte auf meinen Halm und dann auf den meines Bruders: es war kein Zweifel, daß ich verloren hatte. Es war selbstverständlich, daß ich weinte. Und heute, wenn ich fünfunddreißig Jahre zurückblicke, ist es mir auch selbstverständlich, daß ich mich gegen mein Schicksal auflehnte. Ich wußte damals nicht, daß jedes Schicksal gut ist. Ich saß auf meinen Lieblingsplätzen in den Wäldern und grübelte. Drei Tage lang. Und am vierten nahm ich einen großen weißen Bogen aus dem Schreibtisch meines Vaters und schrieb: „Ich verspreche und gelobe bei meiner heiligen Ehre …" So fing es an. Und dann folgte die Liste aller Dinge, Besitztümer, Privilegien und Gerechtsame, die ich auf meinen Bruder übertrug, wenn er mir den Adler überließe.

Es waren vier Bogenseiten. So reich ist ein Kind. Von zwei Zauberringen, die ineinanderzuschieben und wieder zu lösen waren, bis zu dem unbeschränkten Recht auf die Führung meines gezogenen Teschings, sechs Millimeterkaliber, belgisches Fabrikat, Fleckschuß auf hundert Meter mit der drei Zentimeter langen Winchesterpatrone, fehlte nichts. Ich war ein Bettler nach diesem Vertrag, ein waffenloser Krieger, ein Steinzeitparia. Aber ich würde eine Adlerfeder an der Mütze tragen!

Und mein Bruder verkaufte seine Erstgeburt. Um mehr als ein Linsengericht, aber er verkaufte sie. Ich glaube, daß er es mehr aus Güte tat als aus Lust an meinem Besitz, und ich schämte mich ein wenig. Nicht so sehr, daß es quälend war, aber ganz unten in meiner Seele war eine dunkle Kammer, an der ich scheu vorüberging. Erst viele Jahre später habe ich sie aufgemacht.

Und dann gingen wir eines Julimorgens los, der große Jäger und ich. Um halb vier Uhr, und ich hatte nicht mehr als eine Stunde geschlafen. Es war weiter als eine Meile. Betaute Wälder, über denen die Sonne sich hob und in denen jede Spur und jede Stimme mir vertraut war. Ich trug meines Vater Doppelflinte und seine Jagdtasche, und mein Herz schlug schon, als ich über die Schwelle unsres Hauses trat. Auch die Eroberung Amerikas kann nicht viel anders gewesen sein. Ein Gang mit dem großen Jäger war nicht leicht. Vieles mußte gewußt werden: jeder Vogelruf, jeder Vogelflug; was es bedeutete, daß die Kiefernzapfen weit geöffnet auf dem Moos lagen und daß der Tau auf den Spinngeweben funkelte; Windrichtung und jede Fährte im Sand; das Alter der Bruchstelle an einem geknickten Zweig und das Alter der Schonung, durch die wir gingen. Es war schwer, aber heute will mir scheinen, als ob ein Mensch in zwei solchen Stunden mehr hätte lernen können als in einem ganzen Jahr der Untertertia.

Der Horst lag an unsrem zweiten See, abseits der sumpfigen Ränder, in einer Verborgenheit, die ich noch niemals betreten hatte. Kraniche riefen von den Uferwiesen, Bäume waren übereinandergestürzt, Porstbüsche wucherten, und die Luft war schwer und fremd, die Dschungelluft eines andern Erdteils. Lautlos schleiche ich in der Spur des großen Jägers. Wir hören den Adler schreien und lauschen. Es ist ein andrer Schrei als der des Fischadlers, aber auch er ist klagend, traurig fallend und ergreifend. Der Wald steht wie ein finsteres Gewölbe und fängt den Schrei auf. Seltsam ist alles, wie ein verbotener Weg, ein Einbruch in ein gebanntes Heiligtum.

Aber der Jäger winkt und der Adlerschrei ist verstummt. Wir stehen unter dem Horst, gedeckt von einem Lindenbusch, unbeweglich, eine halbe Stunde lang. Noch einmal ruft in der Ferne der Adler, und über uns, aus dem riesigen Horst, antwortet die klagende Stimme des

Jungen, hoch und ängstlich wie die Stimme eines Rehkitzes. Ein weißer Kopf schiebt sich über den Horstrand, fahl und häßlich wie der Kopf eines Moorgespenstes.

Mahnend hebt der Jäger die Hand. Und dann pflückt er ein junges Lindenblatt, hebt es an die Lippen, und nun ruft es von unten herauf wie ein junger Adler, klagender noch und wie in Not. Meine Augen fliegen durch den rötlich bestrahlten Wald. Mein Herz klopft, und ich sehe Adler überall. „Ruhig", sagt der Jäger leise. „Ganz … ruhig …". Und dann ist er da. Lautlos. Zuerst ein Schatten, der dunkel und groß über die Wipfel jagt. Und dann er selbst. Die riesigen Schwingen … der Ast, der hinter ihm erbebt … der Donner des verstörten Schusses … Widerhall … Schweigen … vorbei …

Was hilft es, daß der Jäger mich tröstet? Wir gehen zurück. Jeder Schritt ist ein Schritt durch ein Meer von Schande, Schmerz und Verstoßung. Vorbei. Der erste Adler vorbei. Mein Bruder lächelt nicht, aber in der Nacht, in unsrer Oberstube, als er mich leise weinen hört, sagt er ruhig: „Wenn du willst, kannst du noch einmal gehen". Er hat seine Erstgeburt verkauft, aber nun verschenkt er sie. Ich weiß, daß er besser ist als ich, und ich liebe ihn sehr. Es ist dunkel,

und er kann es ja nicht sehen, und so brauche ich mich nicht so sehr zu schämen.

Zwei Wochen später habe ich den Adler geschossen. Aber es hat mich nicht mehr gefreut. Er starb vor mir auf dem Moos, und die kleinen dreieckigen Federn in seinem Nacken bebten leise in seinem Tod. Es war die erste große Erfahrung meines Lebens: daß die Sehnsucht besser ist als der Besitz. Ich habe keine Adler mehr geschossen, und wenn ich heute den großen und traurigen Schrei noch einmal höre, dann stehe ich lange still und lausche, und aus dem dunklen Tal der Erinnerung steht eine zweite Stimme auf, eine tiefe und ernste Stimme, die sich mit der hellen des Vogels verpflicht: „Wenn du willst, kannst du noch einmal gehen …"

Aber ich weiß nun, daß es nicht gut ist, noch einmal zu gehen.

Ernst Wiechert

Wolfsjagd

aus *Das einfache Leben*

Es war ein harter und langer Winter. Merkwürdige Vögel und merkwürdige Wanderer zogen über das Land, Propheten und Landstreicher, und eines Morgens stand Christoph in der Tür. Sein Bart reichte ihm immer noch bis auf den Gürtel, seine Augen waren nicht heller geworden, und auch der Geruch von Rauch und Fischen stieg immer noch aus seinen abgetragenen Kleidern.

Er schloß die Tür hinter sich, sah flüchtig über Thomas und Bildermann hin, die am Tisch bei ihrem Frühstück saßen, und trat dann leise auf seinen umwickelten und verschnürten Füßen vor den Globus. Dort blieb er lange stehen, die Hände auf den schweren Stock gestützt, und betrachtete die Länder und Meere, die so nahe und greifbar vor seinen Augen lagen. Schließlich hob er vorsichtig eine Hand, stieß leise an die Kugel und ließ sie um ihre Achse kreisen. Ein tiefes Erstaunen sammelte sich langsam in seinem Gesicht, von einer unbestimmten Trauer beschattet, und er konnte nicht müde werden, das Spiel zu wiederholen und die unerreichbaren Länder vorbeigleiten zu lassen.

Sie sahen ihm schweigend zu, und es bewegte sie wider Willen, wie er dort gleich einem Gefesselten stand und der bunte Traum der Welt sich an ihm vorüberschwang. Er sah nicht wie ein Sieger aus, viel eher wie ein Schiffbrüchiger, aber selbst der Geschlagene hatte noch die Unversöhnlichkeit dessen, der sein Schicksal nicht anerkennt.

Dann streifte er die Bücher und alles andere mit einem nachdenklichen Blick, trat schließlich zu ihnen an den Tisch und sagte: „Also doch verkleidet gewesen, Kapitän!“

Sie luden ihn ein, mit ihnen zu essen, und nach einer Weile fragte Thomas, wie es ihm ergangen sei und ob er die Fahne des Sieges schon näher sehe.

Aber er fuhr nur verächtlich mit der Hand durch die Luft. „Wenn der Bürger sich mästet", sagte er, „wundert sich kein Mensch. Er hat nie etwas anderes getan. Aber wenn der Proletarier ein Mastschwein wird, ist es nur zum Kotzen. Ich gehe jetzt."

Wohin er ginge?

Er deutete mit der Hand nach Osten, und seine schwermütigen Augen gingen der Hand voraus.

Ob er nicht lieber bleiben wolle? Er, Thomas, wolle mit dem General sprechen, ob er nicht eine Arbeit für ihn habe. Auch in den Früchten des Paradieses pflege der Wurm zu sitzen.

Nein, er wolle nicht bleiben. Zulange sei er Fischer gewesen, und die Fische wanderten, das wisse der Kapitän ja.

Ja, aber meistens ins Netz.

Das könne sein, erwiderte Christoph, aber er wolle anständig sterben.

Er bekam ein Glas Rum und ein Päckchen Tabak. Dann griff er wieder nach seinem Stock. „Wie ist das, Kapitän, mit der goldenen Krone?" fragte er auf der Schwelle und lächelte in seinen Bart.

„Sie steigt, Christoph", sagte Thomas. „Sie ist nicht mehr auf dem Grunde."

„Na, dann halt sie man fest, Kapitän!" meinte Christoph gutmütig.

Sie sahen ihn über das Eis davongehen, in seinem grauen kurzen Mantel, auf den lautlosen Füßen, die eine breite Spur hinterließen.

„Wie ein Wolf", sagte Bildermann nachdenklich.

Aber auch die Tiere wanderten über die gefrorene Schneedecke, Meilen und Meilen in einer einzigen Nacht, wenn sie so leicht waren, daß sie sie trug. Und eines Morgens, schon gegen Ausgang des Winters, machte Bildermann eine große Fährte aus, die er zuerst für die eines Hundes hielt, die ihm dann aber doch fremd und merkwürdig vorkam. Er fuhr in einer Schneewolke vor dem Schloß vor und ruhte nicht, bis der General das Pferd vor den Schlitten spannen ließ.

Es war eine Wolfsfährte.

Es dauerte bis zum Nachmittag, ehe sie die Schützen zusammen hatten. Der Wind war umgesprungen und wehte warm aus Südwesten durch die Wälder. Es regnete nicht, aber der Schnee fiel von den Bäumen. Zuerst stäubte er in Wolken und Schleiern herunter, und lange weiße Fahnen wehten durch den Wald. Dann aber begann er in schweren Stücken abzubrechen oder an den Ästen entlang zu gleiten. Dumpf schlug es auf die Erde, die befreiten Zweige schwankten, oder sie brachen vorher, da das Gewicht ihrer Last sich vergrößerte. Unruhe war in den Dickungen und im Hochwald, und sie waren alle besorgt, ob ihnen das Wild lautlos entgehen würde.

Thomas und der „junge Graf" standen nebeneinander bis die Schützen ihre Plätze eingenommen hatten. Pernein wollte ihn gern nach der Jagd mitnehmen, aber Thomas meinte, es werde zu spät werden, da sie einen Siegestrunk im Schloß doch nicht würden ausschlagen können. Ja, alle solche Siege, erwiderte der Graf, kämen ihm nie so ganz sauber vor. Zwanzig Treiber und zehn Schützen gegen ein einzelnes Wild seien keine besondere Leistung, und er sei bei solchen Gelegenheiten immer versucht, zu tun, als sehe er nichts, und das Wild durchzulassen. Ungleiche Waffen, das sei ihm immer fatal.

„Wir denken wieder zuviel", sagte Thomas lächelnd. „Sehen Sie Bildermann und die anderen. Sie sehen nur den Wolf ..."

„Ja, und wir sehen die Idee des Wolfes, lieber Orla. Das ist wahrscheinlich unser ganzes Geheimnis, nicht nur bei der Jagd ... also bis nachher."

Am Ende der Schneise wurde ein Arm gehoben, zum Zeichen, daß die Treiber angetreten waren. Sie waren angewiesen, leise und langsam zu gehen und nur von Zeit zu Zeit mit den Stöcken an einen Baum zu schlagen. Man hörte nur den Wind hoch durch die Wipfel gehen, mit einem hohlen Klang, der Tauwetter anzeigte, und den Schnee von den Bäumen fallen. Durch einen solchen Wald, dachte Thomas, würde der Alte nun wohl gehen, mit seinen umwickelten Füßen, und der Schnee würde auf seine Mütze fallen. Nein, es war ein zweifelhaftes Geschenk, das der Mensch mit dem Glauben bekommen hatte.

Ein Eichelhäher begann plötzlich in der Dickung zu lärmen, laut und aufgeregt, und es ging wie ein Schlag durch den ganzen Wald. Dann stieg das hohe wilde Geheul der Treiber wie ein Rakete aus der Tiefe, wurde jäh von ein, zwei, drei Schüssen zerschnitten und brach dann von neuem los, wilder noch und besessener als vorher, erfaßte die ganze Linie und warf sich wie eine einzig rasende Welle auf die Schützen zu.

Der Wolf mußte versucht haben, durch die Reihen der Treiber zu flüchten, mußte beschossen worden und wieder umgekehrt sein.

Nein, es ist doch nicht nur eine Idee, dachte Thomas, als er sein Herz schlagen hörte und den Büchsenlauf in seiner Hand zittern fühlte.

Zwischen ihm und dem Grafen Pernein standen in lockerem Verband mannshohe Fichten, noch tief mit Schnee bedeckt. Die Sicht war beschränkt und in das Innere der Dickung nur durch einen flachen, halbverwehten Graben geöffnet, von Haselnuß und Hainbuche gesäumt und bedeckt.

Erst als hier und da, noch ganz gedämpft, der helle Ton zu vernehmen war, mit dem der Stock eines Treibers gegen einen Baum schlug, erschien am Ende des Grabens unter den Zweigen einer gestürzten Fichte das fahle, eisgraue Gesicht des Wolfes. Es schob sich unter Schnee und Ästen so lautlos hervor wie ein Bild auf einer Leinwand, wendete sich, sicherte zurück, richtete die Lichter wieder nach vorn und schob sich schließlich unter dem Gestrüpp der Grabenböschung näher und näher heran. Ab und zu fiel ein handgroßes Stück des Schneebehanges von einem Haselnußzweig, der frei gewordene Ast schwankte leise auf und ab, und nur daraus war zu erraten, daß der Weg des Wildes sich ihnen näherte.

Sie hatten beide den Kolben ihrer Büchse an ihrer Wange, doch war es nicht möglich und auch nicht erlaubt, in die Dickung hineinzuschießen. Das Klopfen war nun schon nahe gekommen, und hier und da war der alte Treiberruf in polnischer Sprache zu vernehmen: „Jilk … Jilk! Jilk … Jilk!“ Es klang wie eine dumpfe Beschwörungsformel.

Am Ende des Grabens, auf der noch warmen Fährte des Wolfes stieg nun ein schneebehangener Mann mit grauem Bart über die gestürzte Fichte, erblickte die Fährte, hob beide Arme auf und schrie, alle Vorsicht und Regel vergessend, einmal wild und hoch über das Treiben hin.

Es war, als werfe der Schrei den Wolf wie eine Schleuder aus seiner letzten Deckung. Mit drei langen Fluchten war er am Rand der Schneise. Mit der vierten warf er sich hoch und lang über den weißen Weg, und noch in der Luft, mit dem grauen Fang schon an den ersten Zweigen des jenseitigen Waldes, empfing er die Kugel des Grafen. Thomas war es, als höre er den harten Schlag und als sähe er den

gestreckten Körper in der Luft zusammenzucken, ehe er sich im stäubenden Schnee überschlug, mit wilden Lichtern sich noch einmal aufbäumend und dann zusammenfallend wie grauer Staub.

„Schade“! sagte der Graf, als sie bei dem toten Körper standen. Seine Augen sahen grübelnd auf die Beute hinunter, und als er Thomas anblickte, mit dem abwesenden, traurigen Lächeln um den Mund, war es diesem, als sähe er hinter der hohen, in den Schultern geneigten Gestalt die lange Reihe seiner Vorfahren, die vielleicht in denselben Wäldern den Wolf gejagt hatten und von denen sicherlich keiner das Wort des Bedauerns über dem bezwungenen Wild gesprochen hatte.

„Weshalb haben Sie nicht geschossen, Orla?“

„Er war Ihnen näher, und um mit der Kugel so schnell fertig zu werden, muß man mehr Vorfahren in diesem Handwerk gehabt haben.“

„Ich hätte Ihnen das gern gegönnt“, sagte der Graf. Dann gab er dem General und den anderen einen gleichmütigen Bericht, wie es zugegangen war.

Sie kamen erst spät vom Schloß fort. Der Graf hatte auf seine

Beute verzichtet. Er habe keine Verwendung dafür, aber in der Halle werde sich der Wolf gut ausnehmen, und der General möge ihm die kleine Freude machen.

Der General hatte eine Feuerzangenbowle gemischt und eine Rede gehalten … symbolischer Vorgang … edles Blut stärker als der graue Räuber … am Vaterland sich wiederholen … das erste Glas auf den königlichen Herrn …

Sie atmeten tief in der feuchten, kühlen Luft. Sie fuhren am See entlang zur Försterei und schwiegen. Dort band der Graf das Pferd an, und sie gingen auf dem Eis noch etwas auf und ab. Bildermann war schon auf der Insel, und sie sahen das Licht aus den Fenstern fallen.

„Sie freuen sich, Orla, wenn Sie das sehen, Ihre Lampe, nicht wahr?“

Ja, er freute sich sehr, und jedesmal von neuem.

„Das ist schön, Orla, und es ist auch natürlich. Aber ich freue mich nicht mehr. Ich gehe hier auf und ab, obwohl ich kalte Füße habe, weil ich es noch etwas hinausschieben möchte, diesen Flur mit den toten Gesichtern, den alten Friedrich, der sich so wohlwollend verbeugt, die Kerzen, das Feuer, und dieses große Schweigen, das das ganze Haus erfüllt und durchdringt. Es gibt so Häuser, wissen Sie, in denen nur Tote atmen, wenn man das sagen darf. Und man selbst ist nur wie ein Irrtum da, ein vergessener Lebensrest. Wie ein Schmetterling in einem Keller.

Es macht mir so wenig Spaß mehr, die Bücher, die Noten, und besonders das Aufwachen am Morgen und das Ankleiden. Es ist immer dasselbe, finden Sie nicht? Und jedesmal, wenn ich heimkomme, besonders am Abend wie heute, habe ich eine ganz leise Hoffnung, der graue Herr könnte am Kamin sitzen. Es ist wie ein Spiel, so wie man über dünnes Eis läuft, und von unten kommen die Wasserpflanzen an die Decke und schwanken leise auf und ab in der Schwärze …"

„Sie haben keine Arbeit, Graf."

„Ja, ich weiß, alle Arbeitslosen verkommen langsam. Halten Sie Ihre Netze fest, Orla, ganz fest! Ich denke, Sie waren einmal auf dem gleichen Wege, aber Ihre Hände haben Sie gerettet."

„Die Hand ist nur ein Werkzeug … man muß leben wollen, Graf."

„Ja, das ist es. Leben wollen. Sie haben ganz recht … nun, versuchen wir es also noch einen Tag oder ein Jahr, oder zehn Jahre …"

Er stieg wieder den Uferhang hinauf, und dann hörte Thomas die Hufe des Pferdes im feuchten Schnee …

Frühjahr und Sommer gingen ihnen schnell dahin. Die Tage liefen ihnen wie die Glieder einer Kette durch die Hände, mit der Sonne beginnend und mit ihr endend. Es gab ruhige Morgen mit unbewegtem Wasser, an denen sie die Boote tief mit Fischen beluden, und es gab Tage und Wochen mit Sturm und Regen, an denen die Netze leer blieben und die Arme am Abend schmerzten von der harten Arbeit des Ruderns gegen den Wind. Aber ein Fischer lernt Geduld, mehr noch als ein Jäger, weil seine Beute unsichtbar ihre Tage und Nächte verbringt und ihre Wege nicht vor den Augen der Menschen zieht.

Edo von Wicht

Diana schoss

Diana schoß, schwirrend flog der Pfeil,
Hali-Hala, der Himmel filtert Grün,
Im tiefen Moos prägt sanft ihr schneller Fuß
Die Spur der Göttin, wie die Wolke leicht.

Die Jagd geht auf, und Schatten flinker Hunde
Sind nach dem Pfeil, vom Bogen flink entschnellt,
Das Bild verweht, die Göttin ist entschwunden,
Der Zauber bleibt, Diana schoß und traf.

Traf mich, traf dich? Das Herz des stillen Wandrers
Tief drin im Hain traf dieser Göttin Pfeil,
Vermählt sich mir verzückt in hellem Schreiten,
Beglückt mich fern mit eines Blickes Grau.

Die Jagd geht auf ins bunte, volle Leben,
Der leichte Griff und auch der sichre Schuß,
Hali-Hala, die Meute ist gezogen
In fernsten Blick, Diana schoß und traf.

ERNST JÜNGER

Die Eberjagd

Die Schützen hatten sich längs der Schneise aufgestellt. Der Fichtenschlag stand hinter ihnen mit schwarzen Zacken; die Zweige berührten noch den Grund. Vergilbtes Waldgras war in sie eingeflochten und hielt sie am Boden fest. Das machte den Eindruck, als ob dunkle Zelte aufgeschlagen wären, Herbergen gegen Sturm und Kälte im tief verschneiten Land. Ein Gürtel von fahlem Schilf verriet den Graben, der unter dem Schnee verborgen war.

Das Waldstück grenzte an das Fürstliche. Es war im Sommer schwül und stickig, und Schwärme von Bremsen zogen die Lichtungen entlang. Im Herbst, wenn die Gespinste flogen, bedeckten Legionen von Pilzen den moosigen Grund. Die Beeren glänzten wie Korallen auf den Kahlschlägen.

Es hatte eben erst zu schneien aufgehört. Die Luft war köstlich, als ob die Flocken sie gefiltert hätten; sie atmete sich leichter und trug den Ton weithin, so daß man unwillkürlich flüsterte. Die frische Decke schien jede Vorstellung des Weißen zu übertreffen; man ahnte herrliche, doch unberührbare Geheimnisse.

Die besten Plätze waren dort, wo eine Schonung an die Schneise stieß. Kaum ragten die grünen Spitzen aus dem Schnee hervor. Hier war das Schußfeld ideal. Richard stand neben dem Eleven Breyer in einem Querschlag, auf dem sich die Zweige fast berührten, so daß kaum Ausblick war. Es war ein schlechter Platz, ein Stand für Anfänger. Doch war die Erwartung so stark geworden, daß er nicht mehr an Einzelheiten dachte, ja daß sogar sein Kummer sich auflöste. Er hatte bis zuletzt gehofft, daß der Vater ihm eine Büchse geben würde; das war die Erfüllung, auf die sein Dichten und Trachten gerichtet war. Er kannte keinen heißeren, keinen zwingenderen Wunsch. Er träumte von dem blauen Stahl der Waffe, von ihrer Nußbaumschäftung, von den Stecheichenblättern, die in das Metall graviert waren. Wie leicht sie war, wie handlich, und wunderbarer als alle Spielzeuge. Im Dunkel ihres Laufes glänzten die Züge in silberner Spirale auf. Wenn man sie spannte, gab sie ein trockenes Knacken von sich, als ergriffe die Zuverlässigkeit selbst das Wort, um das Herz zu erfreuen. Man konnte den Abzug durch einen Stecher verfeinern – dann war es, als ob ein Gedanke den Schuß entzündete. Daß dieses Kleinod, dieses Wunder, zugleich das Schicksal, den Tod in sich beschloß: das freilich ging über die Phantasie hinaus. Richard fühlte, daß in ihrem Besitze eine Ergänzung für ihn verborgen lag, eine vollkommene Veränderung. Bevor er einschlief, sah er sich zuweilen mit ihr nach Art der Wachträume im Walde – nicht etwa, um zu schießen, nein, nur um wie mit einer Geliebten mit ihr im Grünen sich zu ergehen. Es kam ihm dabei ein Wahrspruch in den Sinn, den er auf einem alten Zechkrug gelesen hatte, aus dem der Vater zuweilen einschenkte:

Ich und du, wir beide
Sind uns genug zur Freude.

Auch wenn ihm die Augen zugefallen waren, spannen sich die Bilder fort. Sie führten manchmal selbst zu Beängstigungen: er hatte die Waffe gespannt und wollte schießen, doch verhinderte ein böser Zauber, daß sie Feuer gab. Sein ganzer Wille heftete sich dann daran, doch seltsam, je mehr, je heftiger er ihn spannte, desto gründlicher verweigerte die Büchse ihm den Dienst. Er wollte schreien, doch die Stimme versagte ihm. Dann fuhr er aus dem Alpdruck auf. Wie glücklich war er, wenn er erkannte, daß ihn ein Traum genarrt hatte.

Am sechzehnten Geburtstag sollte ihm das Wunder zufallen. Es wurde ihm nicht leicht, sich zu gedulden, wenn er Jägerburschen oder Eleven wie diesen Breyer sah, der knapp zwei Jahre älter und kaum größer als Richard war. Jetzt aber war es so still und klar im Walde, daß dieses Zehrende und Drängende in ihm erlosch. Die Welt war feierlich verhüllt.

Ein feines Zirpen durchzog das Tannicht und entfernte sich. Das waren die Goldhähnchen, die winzigen Gelbschöpfe; sie fühlten sich in den dunklen Schlägen wohl, in denen sie die Zapfen abkleibten. Dann hallte vom Rand des Forstes ein Hornruf durch die weiße Welt. Das Herz begann zu klopfen; die Jagd ging an.

Von fernher kam Unruhe in den Dickichten auf. Im Maß, in dem sie sich verstärkte, nahm auch der Herzschlag zu. Die Treiber brachen in schweren Lederschürzen durch das Gezweig und klopften mit dem Axtholz an die Stämme; dazwischen hörte man ihre Rufe: „hurr-hurr, hurr-hurr, hurr-hurr". Zuerst klang dieses Treiben fern und heiter, dann wurden die Stimmen gröber, gefährlicher. Sie klangen nach Pfeifenrauch, nach Obstbrand, nach Wirtshaushändeln und drängten sich in das Geheimnis des Waldes ein.

Jetzt hörte man das Rauschen und Rufen ganz in der Nähe, und dann ein Rascheln, das sich unterschied. Ein Schatten durchfuhr das Röhricht und wechselte in die andere Deckung, genau zwischen Richard und dem Eleven hindurch. Obwohl er wie ein Traumbild über die Blöße huschte, erfaßte Richard im Fluge die Einzelheiten: die Treiber hatten einen starken Keiler aus dem Lager aufgescheucht. Er sah ihn in einem Sprunge, wie von der Sehne geschossen, über den Weg fliegen. Das Vorderteil mit der mächtigen Brust lief keilförmig nach hinten zu. Die starken Rückenborsten, die der Weidmann Federn nennt, waren zum Kamm gesträubt. Richard hatte den Eindruck, daß ihn die kleinen Augen streiften; vor ihnen leuchteten die starken, gekrümmten Gewehre auf. Auch sah er die gebleckten Haderer, die dem Haupte den Ausdruck wütender Verachtung mitteilten. Das Wesen hatte etwas Wildes und Dunkelstruppiges, aber es war auch Röte, wie vom Feuer, dabei. Der dunkle Rüssel war absonderlich gebogen, ja fast geschraubt; er ließ den Ekel ahnen, mit dem dieser Freiherr die Nähe der menschlichen Verfolger und ihre Witterung empfand. Im Augenblick, in dem er die beiden wahrnahm, ließ er ein Schnarchen hören, doch wich er nicht aus der Bahn.

Im Nu war dieses Bild vorüber, doch prägte es sich mit traumhafter Schärfe ein. Der Eindruck blieb Richard für immer haften; die Witterung von Macht und Schrecken, doch auch von Herrlichkeit. Er fühlte, daß er in den Knien wankte und daß er den Mund geöffnet hatte, doch brachte er keinen Laut hervor.

Genauso schien es den Eleven zu verstören; er war ganz blaß geworden und stierte dem Eber mit aufgesperrten Augen nach. Fast hätte das Untier ihn gestreift. Schon war es wieder im Grün verschwunden, als er die Büchse hochriß und ihm eine Kugel nachwarf, dorthin, wo noch die Zweige zitterten.

Im engen Dickicht dröhnte der Schuß betäubend wie ein Paukenschlag. Die beiden jungen Leute starrten sich wortlos an. Zwischen den Fichten haftete die strenge, rauschige Witterung des Keilers, sie mischte sich mit dem Geruch des Harzes und dem Pulverdunst, der sich verbreitete. Ein zweiter Hornruf ertönte; er blies das Treiben ab. Man hatte nur diesen einen Schuß gehört.

Dann kam Moosbrugger, der Förster, von der Schneise her gelaufen, während das Jagdhorn am grünen Band flatterte. Die Nase glühte ihm wie ein Karfunkel, und er mußte erst Atem schöpfen, ehe er zu fluchen begann. Er prüfte die Fährte und sah zu seinem Ärger, daß die Sau nicht, wie erwartet, über die Schneise flüchtig geworden war, sondern hier am entlegenen Ort. Nun hatten der Graf und seine Gäste das Nachsehen gehabt. Das kränkte Moosbrugger persönlich, und Richard hatte den Eindruck, daß es ihm schwer fiel, den jungen Schützen nicht zu ohrfeigen. Wenn es sich um einen seiner Jägerburschen gehandelt hätte, dann hätte er es wohl getan. So begnügte er sich, die Zähne zu fletschen und den Eleven zu fragen:

„Wissen Sie, was Sie jetzt gemacht haben?"

Und als der Gefragte verlegen die Achseln zuckte:

„Ich will es Ihnen sagen; ein leeres Rohr haben Sie gemacht."

Dabei stieß er ein teuflisches Lachen aus und wandte sich von neuem der Fährte zu. Richard fühlte sich nun ganz zufrieden mit der Rolle des Zuschauers, die er gespielt hatte. Der unglückliche Eleve hatte einen roten Kopf bekommen; es schien ihm unbehaglich in seiner Haut zu sein. Er murrte vor sich hin.

„Dem hats noch keiner recht gemacht. Wenn ich nicht geschossen hätte, würde er auch geraunzt haben."

Er war indessen schuldbewußt. Erst hatte er sich durch das Grobschwein erschrecken lassen und dann ein Loch in die Luft gesengt. Mit gleicher Inbrunst, wie er bei sich gehofft hatte, daß die Sau an ihm vorüberwechseln möge, verwünschte er nun, daß sie ihm in die Quere gekommen war. Schon sah er den Waldgrafen und hinter ihm die Jagdgesellschaft von der Schneise her auf sich zuschreiten. Seine Verwirrung war so stark, daß sie sich auf Richard übertrug. Bei alledem war es noch günstig, daß der fürchterliche Moosbrugger im Gebüsch verschwunden war.

Im Augenblick, in dem der Jagdherr sie erreichte, erscholl die mächtige Stimme des Försters aus dem Dickicht:

„Sau tot! Sau tot!"

Dann blies er die Jagd aus, daß es weithin den Forst durchdrang. Die ganze Gesellschaft mit den Treibern folgte dem Hornruf und trat auf eine Lichtung, die hinter dem Fichtengürtel lag. Dort stand

Moosbrugger neben dem Keiler, der im Neuschnee verendet war. Er war jetzt im vollen Triumph darüber, daß die Jagd gut ausgegangen war, und meldete dem Grafen noch einmal, während ein schreckliches Lachen sein Gesicht von einem Ohre bis zum anderen spaltete. Er hatte es natürlich gleich gewußt – nur zwei, drei Schnitthaare und Lungenschweiß – zum Teufel, die jungen Leute hatten bei ihm gelernt.

Alle umstanden nun im Oval die Beute, die Schützen mit umgehängter Büchse, die Treiber mit geschulterter Axt. Der Keiler lag auf dem weißen Bett wie schlafend, die kleinen Augen blickten die Bezwinger halb spöttisch an. Die Männer bewunderten das mächtige Haupt, das wie auf einem Kissen lag. Die scharfen Gewehre schimmerten in grimmiger Krümmung wie altes Elfenbein. Dort, wo der breite Hals ansetzte, starrten die Läufe, die Moosbrugger die Vorderhämmer nannte, steif in die Luft. Das dunkelborstige Vlies war rostig durchschossen, nur über den Rücken zog sich ein reinschwarzes Band. Immer noch breitete sich, an den Rändern verblassend, ein großer Blutfleck aus.

Bei diesem Anblick empfand Richard ein Bangen; fast schien es ihm unziemlich, daß sich hier die Augen an dem Erlegten weideten. Nie hatte ihn eine Hand berührt. Nun, nach dem ersten Staunen, packte man ihn an den Tellern und Läufen und wendete ihn hin und her. Der Knabe suchte sich gegen das Gefühl zu wehren, das in ihm aufstieg: daß ihm in diesem Augenblick der Eber näher, verwandter als seine Hetzer und Jäger war.

Nachdem sie die Beute bewundert und betastet hatten, entsannen sie sich des glücklichen Schützen, der sie gestreckt hatte. Der Graf brach einen Fichtenzweig, den er in den Anschuß tauchte, dann präsentierte er auf dem Kolben des Gewehres den blutbetauchten Bruch, während Moosbrugger Halali blies. Der junge Mann stand mit bescheidenem Stolz in ihrer Mitte und heftete das Reis an seinen Hut. Die Augen ruhten mit Wohlwollen auf ihm. Bei Hofe, im Krieg und unter Jägern schätzt man den glücklichen Zufall und rechnet ihn dem Mann zu. Das leitet eine Laufbahn günstig ein.

Sie ließen nun eine runde, mit Obstwasser gefüllte Flasche kreisen, aus welcher der Graf den ersten Schluck nahm und die er dann, nachdem er sich geschüttelt hatte, als Nächstem dem Eleven gab. Sie suchten jetzt alle mit ihm ein Wort zu wechseln, und er durfte nicht müde werden zu berichten, wie ihm der Keiler begegnet war. Wirklich ein Kernschuß, das mußte der Neid zugeben. Er schilderte, wie er die Sau vernommen hatte und wie sie auf ihn zugesprungen war. Auch wie er nicht voll Blatt getroffen hatte, sondern etwas dahinter, weil sie im spitzen Winkel im Tann verschwunden war. Er hatte sie aber deutlich zeichnen gesehen. Moosbrugger lobte ihn über den grünen Klee.

Nur Richard war befangen, er hielt sich für den einzigen, der dem Vorgang nicht gewachsen war. Er hörte mit Erstaunen, daß Breyer ihn ganz anders wahrgenommen hatte, und mußte es glauben, denn dafür zeugte der Keiler, der vor ihm lag. Er lernte hier zum ersten Male, daß Tatsachen die Umstände verändern, die zu ihnen führten – das rüttelte an seiner idealen Welt. Das grobe Geschrei der Jäger bedrückte ihn. Und wieder schien ihm, daß ihnen der Eber hoch überlegen war.

Moosbrugger zog bedächtig sein Messer aus der Scheide und prüfte die Schärfe, indem er es über den Daumen strich. Man durfte selbst bei strengem Frost den Keiler nicht in der Schwarte lassen, dafür war er zu hitzig im Geblüt. Die Miene des Jägers wurde nun ganz altertümlich, durchleuchtet von einer Art von feierlichem Grinsen, das die tief eingegerbten Falten senkrecht zog. Er kniete sich auf einen Hinterlauf des Keilers und packte mit der linken den anderen. Dann ritzte er die gespannte Decke mit der Schärfe an und schlitzte sie bis zum Brustbein auf. Zunächst entfernte er zwei Gebilde, die spiegelblauen Gänseeiern glichen, und warf sie, während die Treiber beifällig lachten, hinter sich:

„Die holt sich der Fuchs zum Nachtessen."

Dann fuhr er behutsam einem Strange nach. Der scharfe Dunst, der das Tier umschwelte, wurde nun beizend; die Männer traten fluchend zurück. Moosbrugger wühlte mit beiden Händen in der Bauchhöhle und fuhr in den Brustkorb hinein, zog rotes und blaues Gescheid heraus, die edlen Eingeweide absondernd. Das Herz war vom Geschoß zerrissen; der Eber hatte mit dieser Wunde noch an neunzig Fluchten gemacht. Ein Jägerbursche schnitt den Pansen auf, um ihn im Schnee zu waschen; er war prall mit geschrotenen Bucheckern gefüllt. Bald hatte sich der geschändete Leib in eine rote Wanne umgewandelt, aus der noch immer das Blut in die Frostluft emporrauchte.

Moosbrugger umschnürte den Oberkiefer hinter den Hauern mit einer Schlinge; die Treiber spannten sich davor und schleiften den borstigen Rumpf davon. Die Jäger entzündeten die Pfeife und schlossen sich, behaglich plaudernd, dem Zuge an. Die Jagd war aus.

Das war der erste Abend, an dem Richard einschlief, ohne an das Gewehr gedacht zu haben; dafür trat nun der Eber in seinen Traum.

Sagen von Artemis

„Ich? Nie! Kein einziges Mal!“ sagte der Jüngste. „Dabei bin ich bereit, mein Leben dafür herzugeben!“

„Daß du das meinst, ist nichts Merkwürdiges. Was tut auch die Jugend nicht alles für ihr Leben gern. Und was ist die Jugend nicht alles bereit, ihr Leben anzubieten oder doch die Hälfte ihres Lebens oder den besten Teil ihres Lebens. Nachher, wenn sich der Wunsch erfüllt hat, will sie nicht beim Wort genommen werden. Und sie hat sogar recht. Ist ein Betrug nicht des andern wert? Das Merkwürdige aber an deinem Wunsch, Kleiner, besteht darin, daß man auch nachher noch bereit ist, wenn dieser Wunsch erfüllt wurde. Auch nachher denkt man: Ja, das ist es wert gewesen, ja, das war es, wofür ich bereit war, mein Leben herzugeben. Und man fühlt sich noch knauserig, weil man kein zweites Leben hergeben kann.“

Alle Augen suchten durch den beißenden Rauch das Gesicht des alten Jägers. Ein Wunder, daß er überhaupt einmal sprach und nun gar solche Worte. Man erfährt ja nur, was die Menschen erregt, nie, was sie zum Verstummen gebracht hat.

Der jüngste Jäger fragte geradezu: „Ist das wahr, daß du sie wirklich einmal gesehen hast? Man behauptet das.“

Alle erschraken. Noch nie hatte jemand gewagt, den alten Mann danach zu fragen. War diese Frage nun kühn, weil sie das Schweigen bricht, an dem der Ungefragte ersticken kann, oder war sie bloß tölpisch? Der alte Jäger erwiderte nichts. Er stocherte im Feuer herum – vielleicht war er wieder auf einige zehn Jahre verstummt.

Der junge Jäger legte den Kopf zurück und sah in die Luft. Wenn man lange hinaufsah, machte einen der Abzug des Rauches schwindlig. Man fühlte sich selbst unterwegs nach oben. Unermeßlich schien der Rauchfang, weil er so eng war und sofort in den Himmel zu führen schien, sobald ein Windstoß den Schwaden vom Dach abdrückte.

An einer Querstange über dem Feuer hing ein Gefäß zum Wasserwärmen. Es schwankte fortwährend ein wenig an seiner langen Kette. In kurzen Abständen stieß ein heftiger Wind den Regen gegen die Ostwand, und nicht nur Zweige, auch Äste stießen dagegen und knackten ab, als dränge der Wald das Haus fort.

Die Hunde drückten die Schnauzen auf die Knie und Füße der Männer, bis auf einen, der etwas abseits vom Feuer lag mit abgestreckten Beinen. Sie verhielten sich alle ruhig; sie waren an den Wind gewöhnt. Der Hund des jüngsten Jägers hing mit seinen fast goldgelben, fast leuchtenden Augen an dem Gesicht seines Herrn, als hätte er nur diesem Menschen zuliebe seine Wölfigkeit abgelegt.

Das Feuer brannte unruhig mit scharfem Rauch. Die Wände waren fast schwarz. Nur ein wenig Kupfer glomm am Türschloß. Diese Tür sah aus, als sei sie einem ganz anderen Haus entnommen. Ihre kunstvoll ausgeschnitzten Leisten waren aus einem Holz, das gar nicht hier im Wald wuchs. Weil der Rauch bloß die Oberfläche schwärzte und nicht in die Fugen der Schnitzerei eindrang, war ein helles, flüchtiges Muster in diesen Leisten entstanden, ganz anders und zarter, als es der Schnitzer je geplant hatte. War das der Wirt selbst gewesen? Hatte der Wirt vor unzähligen Jahren diese Tür auf den Schultern in den Wald geschleppt, nachdem ihm das dazugehörige Haus eine Feuersbrunst zerstört hatte oder ein weniger loderndes, aber nicht minder gründliches Schicksal? Jetzt allerdings waren Wirt und Wirtsfrau grob und mürrisch im Umgang, mißtrauisch, aber zuverlässig, wie geboren, wie vorbestimmt für ihre Waldschenke, die nur von Jägern aufgesucht wurde und ein-, zweimal im Jahre von Fremden, die die Jäger gegen Entgelt auf die andere Seite des Waldes brachten. Eine zweite, schmale, fast unsichtbare Tür führte durch die Rückwand nur zum Brunnen. Es war zugleich die Tränke für allerlei Wild.

Die niedrige Kammer – sie diente den Wirtsleuten zum Schlafen – stieß ohne besondere Tür an den vom Rauchfang überwölbten Hauptraum. Jetzt saß dort hinten die Wirtsfrau und beaufsichtigte die neue Magd. Man hatte sich leider eine aus dem nächsten Dorf beschaffen müssen, weil Hand- und Fußgelenke der Wirtsfrau von Gicht geschwollen waren; der Wirt war der Neuen gestern einen halben Tag entgegengegangen.

Geschwätzig war sie nicht. Auch die Wirtin hörte man bloß seufzen. Offenbar gab dieses Mädchen weder Anlaß zum Schelten noch zum Loben. Ihre Arbeit konnte im Dunkeln getan werden, wenn die Hände noch in der Dämmerung eingeübt wurden. Sie zupfte Roßhaar, um der kranken Wirtsfrau den Bettsack zu füllen.

Plötzlich sagte der alte Jäger: „Ja, ich habe sie gesehen, die das sagen, lügen nicht." Er sagte das im Ton eines Geständnisses. Er hatte seit der Frage des Jungen mit sich gekämpft. Was es doch bedeutet, sein Geheimnis preiszugeben! Den letzten Stolz! Man gibt alles zu, und von einer Sekunde zur anderen wird das Leben leicht und arm. Wahrscheinlich war jetzt sein wahres Gesicht unter all den Struppeln von tiefer Blässe überzogen. Er schwieg, er erwartete einen Sturm; aber seine Gefährten schwiegen mit ihm. Sie hatten ja sein Geheimnis längst gekannt. Man nannte ihn ja geradezu „den alten Jäger, der sie gesehen hat".

Ein Luftzug trieb aus der Klammer eine Handvoll Roßhaarbüschel; ein paar fielen auf das Feuer, zischten und verkohlten. Die Hunde wurden unruhig. Der Junge nahm ein Büschel zwischen die Finger und zwirbelte es ein wenig. Er drehte sich kurz um. Von der Magd war nichts zu sehen, sie saß im Dunkeln. Der junge Jäger drehte auch gleich wieder sein Gesicht dem Feuer zu, er atmete schneller. Von allen Mädchen, die er sich jemals ausgedacht hatte, konnte die beste dort in der Dunkelheit sitzen, endlich zum Greifen nahe.

Der alte Jäger legte auf jedes Knie eine Faust. Er begann: „Also, ich will euch jetzt erzählen. Es war so …" Seine vier Gefährten sahen ihn an. Der Junge vergaß das Mädchen in seinem Rücken. Der einäugige Jäger kniff sein heiles Auge zu. Sogar der hübsche Freche links neben dem Alten, der immer aussah, als betrachte er gerade sein Spiegelbild – er fand auch wirklich an jedem Ort die unwahrscheinlichsten Spiegel, den blanken Deckel eines Topfes, das fein beschlagene Halsband seines Hundes, die Scheide eines Messers –, schien sich von seinem Abbild loszureißen. Als der Alte wieder stockte, gab ihm der kleine pfiffige Jäger, der rechts von ihm saß, einen Puff mit dem Ellenbogen …

„Es war ein Abend wie heute. Wir hatten das Dorf an einem schönen Spätsommertag verlassen. Der Herbst kam plötzlich, von einer Stunde zur andern. Ich weiß noch, wie der Himmel auf einmal ergraute. Es sah zuerst aus wie gewöhnliche Dämmerung, nur ein klein wenig zu früh. Wie wir uns umdrehten, waren die beiden Täler, die in einem spitzen Winkel aufeinanderstießen, mit all ihren Höfen und Dörfern und Bienenstöcken in ungewöhnlicher Helligkeit unter uns. Als sollte einem noch mal alles genau gezeigt werden, bevor es von einem Regenguß verhängt wurde. Man konnte sogar das Vieh zählen, das drüben weidete. So nahe war alles, als wären wir nicht einen halben Tag, sondern eine halbe Stunde gestiegen."

„Ja", sagte der kleine Jäger rechts neben ihm, „so war es. Ich habe nie mehr daran gedacht. Jetzt fällt es mir wieder ein. Es war so." Wie alle ergrauten Rothaarigen sah er aus, als sei er zuerst grauhaarig gewesen, und nachher hätte sein graues Haar Rostflecke bekommen.

Der alte Jäger starrte ihn an. „Ach ja – du warst ja dabei." Er hatte völlig vergessen gehabt, daß dieser kleine pfiffige Jäger alles mit erlebt hatte. Er hatte sich all diese Jahre eingebildet, er lebe allein mit seiner Erinnerung, ohne Zeugen. „Wir erreichten gerade noch den Wald, als der Regen anfing."

Der kleine Jäger nickte.

„Wir machten uns eine Hütte zurecht. Wir waren acht Leute, der Knabe natürlich nicht mitgerechnet. Er rannte zuerst immerzu mit den Hunden herum, die sich rasch an ihn gewöhnt hatten. Ich werde auf diesen Knaben nachher zu sprechen kommen. Wir zündeten uns ein Feuer an. Es brannte aber schlecht, weil wir kein trockenes Holz hatten. Wir besprachen die Jagd. Der Regen war zu früh gekommen und zu stark. Das verdroß uns. Schließlich hatten wir alles durchgesprochen. Wir aßen ein wenig …

Der Knabe, der mit uns gekommen war, hatte sich alles angehört, wobei seine runden, dunklen Augen immer rasch den ansahen, der gerade sprach. Er war ein aufgeweckter, kräftiger Knabe. Er hatte das ganze Jahr über seinem Vater zugesetzt, er möchte ihm doch erlauben, ein einziges Mal mit den Jägern zu gehen. Gestern hatte der Vater zum erstenmal nachgegeben. Als jetzt der Knabe an meinem Mund hing mit seinen glänzenden, etwas hervorstehenden Augen, da dachte ich bei mir: Über was ist er denn entzückt, was macht ihn denn so glücklich? Und ich neckte ihn: „Ist es nicht langweilig? Willst du nicht lieber heimlaufen?" Er schüttelte den Kopf. Wir hatten dem Vater versprochen, gut auf ihn achtzugeben. Jetzt gaben wir ihm vor allen Dingen tüchtig zu essen. Dann war es so: Wir kauten langsam und sprachen fast nichts mehr. Mein Blick fiel auf den Knaben. Er hatte ja schon den ganzen Tag vor Vergnügen gestrahlt. Jetzt aber sah er so aus, als sehe er etwas, was er sich nicht einmal im Traum vorgestellt hatte. Ich weiß noch, mir kam es sogar ein wenig komisch vor. Der Knabe kaute, seine Backen waren dick voll, und währenddessen starrten seine weit aufgerissenen Augen … Ich drehte mich unwillkürlich um nach dem, was er anstarrte. Da saß sie hinter mir. Sie saß auf dem Boden auf einem flachen Stein; die Arme um ihre hochgezogenen Knie. Wahrscheinlich hatte sie schon lange da gesessen …"

Der kleine Jäger sagte: „Sie saß schräg hinter dir."

„Ja, sie saß hinter mir. Sie sah aus, sie sah aus … Sie sah so aus, daß sie bei uns vollkommen sicher gewesen wäre, auch wenn sie keine Göttin gewesen wäre, sondern nur ein gewöhnliches Mädchen. Auf geraden Schultern den schmalen, zarten Hals, in ihrem Gesicht die Ruhe vollkommener, unverletzbarer Sicherheit. Zu ihrem Schutz braucht es keines Zaubers, keiner bösen Verwandlungen. Alles, was man darüber erzählt, sind Märchen, von solchen ausgedacht, die sie nie gesehen haben können. Kein Mensch käme je auf den Gedanken, auch nur ihr Handgelenk zu umfassen. Einen solchen Menschen gibt es gar nicht. Sie saß also schräg hinter mir. Ich glaubte, jetzt sogar noch ihren Atem zu spüren.

Ich wagte nicht, mich ein zweites Mal umzudrehen. Sie saß ja da, als wollte sie jeden Augenblick aufspringen. Die Hunde hatten bei ihrem Kommen nicht angeschlagen. Sie schnupperten gar nicht; sie waren eher schläfrig. Ich saß also ganz steif da. Ich merkte nur dem Gesicht des Knaben an, daß sie immer noch da war. Ich weiß noch, wie ich dachte: Welch ein Glück hat dieser Bengel! Was hab ich nicht alles getan mein Leben lang, um sie ein einziges Mal zu sehen. Oft hab ich mein ganzes Wildbret im Wald zurückgelassen. Oft hab ich die besten Stück geopfert und ihren Namen geschrien, auf den Knien gerutscht, an den Bäumen habe ich mir meinen Kopf angeschlagen, gerannt bin ich, bis mir der Atem ausging – und dieser Bengel geht zum erstenmal mit und sieht sie. Natürlich hatten sie alle anderen inzwischen auch gesehen."

Der kleine Jäger sagte: „Wir hatten gar keine Furcht. Wir sprachen sogar weiter." Sie sprach nur eben dazwischen. Sie fragte den Jungen: „Gefällt es dir?" Er schluckte den letzten Bissen, er sagte: „Ja". Ich sah dann später seinem Gesicht an, daß sie weggegangen war. Derselbe Tag war noch nicht zu Ende, als das Unglück geschah. Das Unglück, das mein ganzes Leben verändern sollte. Der Knabe war selbst daran schuld. Er machte Dummheiten, obwohl er seinem Vater versprochen hatte, uns zu gehorchen. Er hörte nicht mehr auf unsere Warnungen. Die Jagd, der nächtliche Wald stiegen ihm zu Kopf. Er kletterte überall herum. Wir verloren ihn aus den Augen. Er geriet in die Wildbahn. Ich war es, der ihn traf.

Man hat aus Ästen eine Bahre gemacht. Die Jagd ist abgebrochen worden. Ein Bote vorausgeschickt worden. Als ich als letzter herunterkam, hörte ich schon am Rand des Dorfes die ununterbrochenen Schreie des Vaters. Bei seinen Klagen gefror mein Blut, und mein Haar erbleichte. Ich weiß nicht, wie ich durch seine Tür gekommen bin. Wahrscheinlich durch die Tritte und Stöße der Nachbarn, die mich auf der Gasse mit Verwünschungen empfingen. Ich fiel vor dem Vater nieder und bot ihm mein Augenlicht an und meine rechte Hand oder mein ganzes Leben. Er aber, der Vater des Knaben, brach bei meinem Anblick in seinen Klagen ab. Er hob mich vom Boden auf. Er ließ Essen für sich und mich bringen. Er sagte ruhig und mit gewöhnlicher Stimme, alles, was geschehen war, sei das Schicksal des Kindes und mein Schuß nur der Anlaß; ich selbst bedeute bei alledem nicht viel mehr als das Federchen, das den Pfeil eher schmückt als beschwingt. Ich überschätze mich doch sehr mit meinen Selbstanklagen, mit meiner maßlosen Verzweiflung.

Bei seinen Worten waren die Menschen verstummt, die sich in der Tür zusammendrängten. Sie verwünschten mich auch nachhher nicht mehr, sondern behandelten mich mit einer Art Ehrerbietung. Er aber, der Vater, als ob es an ihm sei, mich zu trösten, zählte mir noch an den Fingern auf, nicht, was dem Kind verlorengegangen war, sondern was ihm erspart geblieben. Und wir erblickten eins in des andern Augen alle unvermeidbaren Schrecken des Lebens. Die schmale Nebentür wurde aufgerissen. Der Wind schlug den Rauch gegen den vorderen Teil des Raumes. Ein paar Roßhaarbüschel flogen zum Feuer. Die Hunde schnappten danach. Der Wirt hielt die Tür mit dem Fuße auf. Der Wind ließ wohl einen Augenblick nach: Der Rauch konnte langsam in einem dicken Schwaden durch die Nebentür ausströmen. Die vorige Nacht hatten ein paar klappernde Bretter dem Wirt die Nachtruhe geraubt. Er wollte sie heute rechtzeitig festnageln. Er rief nach seinem Werkzeug. Der junge Jäger drehte sich um, aber er hatte den Augenblick verpaßt: Die Magd war schon aufgestanden. Sie ging mit abgewandtem Gesicht zur Tür, um den schlafenden Hund herum. Das Tuch, das ihr Haar bedeckte, war unter dem Kinn zusammengeknüpft; ihr Kleid war aus überaus grobem Stoff, in dicken Falten. Der Junge heftete seinen Blick auf ihre schmalen, nackten Fersen, die sich bei dem Schritt aus dem plumpen Schuhwerk hoben. Sie brachte dem Wirt sein Werkzeug; der schloß die Tür. Das Mädchen ging in den vorderen Teil des Raumes, mit vielleicht absichtlich weggedrehtem Gesicht. Sie bückte sich und kehrte mit beiden Händen die Roßhaarbüschel zusammen. Dann setzte sie sich an ihren Arbeitsplatz.

Der junge Jäger setzte sich schräg. Der Hund stemmte sich auf die Vorderbeine, um sein Gesicht zu betrachten. Da fuhr der Alte fort, und der Junge setzte sich gleich wieder, wie er vorher gesessen hatte, damit er ihm auf den Mund sehen konnte. Der Hund legte den Kopf wieder zwischen die Vorderbeine.

„Niemand sagte mir ein böses Wort. Allerdings auch kein gutes. Man verstummte, wenn ich wo dazukam. Auch ich verstummte mit der Zeit. Mit wem hätte ich schließlich auch reden sollen und worüber? Ich glaube, es waren schon zwei Jahre vergangen oder drei. Da kam ich, fast durch Zufall, an den Ort zurück, an dem wir damals alle zusammen gesessen hatten. Ich konnte mich noch erinnern, wo jeder einzelne von uns gesessen hatte. Hier hatte ich gesessen. Schräg hinter mir … Es wird euch unbegreiflich sein. Mir auch. Ich hatte seit dem Unglück nicht mehr dran gedacht. Sie war sozusagen meinem Gedächtnis entglitten wie irgendein beliebiges Mädchen. Vom Augenblick des Unglücks an hatte mein Leben neu begonnen auf eine furchtbare Art. Was vorher geschehen war, hatte nicht mehr gezählt. Jetzt fiel es mir erst wieder ein. Fast neben mir hatte sie selbst gesessen auf diesem flachen Stein; die Hände um ihre hochgezogenen Beine, das ruhige Gesicht geradeaus. Sie war durch die Wälder gerannt, hier hatte sie sich ein wenig ausgeruht, dann war sie weitergerannt. Das war alles. Wie war es nur möglich, daß ich das Wichtigste in meinem Leben so vollständig vergessen konnte, über welchem Unglück auch immer?

Damals war ein Abend wie heute gewesen, windig, regnerisch. Jetzt aber, bei meiner Wiederkehr, war es Mittag. Es war still, die Vögel pfiffen. Gebrochenes Sonnenlicht fiel auf das Gras in goldenen Flocken. Seht mich nicht so an, es kommt nichts Besonderes mehr. Sie kam kein zweites Mal mehr. Ach, wenn das so einfach wäre! Ich wollte mein Gesicht auf den Stein legen. Das tat ich aber doch nicht. Ich setzte mich an denselben Platz, an dem ich damals gesessen hatte. Ich spürte jetzt eine heftige Freude, daß ich sie einmal gesehen hatte. Die meisten sehen sie nie; ich hatte sie gesehen. Es war gewiß nicht die Freude, die ich erwartet hatte damals, als ich ihr nachrief, auf den Knien herumrutschte, verrückt wurde, wenn ein Zweig knackte. Der Knabe an jenem Abend, wie er sie anstarrte mit kauenden dicken Backen, der hat sich anders gefreut. Aber immerhin, Freude ist Freude. Da fragte ich mich, ob es nicht doch besser gewesen wäre, ich hätte sie nie gesehen. Sie wäre in einer anderen Richtung durch die Wälder gerannt. Wir hätten den Knaben unten gelassen. Denn daß sie nicht meinethalben gerade an unserem Feuer sich ausgeruht hatte, das verstand ich. Auf einmal, wie es so still um mich war und still auch in meinem Kopf, da wußte ich, daß ich um nichts in der Welt mit irgend jemand tauschen wollte." Er stocherte vor sich herum. Dann fuhr er auf: „Aber daß du auch dabei warst! Daß ich das ganz vergessen konnte!"

Der kleine Jäger kratzte sich in seinem struppigen, rostfleckigen Haar. Er war etwas rundlich, stämmig, von unbestimmtem Alter. Er sagte: „Für mich war es ja nicht das erstemal." Der Alte fuhr herum: „Was?" – „Daß ich sie gesehen habe. Ich habe sie nämlich damals das zweitemal gesehen." – „Zweimal? Gibt es das?"

Der junge Jäger hörte in seinem Rücken ein schwaches Geräusch. Er drehte sich um. Die Magd war aufgestanden. die Roßhaare waren gezupft, der Bettsack gefüllt und zugenäht. Die Wirtin war unterdessen eingeschlafen. Wahrscheinlich hatte das Mädchen schon lange zugehört. Sie ging, zur Bestürzung des Jungen, ganz ruhig auf das Feuer zu. Mit jedem Schritt, den sie näher kam, erfüllte sich seine schmerzliche Ahnung – vorbei war die Zeit der bloßen Träume –, fast war er froh, daß wenigstens noch immer dieser graue Rauch vor ihrem Gesicht war.

Sie sah ihn nicht an. Sie sah niemand an. Ihr kurzer Gruß galt allen zusammen. Sie setzte die Füße trotz ihrer plumpen Schuhe leicht und genau zwischen die Hunde, die sie gar nicht beachteten und weder knurrten noch schnupperten. Sie lehnte sich an die Wand, die Arme hinter dem Kopf verschränkt.

Der alte Jäger, mit zitternden Kiefern, verzweifelt über die Störung, ganz außer sich über das, was er soeben gehört hatte, stieß seinen Nachbarn heftig an. „Weiter!" – „Was weiter?" Der Kleine ließ seine runden Augen vergnügt an dem Mädchen entlangkullern. „Was war schon dabei? Also: Wir waren Bauern, wir waren arm. Natürlich, es gab noch ärmere. Wir hatten zwei Kühe, Schweine, Geflügel, unsere Äcker. Das Dorf lag drunten im Tal. Wir kamen auch nie höher hinauf, als unsere Äcker den Abhang bedeckten. Wir mußten uns plagen von früh bis spät. Natürlich gab es auch Feste. Dann wurde getanzt, Musik gemacht. Es gab Wettläufe und Wettschießen; vielleicht nicht so großartig wie woanders. Wir waren gewiß nicht so behend, wir waren ja Bauern, aber wir waren ebenso lustig. Auf unsere Wiese kamen auch Burschen und Mädchen aus fremden Dörfern. Man kannte keineswegs jedes Gesicht, und das gab solchen Festen in unseren Bauernaugen etwas Ausschweifendes. Wir hatten allerlei Preise ausgesetzt, wir wollten ja freigebig erscheinen. Ich aber, ich gewann selten, ich bin nun mal wie ich bin, zäh, aber nicht behend. Ein Mädchen, das ich nicht kannte, kam auf mich zu, ich sollte mit ihr um die Wette laufen. Sie sagte: „Bis zu der Birke dort, gut?" Mir kam es komisch vor, daß mich das Mädchen fragte. Das ist ja vielleicht der Brauch in den anderen Dörfern. Etwas Verachtung hat man ja immer für die Bräuche der andern Dörfer. Ich dachte schließlich, ein Mädchen werde ich noch überholen können. Wir liefen also los."

Sein Blick war im Erzählen von den Füßen des Mädchens weggekullert, bergauf bis zu dem Gesicht des Jungen, einem todernsten Gesicht, dem Gesicht eines Mannes, der soeben sein Verhängnis begriffen hat. Seine runden Augen funkelten vor Vergnügen. Er fuhr fort:

„Sie rief ein Kind, das zufällig in der Nähe war, ein rotznasiges Kind, eines der vielen Geschwister meiner Braut. Ich hatte nämlich auch eine Braut, nicht wahr, die Äcker stießen zusammen, alles klappte. Das Kind mußte also eins, zwei, drei zählen – bei drei liefen wir los. Mir war an dem fremden Mädchen nichts aufgefallen. Erst als sie sich nach mir umdrehte, um zu sehen, ob ich ihr nachkäme – sie hatte nämlich sofort einen Vorsprung –, da fiel mir Bauernsohn auf, daß sie anders war als unsere Mädchen. Ich möchte nicht mal behaupten, daß mir in den Sinn kam, sie sei schön. Ich dachte: Teufel, kann das Weibsbild laufen. Ich strengte mich gewaltig an. Sie war längst über die Birke weg. Ich war wütend, ich rannte ihr nach. Ich fiel hin und fluchte und rannte. Es war Herbst. Es war ein Stoppelfeld. Sie bog die Haselnußbüsche auseinander, die man bei uns statt der Feldraine hält. Ich rannte ihr über die Wiesen nach, über ein paar Hügel. Sie blieb einen Augenblick stehen, und ich, ganz atemlos, kam nach. Sie hatte sich eine Gerte abgerissen und lachte mir zu und rannte in den Wald hinein. Ich hörte die Äste knacken, und manchmal sah ich noch ihr Kleid. Und dann sah ich nichts mehr. Ich horchte, aber ich hörte auch nichts mehr. Ich wollte rufen, aber ich wußte ja ihren Namen gar nicht. Ich dachte: Wenn schon … Ich schnaufte mich ordentlich aus. Ich reckte mich im Gras. Ich habe euch doch gesagt, daß unsereins nie in den Wald kam. Wann auch? Er ist einem vor der Nase, aber eigentlich so, wie einem auch die Wolken vor der Nase sind. Damit hat unsereins nichts zu schaffen. Jetzt, wie ich da oben im Gras lag, es roch gar gut, die Vögelchen pfiffen, es war nicht zu hell, nicht zu dunkel, da dachte ich, daß es doch wirklich hier oben ganz gut leben geht. Ich schlief ein wenig. Ich wachte am späten Nachmittag auf. Jetzt suchen sie mich dort unten, dachte ich. Ich hatte plötzlich gar keine Lust, hinunterzugehen. Meine Mutter und meine Braut würden fragen: Wo warst du denn, wo kommst du denn her? Ich hatte wirklich den größten Abscheu vor ihrem Woher, Warum, Weshalb. Ich schlenderte ein bißchen umher. Ich kam an den Waldrand. Es war aber nicht das richtige Tal; ein Tal ohne Dorf, ohne Felder, mit ungeheuer starkem Gras. Ich wunderte mich über das Gras. Ich ging in den Wald zurück. Es war dunkel geworden Ich tappte nur so herum. Da hörte ich etwas, ich hörte auch Stimmen, ich ging darauf zu. Das wart ihr, wißt ihr noch? Ich setzte mich zu euch, wißt ihr noch? Wie schmeckte mir euer Brot! Ihr habt mich gefragt, ob ich bleiben wollte; euch fehlte gerade ein fünfter Mann. Ich sagte: „Gern“, und ich blieb.

Der Einäugige sagte: „So, als du damals zu uns kamst und gleich einverstanden warst mit unseren Vorschlägen, da war das gerade geschehen?“ Sein einziges Auge blitzte auf. Wenn er scharf zuhörte, hatte er immer sein helles Auge geschlossen, dann war es den andern, als blicke er aus dem dunklen Loch seiner leeren Augenhöhle. Er war ein großer, starker, hartknochiger Mensch, zerschunden und mitgenommen. Obwohl er vielleicht schon so alt wie der Alte war, sah er aus, als sei er gerade über die Mitte weg, vielleicht weil sein Leben länger bemessen war.

Man hörte draußen den Wirt an seinen Brettern hämmern. Der Wind hatte etwas nachgelassen. Das ganze Haus zitterte schwach und unaufhörlich, als hätte sich der Wind eine andere Art ausgedacht, es von der Stelle zu bewegen.

Das Mädchen hatte im Zuhören seine Haltung ein wenig verändert. Ihr linker Arm hing jetzt herunter. Der junge Jäger hätte jetzt durch einen Zufall ihre Hand streifen können. Er packte mit seiner rechten Hand den Hals seines Hundes; der zitterte vor Freude. Der Junge hielt sogar den Atem an. Ein Nichts genügte, um das zu verscheuchen, was er für immer brauchte. Für immer, daran war kein Zweifel, was dieses Immer auch kosten möchte. Vielleicht war es auch geschenkt. Gerade weil sie so nah war, konnte er im Augenblick nichts von ihr sehen als das Stück Rock vor seinen Augen aus bläulichem, groben Stoff, gerade an dieser Stelle sauber ausgeflickt. Man brauchte nicht ihren Gürtel zu sehen, den sie geknüpft hatte, wie es in ihrem Dorf bei den Mädchen üblich ist. Ein Mädchen zweifellos, doch ebenso zweifellos eins, das ganz nah vor der Hochzeit ist. Sie weiß es selbst noch nicht. Doch einer weiß es oder glaubt es zu wissen. Das Mädchen regte sich nicht. Einen Arm hinter den Kopf geschoben, das Knie etwas vorgestellt, wartete sie aufs Weitererzählen.

Dem Jungen wurde Angst, das Schweigen könnte fortdauern, sie könnte an ihren alten Platz zurückkehren. Er hatte aber auch Angst, zu beginnen. Er hatte nichts von solchen Dingen erlebt, wovon die anderen prahlten. Er hatte kein Geständnis zu machen, kein Geheimnis zu verraten. Er fing nur an, weil das Mädchen wartete, in trockenem Ton, aber furchtsam: „Bei uns läuft eine Mauer um die ganze Stadt herum – sie ist mit Türmen besetzt. Es gibt auch noch einen solchen Wachtturm außerhalb der Stadt. Von diesem Wachtturm läuft eine zweite Mauer bis zur Stadtmauer. Der Wächter kann auf dieser Mauer spazierengehen. Dabei kann er viel sehen. Das Land ist ziemlich flach, es fällt nach beiden Seiten leicht ab. Es gibt dort einen Fluß. Man geht dort angeln. Die Frauen waschen dort. Der Wächter hatte natürlich Zeit, sich diese Frauen und Mädchen genau anzusehen. Er rief ihnen manchmal ein lustiges Wort zu. Die Mädchen, die diese niedrige, von Büschen umwachsene Mauer noch nicht bemerkt hatten, bekamen einen Schrecken."

Der Junge erzählte heftig, als hätte er das Mädchen, das neben ihm stand, vergessen – obwohl er doch bloß ihrethalben erzählte.

„Das ist übrigens auch noch heute so. Der damalige Wächter war ziemlich jung. Er hatte noch keine Frau. Wahrscheinlich, weil er jeden Tag zu vielen Frauen beim Waschen zusah."

Gerade jetzt, als er gar nicht mehr auf sie achtgab, drehte das Mädchen ihr Gesicht und sah auf sein Haar hinunter. Der Hund sah ihn von unten an mit seinen kaltglänzenden, beinahe goldenen Augen.

„An einem windigen, kalten Herbsttag, als alle daheim blieben, die es konnten, kam eine, die kommen mußte, mit ihrem Waschkorb. Sie hatte gewiß eine harte Herrschaft. Dabei war sie jung und mager. Sie fürchtete sich, ihre Hände in das schneidend kalte Wasser zu tunken. Dabei hatte sie turmhoch Wäsche mit. Ich kann nicht gut erzählen, wißt ihr. Das alles nämlich hat der Wächter gar nicht gesehen. Ich erzähle es nur. Das Mädchen, von dem ich jetzt erzählt habe, hat mit der Geschichte selbst überhaupt nichts zu tun. Es war nämlich nur das Mädchen, für das sie einsprang, versteht ihr. Sie kam gerade den Fluß entlang. Sie bog einen Busch auseinander und sah, daß das Mädchen wasserscheu war. Sie sah, wie das kleine schwächliche Mädchen drei-, viermal versuchte, in das kalte Wasser zu langen. Sie rief das Mädchen zu sich heran. Sie ging dann hinaus an den Fluß, auf einen geeigneten Stein. Sie rieb ein Stück nach dem andern. Die Kleine konnte inzwischen Hagebutten knabbern."

Das Mädchen teilte mit ihrer Hand den Rauch vor ihrem Gesicht. Sie sah noch immer auf den Jungen hinunter. Nicht er, die anderen sahen auf ihrem Gesicht die zarten Schatten langer Wimpern. Er aber, obgleich er für sie erzählte, er starrte jetzt die andere an in seiner eigenen Geschichte: „Der Wächter ging eines Morgens auf seiner Mauer spazieren. Da sah er sie waschen. Es war windig, der Fluß schäumte. Sie war anders als alle, die er je gesehen hatte. Er stieg von seiner Mauer hinunter. Er sah sich dieses Mädchen aus der Nähe an, als traue er seinen Augen nicht. Nichts half ihm. Seine Augen hatten richtig gesehen. Und wie sie waschen konnte! Wie schnell! Wie sauber! Und keine Klagen über die Kälte, über abgescheuerte Hände. Sie reckte sich nach jedem durchgewaschenen Stück. Er sah ihre Brust, ihre Schultern, ihre hohen Beine …

Er hatte bis jetzt keine gewollt. Die wollte er von der Stelle weg. Sie mußte ja seine Werbung am ersten Tag für verrückt halten. Damit tröstete er sich. Er fragte sie jede Woche, sooft sie kam. Sie mußte schließlich von seiner Standhaftigkeit überzeugt sein. Sie lachte ihn auch nicht aus. Sie wies ihn auch nicht entschieden ab. Sie sagte bloß, sie sei doch vielleicht noch zu jung zum Heiraten. Zu jung, aber die Wochen vergingen ja. Allerdings, ihre Schultern waren ihm auf den ersten Blick fester, ihre Brust kräftiger erschienen. Er wartete also. Er bat sie jedesmal. Es mußte ja schließlich verlockender sein, die Frau eines Wächters zu werden, als für Fremde Wäsche zu waschen. Sie wies seine Werbung jeden Abend zurück, nicht schroff, sondern sanft. Und wenn sie ihn auch jeden Abend zurückwies, so ließ sie ihm bei aller Entschiedenheit doch immer ein klein wenig Hoffnung für den kommenden Abend.

Schließlich war zwar nicht seine Geduld zu Ende, aber seine Gelassenheit, ich meine, die äußere Gelassenheit, die er immerhin aus Stolz vorgetäuscht hatte. Er behauptete eines Abends, diesmal müsse sie ihm auf der Stelle folgen, Wäsche Wäsche sein lassen, in die Stadt nicht mehr zurückkehren oder höchstens morgen als seine Frau. Da lachte sie zum erstenmal, die bisher kaum gelächelt hatte. Sie rief: „Sieh dich doch einmal um!“ Er gehorchte ihr und sah sich um. Längst war der Herbst vergangen. Und wohl auch der Winter und wohl auch der Frühling. Denn die Folge der Jahreszeiten war ja wohl nicht gestört worden. Am Flußufer blühte das Wiesenschaumkraut. An der Mauer blühten die Brombeerhecken. Es mußte bald wieder Herbst werden. Er war doch erstaunt. Er sah jetzt auch auf die Stadt. Er hatte wirklich die letzte Zeit seinen Wächterberuf vernachlässigt. Die Stadt hätte überfallen werden können. Er hatte ja gar nicht bemerkt, daß man dort das Mauerwerk geflickt hatte, dort eine neue höhere Mauer gezogen. Ein alter Turm fehlte, zwei neue Türme waren gebaut. Eine Brücke war über den Fluß geschlagen. Er schüttelte den Kopf. Er machte ein paar Schritte auf dem Ufervorsprung, um sich alles genau zu betrachten. Er sah dann auch auf das ruhige, klare Wasser zu seinen Füßen, einen kleinen blanken See zwischen zwei Steinen. Er sah sich selbst. Seine Haut war runzelig, sein Haar war weiß. Er drehte sich langsam nach ihr um, die hinter ihm stand. Man kann wohl sagen, daß er sie zum zweitenmal ansah. Sein erster Blick hatte ja lange genug gedauert. Sie war, wie sie immer gewesen war, schön und ruhig, wenn auch eine Spur zu jung, eine Spur zu zart, um sofort zu heiraten. Da erkannte er sie. Er fiel vor ihr nieder. Es war aber ein Niederfall, von dem man nicht mehr aufsteht.“

Der neben dem Einäugigen saß, der hübsche, selbstsichere Bursche – er war vielleicht vierzig alt –, der fragte lächelnd: „Ist er daran gestorben?" Der Junge sagte: „Sicher." – „Er war doch alt, erzählst du. Vermutlich wäre er sowieso gestorben." Der Junge wollte zornig erwidern. Der Einäugige kam ihm zuvor. Er sagte ruhig: „Das kannst du nun aber wirklich bei allen Menschen sagen. Sogar bei solchen, die sich mit nackter Brust dem Feind entgegenwerfen, könntest du sagen, daß sie sowieso einmal gestorben wären." – „Das könnte ich auch. Gewiß."

Der Junge sah plötzlich mit einem Ruck auf das Gesicht des Mädchens. Das alles mußte ihr ja mißfallen: Ihr Gesicht war errötet, dann wieder abgeblaßt; jetzt spöttisch, dann sanft. Er war beunruhigt. Bis er begriff, daß es nur der Feuerschein war, der abziehende Rauch, der ihr Gesicht unaufhörlich veränderte. In Wirklichkeit blieb es unbewegt.

Der Einäugige fragte fast grob: „Du hast sie natürlich nie gesehen?" Der hübsche Bursche lachte schallend. „Natürlich nicht. Wozu soll ich sie wohl gesehen haben? Ich will sie auch gar nicht sehen. Das sind alles Verrücktheiten. Überspanntes Zeug. Es gibt ja zum Glück in unserem Land schöne Mädchen, die man sich ruhig ansehen kann, ohne daß man dann gleich Gefahr läuft, verzaubert zu werden oder in sonstige Unannehmlichkeiten verwickelt:" Er zwinkerte der Magd zu. Er war wirklich ein hübscher Kerl, das mußte ihm der Neid lassen. Er lehnte sich zurück, er streckte ein Bein vor. Das Mädchen erwiderte ruhig seinen Blick, ohne zu erröten. Er hätte sich sein ganzes Gezwinker sparen können und der Junge seine Eifersucht. So kalt und ruhig konnte ihm bloß eine in das hübsche Gesicht sehen, die all das nicht kannte, worauf er anspielte, oder von all dem übergenug hatte. Er aber, soviel er prahlte, konnte das gar nicht unterscheiden. „Wenn sie dich verzaubert", sagte der Einäugige, „dann muß sie dir gleich einen Bach oder einen See dazuzaubern, in dem du dich bespiegeln kannst." – „Ach, ach – du allerdings hast Glück gehabt, ihr Pfeil ist in dein Aug' geflogen." – „Ich hab mein Aug' durch den dümmsten Zufall verloren. Als halbes Kind. Durch einen Kalkspritzer – das hab ich ja schon oft erzählt. Du aber hörst nur dich. Ich sah sie, ja – aber viel später. Das hat damit nichts zu tun."

Sein eigener Hund, nämlich der, der abseits lag mit weggestreckten Beinen, fing plötzlich im Schlaf zu jaulen an. Ein dünnes, fast singendes Jaulen, das die Magd auflachen machte. Das merkte aber niemand, weil alle ihre Hunde beruhigen mußten, die dieses Jaulen in Wut gebracht hatte. Der Einäugige weckte seinen Hund. Der schüttelte seine Zotteln und kam heran. Zuletzt waren alle Hunde beruhigt und legten sich, wie sie gelegen hatten, die Schnauzen auf dem Boden oder auf den Füßen ihrer Herren. Man hörte wieder den Wind und dann ein starkes Geriesel von Fichtennadeln.

Der Einäugige fuhr fort: „Als ich gar zu traurig war, weil ich nicht mehr in den Wald hinauf konnte – ich fürchtete damals, mein zweites Auge durch irgendeinen Zufall auch zu verlieren, jetzt aber fürchte ich mich nicht mehr –, schickte mich mein Vater zu meinen Verwandten weit fort in die Stadt. Ich war zuerst ganz verwirrt von dem Lärm. Ich lief in den Gassen herum wie ein Betrunkener, der sich an allem stieß und dem alles im Weg war und der selbst allen im Wege war. Bald aber hatte ich mich nicht nur gewöhnt an den Lärm und an das Durcheinander, sondern ich fühlte mich heimisch darin. Mein Verwandter hatte Gerbereien am Fluß, und er ließ mich zuerst die Fellbündel ausladen, dann allerlei Arten von Gerben erlernen, dann machte er mich zum Aufseher über die Auflader und über die Gerber. Er pflegte zu sagen, ich sehe mit einem Aug' mehr als seine Söhne mit zwei. Ich erfuhr den Tod meiner Eltern und schloß mich dadurch noch mehr an diesen Verwandten an. Ich war schon ein älterer Mensch, als auch er starb. Zugehörig der Stadt, als sei ich darin geboren. Vertraut mit der Gerberei, als seien alle meine Ahnen Gerber gewesen. Ich hatte mich nicht verheiratet, weil ich ganz in der Familie aufging, die mein Verwandter meinem Schutz empfohlen hatte. Im geheimen dachte ich manchmal darüber nach, ob ich seine Witwe heiraten sollte, die etwas zu alt, oder seine Tochter, die etwas zu jung für mich war. Dann ist alles anders gekommen dadurch, daß mich das Heimweh packte. Ich ging in eine Kneipe, und in der Kneipe saßen drei Männer aus der Gegend, in der ich geboren war. Einer davon trug ein Wams, wie mein Vater ein Wams getragen hatte. Ich verbiß mein Heimweh, ich wollte es für Kinderei halten. Schließlich war es stärker als ich und stärker als alles andere. Ich verließ also die Familie meines Verwandten unter irgendeinem Vorwand. Ich übertrug die Oberaufsicht einem der Söhne, den ich plötzlich für fähig genug hielt. Ich machte mich auf, immer den Fluß entlang. Schließlich kam die Flußkrümmung, hinter der das Dorf lag, in dem meine Großeltern gewohnt hatten. Damals hatte es noch am Waldrand gelegen, jetzt war der Wald längst abgeholzt – man sah nicht einmal mehr Holzbestände lagern. Das ganze Ufer war mit Korn bedeckt und mit Reben und mit aller Art Obstbäumen. Die Menschen hatten sich ganz verändert. Sie waren aus Jägern, Holzfällern und Köhlern zu Gärtnern und Weinbauern geworden. Ich kannte niemand mehr wieder. Jetzt ging ich weg vom Fluß, bergauf, und der Kamm des Gebirges war hinter den Hügeln. Da war nichts verändert, ich kannte die einzelnen Zacken. Ich stieg über eine Gebirgskette, hinter der das Tal lag, in dem ich geboren war. Ich mußte mich aber verirrt haben. Ich fand das Dorf nicht. Der tiefe Wald, der bis in den Talgrund gereicht hatte, wäre unverkennbar gewesen. Aber es gab den Wald nicht. Ich war in ein falsches Tal gestiegen. Dieses Tal war völlig kahl. Auf dem einen Bergabfall konnte man noch die Baumstümpfe der Rodungen sehen, aber der andere Gebirgsabfall samt allen Nebentälern war bis auf die Wurzeln ausgeschlagen. Gras wuchs nur noch da, wo man noch keine Gruben abgestochen hatte, keine Pfähle gerammt, kein Grundwasser abgeleitet. Eine ungeheure Geschäftigkeit war in diesem fremden Tal, in das ich mich hineinverirrt hatte. Eine Wolke von Hobelstaub lag über allem. Es wimmelte von Bauarbeitern. Dieses ganze geschäftige Leben zog sich bis zu der zweiten Krümmung des Flusses hinunter, und am Fluß standen Lagerhäuser, fertige, halbfertige und eben erst begonnene. Es gab welche, die erst aus vier Eckpfählen bestanden, und schon hatte man Kisten und Fässer dazwischen ausgeladen. Ich fragte jemand, ganz verwirrt von dem Durcheinander, wie ich denn in mein Dorf käme. Er rief andere herbei, und die anderen lachten. Niemand kannte das Dorf. Ich fragte nach dem Tal. „Früher hatte man das Tal so genannt“, bekam ich zur Antwort. „Welches Tal?“ – „Eben dieses“. Ich sah mich um. ich ging langsam weiter und hörte die Leute in meinem Rücken lachen. Ich stieg den Abhang hinauf, auf dem die Baumstümpfe stehengeblieben waren. Schließlich erkannte ich doch mein Tal wieder: an einzelnen unverwüstbaren Zügen, wie sie schließlich allem innewohnen. Schließlich waren dort oben zwei Gebirgszacken. Auch der niedrige stumpfe Berg hinter dem Tal hatte als Ganzes nicht weggeräumt werden können.

Ich setzte mich also auf einen Baumstumpf und betrachtete das Tal, das nach Westen hin flach und breit in die Ebene auslief, und den stumpfen, niedrigen Berg hinter dem Tal, alles wimmelnd von schleppenden und bauenden Menschen, lauter einzelne, kleine, genau verständliche Vorgänge statt meiner undurchdringlichen Wildnis; ich weidete förmlich mein Herz und meine Augen an Enttäuschung. Trotzdem, wieviel es auch zu sehen gab, nach einer gewissen Zeit hatte ich alle Einzelheiten drei- und viermal gesehen, während man doch, wenn man in einen Wald hineinsieht, der immer nur ein einziger Wald ist, niemals müde wird. Ich aber wurde schnell müde von all diesen vielen Menschengruppen und angefangenen Bauwerken und halbgepflasterten Wegen. Ich schloß meine Augen und langweilte mich. Ich war sogar plötzlich zu müde, um zu verzweifeln. Von weit her war ich gekommen, und jetzt langweilte ich mich. Ich sehnte mich sogar nach der Fremde zurück, wie ich mich aus der Fremde hierher gesehnt hatte. Dort in der großen Stadt waren Straßen und Häuser wenigstens fertig, die Luft war nicht mehr erfüllt von Hobelstaub, es roch nicht mehr nach Mörtel. Von alters her wohnten dort die Menschen, ihr Gewirr von Gassen, konnte man sagen, hatte weit mehr mit der Wildnis zu tun, als was ich jetzt vor mir sah. Ich spürte das Abendlicht auf meinen geschlossenen Augen.

Ich hätte mir vielleicht vorstellen können, daß jetzt der tiefe dunkle Wald unter mir liege. Das stellte ich mir aber nicht vor. Ich stellte mir die Stadt vor, die ich verlassen hatte, mit ihren Gassen und Märkten. Ich weiß nicht, warum ich schließlich die Augen öffnete. Ich glaube nicht, daß mich etwas berührt hat. Vielleicht war es einen Augenblick etwas kühler in meinem Gesicht geworden von einem Schatten. Ich öffnete meine Augen, und sie stand vor mir. Sie war barhäuptig; sonst aber war sie genauso gekleidet wie die Mädchen meiner Heimat. Sie trug sogar einen Gürtel, wie ihn bei uns die Mädchen bis zur Hochzeit tragen. Sie hatte in ihrem Haar ein weißes Fusselchen hängen. Ich wollte es, glaube ich, wegblasen, ließ es aber dann. Sie nickte mir kurz zu, sie sagte nichts.

Auf einmal schlug es wie ein Blitz durch mich durch, daß sie doch nicht bloß irgendein Mädchen aus meiner Heimat war, sondern einer der unsterblichen Götter, verwandt mit den höchsten. Ihr Bruder war ein mächtiger Gott, vielleicht sogar der mächtigste. Da warf ich mich vor ihr nieder und zeigte ihr nicht durch Worte, aber durch meine ganze Haltung, wie ich mich schämte, daß ich sie nicht sofort gebührend begrüßt hatte. Ich faßte mit beiden Armen um ihre Knie und drückte mein Gesicht in ihr Kleid. Ich weinte. Ich muß wirklich sehr geweint haben. Denn als ich mich aufrichtete, sah ich zu meiner Beschämung den feuchten Fleck auf ihrem Kleid da, wo es von ihrem vorgestreckten Knie ein wenig gespannt war. Sie sagte: „Warum weinst du eigentlich?“ Da öffnete sich mein Herz, denn seine Stunde war gekommen. Ich erzählte ihr alles, war mir widerfahren war. Ich erzählte ihr meine ganze Jugend bis zu dem Augenblick, da ich das Pech hatte, mein Auge zu verlieren. Ich erzählte ihr mein Leben in der Fremde, ich verschwieg keine Einzelheit, natürlich vergaß ich auch keinen Augenblick, daß ich ein Mädchen vor mir hatte. Ich erzählte ihr, wie mich das Heimweh überfiel, zuerst hier und da bei irgendeiner Gelegenheit und dann immer häufiger, bis ich kaum mehr etwas roch oder anfaßte, was mich auf Umwegen an die Heimat erinnerte; ob man nun Holz auslud auf dem Kanal, ob es nachts wo pfiff, ob ich eintrat in eine stockdunkle Torfahrt, ob mich das spröde Haar eines Weibes streifte. Wie schließlich das Heimweh Tag und Nacht da war, weil es zuletzt überhaupt nichts mehr gab, was mich nicht an die Heimat erinnern konnte. Ich erzählte ihr, wie ich mich schließlich aufraffte und alles zurückließ. Und welche Enttäuschung mich erwartete. Ich erzählte ihr, was mir geschehen war bis zu dem Augenblick, als ich die Augen öffnete …

Ich atmete auf, als ich fertig war. Jetzt wird sie mich trösten, dachte ich bei mir, sie wird ihre ganze Macht zeigen, sie wird mir beistehen. Mein Schmerz ist ja auch ihr Schmerz – ich sah sie an. Ich erschrak. Ihr Gesicht war hart und streng. Sie zog die Brauen zusammmen. Sie antwortete: „So ist das also mit dir. Du hast deinen alten Wald gesucht, und er war nicht mehr da. Und deshalb weinst du. Du wolltest deine Wildnis wiederfinden, deine eigene alte Wildnis, und du findest ein Baugelände. und weil du deinen alten Wald nicht mehr findest, deshalb schiltst du die Baumfäller Frevler und Schufte, die Maurer und die Stadtbauer Narren.“ Ich rief: „Aber bist du denn nicht selbst zornig? Bringt es dich denn nicht zur Verzweiflung, was du hier unten siehst? Trauerst du nicht um das, was aus deinen Wäldern geworden ist, Späne für Lagerschuppen, Reifen für Fässer?“ Sie sagte: „Ich zornig? Auf wen denn? Du vergißt, daß sie meine Schwester ist, die Göttin dieser Stadt. Da drunten sitzt sie rittlings auf einem Hebekran, sie winkt mir zu und lacht. Ich freue mich mit ihr. Ich weiß, daß ihr nichts so lieb ist wie das Gehämmer und das Quietschen von Winden und Sägen. Ihr gefällt das. Nicht mir. Aber mir ist es auch nicht zuwider. Wenn ich aus meinem Wald heraustrete, um in den nächsten Wald hineinzulaufen, über einen Bergkamm weg oder auch über eine große Steppe, und ich schließe meine Augen vor der ungewohnten Klarheit, vor dem ungebrochenen Tageslicht, dann höre ich auch schon die Schwester pfeifen am äußersten Rand der Steppe oder in einem der Täler. Ich pfeife zurück. Ich laufe ein Stück ins Licht. Ich bleibe stehen und sehe mich um. Ich muß lachen. Da trottet sie ja wahrhaftig schon wieder, die doch die klügste und strahlendste unter uns Schwestern ist, demütig und stumm hinter so einem klobigen Kerl her, die die Axt über der Schulter hat und am Gürtel ein Bündel mit Brot und Schleifstein. Sie folgt ihm in jede Einöde, die er wählt, bis zum Waldrand. Sie hockt sich in seiner Nähe aufs Moos und starrt entzückt hin, wie er, der erste in dieser Wildnis, zum ersten Axthieb ausholt. Sie ist verliebt in den groben Burschen. In ihren Augen ist er ein Städtegründer. Ich aber laufe weiter …

Nun willst du, ich soll traurig sein. eine abgeholzte Stelle soll mich zur Verzweiflung bringen. Sieh mal, was auf meinem Haar liegt." Sie drehte ihr Gesicht weg. Auf ihrem dicken Haar über dem Ohr hing immer noch dieses weiße Fusselchen. Es kam mir natürlich nicht in den Sinn, daß es das war, was sie mir zeigen wollte. Ein weißes gefiedertes Samenkörnchen – ein paar solcher Dinger waren in ihrem Haar hängengeblieben. Sie schüttelte heftig ihren Kopf. All die feinen Körner flogen weg. Sie sagte: „Eins ist in deinem Schnürsenkel hängengeblieben. Schade. Eins wird da drüben hängenbleiben am Rand der Kalkgrube. Eins zwischen den Dielen des großen Lagerhauses, das man gerade dort unten aufbaut. Das ist der neue Wald." Ich spürte eine flüchtige Freude, aber mein Herz war zu geschwächt vor Enttäuschung, um sie halten zu können. Ich rief: „Ein neuer Wald, aber wann?" Da lachte sie: „Ihr mit euren Wettspielen, wer der erste ist, wir mit unseren Wettspielen, wer der letzte ist! Wann? Wann? Dann, wenn Tausende von euch die Geduld verloren haben für was nicht alles. Ihr pflegt ja zuerst die Geduld zu verlieren, dann den Glauben, dann die Sache selbst."

Ich sagte: „Aber wenn eines Tages aller Wald weg ist …" Sie äffte mir nach: „Aller Wald, aller Wald. Davor fürchtet ihr euch, das denkt ihr euch aus, wenn ihr die Geduld verliert. Denn die Geduld verlieren, das heißt doch, sich heimlich fürchten, es könnte auch schlecht ausgehen, es könnte einem auch abhanden kommen … Nimm ruhig das Schlimmste an, was du für das Schlimmste hältst. Nimm ruhig an, aller Wald sei weg, es gäbe auf Erden keinen Wald mehr. Was kann mir das schon ausmachen? Wenn es irgendwo einen Mann gibt, der den Kopf in die Hände stützt und nachdenkt, was das gewesen sein mag, Wald, wovon ihm irgendein alter Mann erzählt hat, früher hätte es das noch gegeben. Und er stützt den Kopf in die Hände, und er steckte die Finger in die Ohren – dann leuchte ich ebenso auf, dann ist meine Macht ebenso ungebrochen wie zu der Zeit, als die ganze Erde von einer Wildnis bedeckt war, die noch keine Axt berührt hatte."

Ich schloß die Augen, um über all das nachzudenken. Als ich die Augen wieder öffnete, war sie fort. Eine eigentümliche Kahlheit hatte sich der Rodung bemächtigt, des ganzen Berghanges, der doch ohnedies kahl war. Es war, als hätte man von jedem Baumstumpf noch etwas weggezogen. Traurig war ich nicht mehr. Warum, weiß nicht ich. Außerdem war der Tag zu Ende. Ich fror."

Er machte eine Bewegung mit der Hand, um abzuschließen. Einer fragte: „Später hast du sie nie mehr gesehen?" – „Nein. Ich ging zunächst wieder in die Stadt zurück. Dort lebte ich jahrelang, wie ich auch vorher dort gelebt hatte. Erst viel später bot sich mir durch Zufall die Gelegenheit, in diese Gegend des Landes zu kommen. Ich hatte diese Gelegenheit freilich nicht mehr gesucht, nicht einmal mehr herbeigewünscht: Wie der Zufall sie brachte, griff ich zu."

Der junge Jäger fragte: „Wie du nun wieder im Wald warst hier bei uns, bist du ihr da nie nachgegangen, hast du sie nicht selbst angerufen?" – „Nein. Daß man die Götter durch Anrufungen erreichen kann, ist ein Aberglaube. Sie kommen, wenn man sie vergißt. Wenn man sogar den Wunsch nicht mehr hat, sie wiederzusehen, dann stehen sie plötzlich vor einem."

„Jetzt aber – wünschst du dir nicht, daß sie kommen soll, daß sie plötzlich vor dir stehen soll, so wie damals?" Er dachte kurz nach, dann sagte er: „Nein, eigentlich nicht; es ist alles noch frisch. Ich brauche es jetzt nicht mehr."

Der Junge wollte ihm sagen, daß er das überhaupt nicht verstünde, da trat der Wirt ein. Er war vom Regen durchnäßt. Er fuhr die Magd an: „Was steht du denn herum? Bist du hergekommen, um

Geschichten zu hören?“ Der Junge fuhr hoch. Es juckte ihn, dem Wirt etwas draufzugeben. Das Mädchen sah dem Wirt gerade ins Gesicht. Sie änderte ihre Haltung nicht, die weder zu stolz noch zu lokker war. Der Wirt fragte: „Bist du mit deiner Arbeit fertig?“ Das Mädchen erwiderte: „Ja.“ Der Wirt sah sich das Mädchen von oben bis unten an. Sie sah ihm ohne zu blinzeln, immer nur ins Gesicht. Ihr eigenes Gesicht war etwas bleicher geworden, unwahrscheinlich nur, weil es aus dem Feuerschein weggedreht war. Der junge Jäger dachte, das junge Mädchen brauche das nicht mehr lange auszuhalten.

Einstweilen war noch der Wirt ihr Herr. Er befahl: „Füll den Eimer!“ Er fügte hinzu: „Merkst du nicht von selbst, daß er leer ist?“ Das Mädchen erwiderte nichts. Sie faßte mit einer Hand die Kette und mit der anderen den Henkel. Die Männer sahen ihr zu, als verstünde das Mädchen eine neue, ganz überraschende Art, einen Eimer aufzuhängen. Sie richtete sich auf. Das Kleid spannte sich etwas über ihrer Brust. Die Männer drehten die Köpfe, wie sie zur Tür ging, ohne mit dem Eimer zu schlenkern. Vergessen waren alle Geschichten, die man soeben erzählt hatte, als hätten sie von den gewöhnlichsten Dingen gehandelt, die man immerfort hören kann. Die Männer vergaßen jetzt alles bis auf die schmalen, nackten Fersen des Mädchens, die sich bei jedem Schritt aus dem Schuhzeug hoben.

Das Mädchen öffnete die Tür und drückte sie rasch gegen die Wand. Ein heftiger Windstoß fuhr herein. Er schlug ihr den Regen vors Gesicht, das Kleid um die Hüften. Sie stellte den Eimer draußen ab und zog die Tür hinter sich zu. Alle, bis auf den Wirt, der den etwas verbogenen Haken prüfte, horchten gespannt nach außen. Die Hunde horchten mit hochgestellten Ohren. Man hörte den Eimer am Brunnen aufschlagen. Man hörte die Kette knirschen, man hörte den Eimer dann noch einmal aufschlagen. Eine gewisse Zeit verging. Der Wirt knurrte schon. Aber auch die alten Jäger warteten. Der junge Jäger wartete wie ein Verliebter, dem jede nicht ihm bestimmte Bewegung ein Anlaß zur Eifersucht wird und jedes Fernbleiben ein Verhängnis.

Wie war es jetzt auch still Mit dem letzten Aufschlagen des Eimers war die Welt auf einmal verstummt. Selbst der Wirt, der nicht auf die Schritte gehorcht hatte, horchte jetzt auf die Stille, die einem das Herz stocken machte. Alle starrten auf die Tür. Plötzlich quietschte die nasse Erde vor der Haupttür. Die Hunde schlugen wild an. Alle drehten die Köpfe. Jemand, der hausfremd sein mußte, hantierte draußen am Riegel. Schließlich ließ der sich zurückschieben. Die Männer hielten ihre Hunde zurück, die alle bebten und knurrten. Auf der Schwelle stand eine ältere Frau, zwischen vierzig und fünfzig, in groben Kleidern und Schuhen, mit groben, harten, wenn auch nicht bösen Zügen. Sie hatte ein Bündel in der Hand. Eine starke, wahrscheinlich lederne Schnur war so um das Bündel geknüpft, daß eine Schlinge abstand, durch die man den Gürtel ziehen oder das Handgelenk stecken konnte. Da sie von allen nur angestarrt und von niemand begrüßt wurde, trat sie vor dem Wirt hin und sagte: „Ich bin die neue Magd." Sie mißdeutete sein maßloses Anstarren. Sie erklärte: „Ich konnte erst einen Tag später weg. Auf meiner alten Stelle ist die Frau zu früh ins Kindbett gekommen." Der Wirt starrte sie immer nur an. Sie sagte rauher: „Hätte ich sie im Stich lassen sollen?" Sie fügte hinzu: „Eine solche Magd wollt Ihr wohl auch nicht."

Der Wirt wandte sich wortlos ab und ging zur Nebentür. Auf dem groben, flachen Gesicht der Frau entstand ein Ausdruck von Stolz und Bitterkeit: „Wenn ihm diese Erklärung nicht genügt, kann man ihm nicht helfen, dann ist es eben mein Schicksal, einem harten, unverständigen Herrn dienen zu müssen."

Die Jäger standen jetzt auch auf und folgten dem Wirt. Der Hund des Jüngsten lief mit ihnen. Die anderen knurrten jetzt schlimmer. Aber die Frau wehrte sie ganz geschickt von sich ab mit einem eintönigen Zureden, mit einer Furchtlosigkeit, wie sie nur aus traurigem Herzen kommt; denn das Wichtigste ging ihm längst verloren, und es braucht darum nicht mehr zu zittern. Die Jäger drängten in die offene Nebentür.

Die Umrisse des Brunnens zeigten sich schwach in dem regendunklen Abend. An der Schwelle neben dem Türpfosten stand der gefüllte Eimer. Doch keine Spur führte von der Schwelle zum Brunnen und von dem Brunnen zurück zur Schwelle. Und warum schlug denn kein Zweig an die Hauswand, und warum rieselten keine Fichtennadeln, obwohl zwischen Dach und Hochwald die Wolken jagten? Auf einmal tönten tief drinnen im Wald, wohl stundenweit weg, zwei dünne, langgezogene Pfiffe, die einem das Herz erbeben machten. Ein Fichtenzweig streifte die Wand und schüttelte seine Nadeln ab. Der ganze Wald rauschte. Die Männer kehrten zum Feuer zurück, wobei sie vermieden, sich anzusehen. Jetzt guckte auch die

Magd durch die leere Tür. Sie erblickte den vollen Eimer. Sie hob ihn auf, bevor es ihr noch befohlen wurde, und hängte ihn an den Haken über dem Feuer. Das war ihre erste Arbeit in diesem Haus.

Ernst Nowak

Die Hasenjagd

Ich weiß, damals kannten wir einander noch nicht lange, wir waren stumm wie Kinder, die ein Spiel ausdenken, bei dem es viel zu lachen geben wird, aber wir waren auch leicht und doch schwer, beweglich und steif, ausgelassen und traurig, wie es so ist, und der Tag war ganz danach, ein warmer, frühlingshafter Herbsttag. Tief vor uns leuchtete weißlichgelb und unbestimmt die Sonne durch den Dunst. Wir gingen den Feldweg nach Westen, zwischen uns war der Grasstreifen, wir gingen in den tiefen, mit Schotter gefüllten Furchen, stolperten, wenn ein rundgeschliffener Stein unter dem Fuß seitwärts rollte, und sahen einander dabei kurz an. Links wechselten die grauen Stoppelfelder mit frisch gepflügtem Land, schmal gegen den Föhrenwald zu gereiht, hinter dem wie unbewegt und fest geballt die weiße Rauchwolke der Fabrik stand. Du weißt, wir blieben dann stehen und beobachteten sie. Immer mehr Rauch drängte nach oben, und sie wurde nicht größer, nur die Umrisse und Bildungen, stumm ausweichend, verschoben sich leicht. Wir gingen dann weiter. Rechts fällt die Böschung steil gegen die weiten Wiesenflächen ab, die hier den Fluß säumen bis hinüber zu dem Höhenzug, den jetzt im Herbst der kahle rötliche Wald fast übergangslos in den Himmel auflöste. Ja, die Wiesen waren noch grün, die Spuren des ersten Frosts aber doch nicht zu übersehen, die Sträucher am Wegrand trugen zwar einzelne pralle Knospen, manche späte Blätter waren aber schwarz und verkrümmt vom Reif. Hier bei diesem Gesträuch stiegen wir die Böschung hinunter, die Erde war locker und körnig, ihr Geruch müde und bitter, wir lachten viel, unsere Füße sanken tief ein, du hast unten das Erdreich aus den Schuhen schütteln müssen. Du bist auf einem Bein gestanden, sehr unsicher, und ich sah dir zu, und auf einmal fühlte ich das Pochen der Adern an meinem Hals, ein Schmerz beengte mich, der sich erst löste, als du ein Stück vor mir her dem Fluß zu gelaufen warst. Ich lief hinter dir, den Blick gesenkt, die Maulwurfshügel hüpften durch die Wiese meinen Füßen entgegen, bis mich schwindelte. Als ich wieder aufsah, waren wir schon fast am Ufer. Flußabwärts fiel ein Schuß. Das Wasser war dunkel, schäumte nur da und dort an gekrümmten, sich kaum verändernden Linien auf und zog, noch silbrig nachzitternd, vorbei. Ein zweiter Schuß fiel, ein dritter, und wir blickten den Fluß hinunter. Ja, jetzt jagen sie, sagte ich, und du stiegst mit weiten Schritten von Stein zu Stein ans Wasser, bücktest dich und tauchtest die Hand hinein. Ist es sehr kalt, fragte ich, und du sagtest, nein, eigentlich nicht. Deine Hand war naß, frisch und fest, als du wieder bei mir warst. Vom Wald her, über den Fluß schwangen sich die Krähen in die Wiesen nieder. Der frühe Nebel im Westen wurde grau und stieg am gelben Himmel hoch, bald mußte die verschleierte, sinkende Sonne ihm begegnen. Mein Mund war an deiner Schläfe, und ich atmete kurz. Ein Hase flüchtete, sich krümmend und lang streckend, quer über die Wiesen, mühte sich die Böschung hinauf und verschwand oben am Feldweg. Wir sind lang hier am Wasser gestanden. Es fielen wieder kurz hintereinander Schüsse, und ein Hund kläffte. Wir sprachen dies und das, scherzend oder nachdenklich, und unsere Blicke waren bald unruhig fordernd, bald ruhig getauscht, bald verschlossen, bald offen. Das nächste Mal war das Kläffen des Hundes schon sehr nahe. Über die Holzbrücke flußaufwärts schob eine Bäuerin einen Karren, auf dem, hoch aufgeschichtet, pralle Säcke lagen. Wir hörten das Rumpeln des Rades auf den lockeren Bohlen.

Als wir uns nach dem Hund umwandten, sahen wir auf dem Feldweg oben in einer Reihe die Jäger stehen, mit ihren dicken Jacken und Stiefeln, dunkel und breit gegen den Himmel, einer von ihnen gegen die weiße Rauchwolke der Fabrik abgehoben. Wir lachten, als der Hund, kurzbeinig, mit schräg aufwärts stehendem Schwanz und fliegenden Ohren, auf uns zu stürzte. Ein Jäger rief ihm wütende Befehle nach, er gehorchte nicht. Wir standen aneinandergelehnt und sahen dem Hund entgegen. Es ist ein junger Hund, sagtest du. Er sehe aber gar nicht verspielt aus, sondern böse und scharf. Lauf schön zurück zu deinem Herrn, rief ich, lauf schön, und sah, wie die Jäger die Gewehre in Anschlag brachten. Du hast dich weit vorgebeugt, als dich der Schuß getroffen hatte, hast dich auf den Fersen von mir weg zur Seite gedreht, und, während mich ein anderer Schuß traf, zwei Schritte, einen ungewöhnlich langen und einen kurzen, nach rechts gemacht. Ich riß meinen rechten Arm hoch an meine Stirne, taumelte zurück und suchte in einer krampfhaften Anstrengung, bei der Oberarme, Schultern, Hals und Nacken zitterten, einen Sturz nach hinten zu vermeiden. Es war umsonst, ich schlug hart mit der rechten Schulter und Hüfte auf, sah dabei dich auf den Knien und Ellbogen kauern, die Stirn fast am Boden, und sah, wie mich der Hund über meine Beine hinweg ansprang. Er landete auf meinen Oberschenkeln, ich suchte ihn abzuschütteln, seine Augen waren starr und dunkel auf mich gerichtet, seine Zunge hing bebend und bläulichrot zwischen den gelben Reißzähnen, sein Atem war heiß und stank nach Aas. Verschwinde, zischte ich. Er knurrte mich an, dann sprang er zu dir hinüber. Du bist jetzt lang ausgestreckt auf dem Bauch gelegen, und der Hund stemmte seine Vorderbeine auf deine linke Schulter und bellte zu den Jägern hinüber. Ich grub die Finger tief ins Gras und schob meinen Oberkörper so vor, daß ich die Jäger sehen konnte. Sie kamen langsam, mit wiegenden Schritten heran, die Gewehre unterm Arm, die letzten zwei stiegen eben, an derselben Stelle wie zuvor wir, die Böschung herunter. Der Hund umkreiste bald dich, bald mich und lief schließlich zu seinem Herrn, einem großen kräftigen Bauern mit grauem, dichtem Schnurrbart, dessen Enden in die nassen Mundwinkel hingen. Der Bauer hatte ein rotes Gesicht, Nase und Wange waren von einem dichten Netz blauer Äderchen durchzogen. Er sah mich mit kalten, grauen Augen an. Ein anderer Jäger sagte zu ihm, es sei diesmal noch gut gegangen, dieser dumme Hund, beinahe hätten sie den Hund erschossen. Der Bauer zog mit seiner dicht behaarten Hand auch gleich schweigend eine Leine aus der Tasche und holte zu einem Schlag nach dem Hund aus. Ich hörte die Leine pfeifen, der Hund krümmte sich jaulend zur Seite. Der Bauer beachtete ihn nicht weiter, beugte sich leicht erst zu mir, dann zu dir nieder und sagte, nicht schlecht, gar nicht schlecht. Und ich sagte zu ihm, alle Achtung, und fragte ihn, ob er der Schütze gewesen sei. Er antwortete nicht. Und du hast dich aufgerichtet und lachend zu mir gesagt, siehst du, ich habe recht gehabt, der Hund war wirklich nicht verspielt. Sie müssen ihm noch einiges beibringen, sagte ich zu dem Bauern. Ja, ja, schon recht, ganz richtig, sagte er zerstreut.

Zwei Jäger hängten ihre Gewehr über die Schultern und bemühten sich um mich. Sie drehten mich erst auf den Rücken, dann faßte mich der eine unter den Achseln, der andere in den Kniekehlen. Hopp, sagte einer, und sie hoben mich auf. Mit dir, sah ich, machten es zwei andere ebenso. An meinem Hinterkopf rieben die Knöpfe des Jägerrockes, meine Arme hingen schlaff, und die Fingerspitzen berührten bei jedem Schritt ein sich vorwärts bewegendes Knie. Ich sah zu dir hinüber, unsere Blicke trafen einander, wir lachten, du hast mir zugewunken, und ich fragte dich, ob es nicht herrlich sei, so getragen zu werden. Ja, sagtest du, es ist gut, aber trotzdem könnten wir doch ruhig auch ohne Hilfe gehen. Was wollen Sie, fragte der Bauer ungläubig. Sie haben Vorstellungen, sagte er, seit wann läuft die Beute wie der Hund mit dem Jäger nach Hause, Sie kennen wohl die Regeln nicht. Ja, Sie haben recht, sagtest du, tragen Sie uns nur. Die Jäger trugen dich nun an mir vorbei, sie gingen schnell und mit federnden Schritten, während die, die mich zu tragen hatten, nur schleppend und mühsam vorwärtskamen, sei es, weil ich so schwer war, sei es, weil sie so schwach waren. Inzwischen hatte der graue Nebel schon die Sonne verdeckt, und der westliche Himmel war orangefarben. Es dunkelte, und der Geruch der Erde war jetzt feuchter und schärfer. In den Armen der Jäger, die bald ein Lied pfiffen, bald schwiegen, schaukelten wir nun so den Fluß entlang. Wir mußten bald bei der Brücke sein. Ein Jäger trat an mich heran, legte seine Hand an meinen Kopf, den Daumen unter das Kinn, Zeigefinger und Mittelfinger, die nach Tabak rochen, an die Wange, drehte meinen Kopf, fuhr mir dann durchs Haar, taste eine Stelle oberhalb des Ohres genau ab, betrachtete dann seine Finger und sagte, ein guter Schuß, wirklich ein guter Schuß, er schweißt kaum. Dann lief er zu dir nach vorn und ging neben dir her, er suchte wohl auch bei dir nach dem Einschuß. Wir waren nun bei der Brücke angelangt und bogen links in die Landstraße ein. Die Sohlen der Jäger knirschten im Sand und scharrten durch den Schotter, der Hund lief bald vorn, bald an der Seite, stöberte da und dort am Straßenrand oder in der Wiese oder an den Stiefeln der Jäger und schlug mitunter kurz an. So kamen wir zu dem Gehöft, das nahe der Brücke liegt, ja, ein mächtiger alter Bau aus rohen Ziegeln, die nur wenig weiß übertüncht sind. Der hintere Teil des Baus ist eine Brandruine, ein Rest des Dachstuhls ragt noch in die Luft. Zwischen den Sparren sah ich einen ersten Stern. Der Hund lief, ungeduldig wedelnd und sich umwendend, seinem Herrn voraus zur Haustür. Der Bauer stieß sie mit dem Fuß auf. Bald waren auch wir in dem düsteren Flur, an dessen Wänden viele Geräte lehnten und volle Säcke gestapelt lagen. Es roch hier nach Schweinefutter und Mostobst. Alles drängte sich vor einer niedrigen Tür, und ich wurde sehr unsanft auf den Steinboden gesetzt, wobei mich der eine Jäger aber noch fest unter den Achseln hielt. Der Bauer öffnete die Tür, die Jäger folgten, ihre Schritte polterten und hallten durch den dämmrigen Raum, dann haben sie dich hineingetragen, zuletzt auch mich. Die Stube war sehr groß, sie wirkte wie ein Saal, sie war kahl und fast leer, auf dem staubigen Bretterboden standen nur ein Tisch und drei Sesseln in einer Ecke, und ein wuchtiger, blaßgrüner geborstener Kachelofen an der einen Längswand, die von rostigen Flecken und Rinnsalen bedeckt war. In den Winkeln lagen zerschlissene Decken, Polster und schwarze grobe Mäntel. Der Bauer machte Licht, es kam trüb und gelb unter dem weißen Glasschirm der Deckenlampe hervor.

Man setzte uns nebeneinander auf die breite Fensterbank. Wer hätte das gedacht, sagte ich. Ob wir jetzt überhaupt noch zurück gehen können, sagtest du, es wird ja schon ganz dunkel. Wir fahren eben mit dem Zug, sagte ich, von hier ist es ja nicht weit zur Station. Du hast den Mantelkragen aufgestellt und das Kinn tief in den Pelz gedrückt. Ist dir kalt, fragte ich. Ja, sagtest du. Ja, es ist kalt hier, sagte ich, kälter als draußen. Ich zog dich an mich. Die Jäger stellten ihre Gewehre und Rucksäcke in die Ecke und wahllos auf dem Boden ab, der Bauer und zwei andere setzten sich an den Tisch, die übrigen ließen sich auf der Fensterbank nieder und auf den Lumpen. Sie saßen an die Wand gelehnt und starrten bald zu uns herüber, bald kramten sie in den Manteltaschen und Rucksäcken und holten Messer hervor, Brote, Speck, Schnaps, Zigaretten und Pfeifen. Zündhölzer flammten auf, und Qualm zog durch den Raum. Der Hund bettelte. Eine gute Jagd, sagte der Bauer, ohne uns anzusehen, und wischte sich den Schnurrbart, eine sehr gute Jagd. Es freute mich, daß Sie mit uns zufrieden sind, sagte ich. Ja, sagte der Bauer, ich hätte mir nichts Besseres wünschen können, wir danken Ihnen. Nicht wahr, sagte er noch, zu den anderen gewendet, und es folgte ein Beifallsgemurmel. Und du hast gesagt, es war wunderbar, wie Sie uns getragen haben, man konnte gedankenlos und ruhig sein und sich ganz den regelmäßigen Bewegungen überlassen. Die Jäger sahen dich darauf groß an. Das verstehen sie nicht, flüsterte ich dir ins Ohr. Wollen

Sie was essen, fragte der Bauer. Danke nein, sagte ich schnell, wir haben ja auch nur mehr wenig Zeit, es ist dunkel und wir müssen dann mit dem Abendzug zurückfahren. Aber einen Schnaps werden Sie doch mit uns trinken, sagte der Bauer. Ja gerne, sagte ich. Unvermittelt und leise sagtest du zu mir, du hast Blut hinter dem Ohr. Es war gestockt, du hast dein Taschentuch mit Speichel befeuchtet und versucht, das Blut wegzureiben. Ja, meine Wunde, sagte ich. Du hast mich besorgt angesehen und dann das Taschentuch neben dich auf die Bank gelegt. Ich fühlte es kühl hinter dem Ohr. Dann hast du deinen Mantel geöffnet. Der Einschuß war knapp unter deiner linken Brust, ein kleines kräftiges Mal auf dem Grund deines Kleides, wie kreisrund aufgebrochen, eine blutige leuchtende Mitte, gesäumt von einem schmalen, wie zerfressenen schwarzen Rand und einem dunklen Hof von Ruß und versengter Wolle. Meine Hand näherte sich der Wunde, aber du hast sie zur Seite gedrängt und den Mantel rasch wieder zugeknöpft. Der Bauer drückte mir sogleich seine Schnapsflasche in die noch offen in der Luft stehende Hand. Zum Wohl, Prost, Gesundheit, sagte er, und die Jäger wiederholten es murmelnd reihum. Ich reichte die Flasche vorerst dir, du hast sie nur zögernd angenommen und flüchtig, mit dem kleinen Finger, als sollte es niemand sehen, gesäubert. Ja, ich habe bemerkt, wie sehr du dich überwinden mußtest, deine Augen waren schmal, deine Lippen fest aufeinandergepreßt. Mir tat das brennend scharfe Getränk wohl, ich trank sehr viel davon, etwas zu hastig, so daß ich davon an Kinn und Brust naß war. Vielen Dank, sagte ich, reichte dem Bauern die Flasche mit einem Kopfnicken zurück und wischte mich mit deinem Taschentuch ab, nachdem ich eine Stelle gefunden hatte, die nicht von meinem Blut befleckt war. Ich fühlte, daß mir der Schnaps in den Kopf stieg, daß sich mein Gesicht rötete und mir Tränen in die Augen getreten waren. Ist dir schon warm, fragte ich dich. Ja, sagtest du und drängtest dich an mich, gehen wir jetzt. Ja, wir müssen jetzt gehen, sagte ich und blickte auf meine Uhr, in einer halben Stunde geht der Zug, es hat uns gefreut, mit ihnen beisammen zu sein, schade, daß es schon so spät ist, aber was kann man machen.

Wir sind auch gleich aufgestanden, ich war unsicher auf den Beinen. Ich sah, daß unsere Mäntel ganz staubig waren. Während ich damit beschäftigt war, deinen und dann meinen Mantel vom Staub zu reinigen, und ich mich tief bückte, so daß mir der Kopf dröhnte, sagte der Bauer, schade, wirklich schade, meine Häschen, daß ihr jetzt fortlauft, man sollte euch ja eigentlich das Fell über die Ohren ziehen. Wir beide lachten darüber, aber er und die anderen blieben ganz ernst, und der Hund, der zu Füßen des Bauern lag, hob den Kopf und knurrte. Also dann geht, sagte der Bauer, wünsche gute Reise. Wir hatten uns zur Tür gewandt, ich drückte eben die Klinke nieder, da schluchzte der Jäger rechts vom Bauern, ein Alter mit tief durchfurchtem fleckigem Gesicht und kurz geschorenem weißem Haar, laut auf und sah uns mit roten, tränenden Augen an. Der Bauer merkte wohl, wie verwundert ich war, und sagte, ja, sehen Sie, er weint, er hat Mitleid. Und er fügte ergänzend hinzu, ja, seht, er hat Mitleid mit euch. Gehen wir, gehen wir endlich, sagtest du leise, und ich öffnete die Tür. Ich wußte nicht, was ich sagen sollte, ich sagte, danke, und, gute Nacht, und du sagtest, auf Wiedersehen, und tratest schnell in den Flur hinaus. Der Bauer stand hoch aufgerichtet am Tisch, blickte mit seinen kalten, grauen Augen uns nach, so wie auch alle anderen, hatte seine große Hand auf den Kopf des weinenden Alten gelegt und rief uns nach, ihr werdet wohl verbluten, darum weint er, der Gute. Du hattest inzwischen die Haustür geöffnet.

Das Dunkel draußen war durch den vom Fluß her ziehenden Nebel, den zunehmenden Mond und rechts drüben von den Lichtern der Fabrik und der nunmehr von unten grell beleuchteten weißen Rauchwolke etwas aufgehellt. In der Stube begannen die Jäger, die bis jetzt ja so still gewesen waren, zu lärmen. Wir sahen noch durch die kleinen Fenster in die Stube, konnten aber wegen des Staubs und der Spinnweben an den Scheiben nichts Genaues erkennen. Aber mit grölenden, heftigen Stimmen sangen die Jäger nun ein Lied: Es blies ein Jäger wohl in sein Horn, wohl in sein Horn, und alles, was er blies, das war verlorn, das war verlorn, halliahussassa tirallala, und alles, was er blies, das war verlorn. Wir hörten sie noch singen, als das Gehöft schon hinter uns lag und wir auf der Landstraße dem Föhrenwald zu gingen.

Wir haben lange geschwiegen, ich verstand das nicht. Ich sah dich heimlich an, du spürtest es aber und wandtest den Kopf rasch ab, als wolltest du die Sterne im Westen betrachten. Deine Hand lag schwach und warm in der meinen. Was ist, fragte ich. Ich weiß nicht, sagtest du sehr laut. Mir ist es jedenfalls sehr laut vorgekommen. Ich sah gerade vor mich hin. Bald mußten zwischen den Stämmen des

Föhrenwaldes die Lichter der Station zu sehen sein. Ich habe gewußt, daß du mich scheu beobachtet hast, bereit, sofort den Blick zu senken, sollte ich meinen dir nochmals unerwartet oder heimlich zuwenden.

Heimito von Doderer

Bärenjagd

aus *Die Strudlhofstiege*

Der Leutnant verließ den Waggon, hielt den Zeitungsverkäufer an, kaufte rasch fünf englische Kriminalromane (Auftrag von Trnowo her! – und das hatte er in der Stadt vergessen gehabt), sowie einige Zeitungen und Zeitschriften und endlich, als das Büfettwägelchen vorbeigerollt wurde, das Mineralwasser und Obst. Da stand er nun, den Kram im Arm, und schaute nach vorwärts aus der Halle. Von hier wird morgen nachmittags die ganze Bande abfahren, Grauermann und Marchetti, Semski und Grabmayr und der Edouard von Langl, Meister leichter Klaviermusik. Es roch sanft nach Eisenbahnrauch, genau so wie damals, und in Payerbach wird die frische Gebirgsluft beim Aussteigen zu spüren sein. Und dann werden sie im Landauer hinauffahren, und die Asta und die Etelka werden ihnen vielleicht schon auf der Serpentinenstraße, die zur Villa führt, begegnen.

„Hast ein Mineralwasser, ja? das ist g'scheit!", sagte der Major, als Melzer das Coupé wiederum betreten hatte. Ein exquisiter Duft schlug ihm entgegen, und alsbald zog Laska ein langes Etui hervor und bot Melzer eine Kaiser-Virginia an. „Weißt'", sagte er wohlgelaunt, „ich hab' mir vom Schneider einen Poysdorfer mitgenommen, ganz tiefgekühlt, da trinken wir jetzt ein Schluckerl. Hoffentlich ist das Mineralwasser auch kalt." Er befühlte die Flaschen, schien befriedigt und brachte aus seiner Reisetasche ein gelbes Futteral zum Vorschein, das zwei kleine silberne, innen vergoldete Trinkbecher enthielt.

„Darf ich fragen, kommen Herr Major auch vom Urlaub?" sagte Melzer, nachdem sie beim Klapptisch am Fenster sich niedergelassen hatten.

„Nein. Ich war nur ein paar Tag' in Wien, als Kurier sozusagen, im Ministerium. Dort ist unter anderem eine Angelegenheit verhandelt worden, welche dich beiläufig interessieren wird."

„Ja, wie denn – übrigens hält dieser Zug da auch in Payerbach?“

„Nein, ich glaub’ nicht, der hier fahrt von Gloggnitz bis Semmering durch. Aber wie kommst’ denn da drauf, willst’ am End’ aussteigen?“

„Nein, es war nur neulich die Rede davon.“

„In Payerbach hält der Grazer Schnellzug, da nebenan steht er, am nächsten Gleis.“

„Ja“, sagte Melzer und sah hinüber, „der Grazer, der hält in Payerbach.“

Plötzlich packte ihn der Schmerz. Mary sah ihn so fremdartig an. Er hatte sie doch niemals recht verstanden. Sie war etwas Besonderes, sie war einzig. Die Angst vor dem Unwiederbringlichen, vor dem wirklichen Verlust, preßte ihm die Brust und war wie ein Druck an seiner Kehle fühlbar.

„Paß auf“, sagte Laska, während der Zug sich fast unmerklich in Bewegung setzte und aus der Halle hinauszugleiten begann, „ich bin jetzt Jagdreferent für Bosnien geworden; das heißt also: Dein Bär ist gesichert. Ich nehm’ dich mit auf die Treskavica. Dein Alter muß dich die paar Tage loslassen, ich werd’s ihm selber sagen, ist ja ein gemütlicher Bursche, dein Hauptmann Ziesler. Prost, Servus!“

Sie tranken einander zu.

„Ich danke vielmals und gehorsamst, Herr Major“, sagte Melzer, „das ist ja großartig!“

Ein plötzliches Wohlgefühl durchdrang ihn zugleich mit einem unklaren Staunen über die sehr wechselnden eigenen Zustände während dieses zur Neige gehenden heutigen Tages. Laska füllte die Becher neu und improvisierte mit einem schönen Baß:

> Glücklich ist,
> wer vergißt,
> was nicht mehr
> zu ändern ist …

„Prost!“ schloß er. Melzer starrte ihn durch einen winzigen Augenblick geradezu maßlos verwundert an. Der Zug glitt weich stoßend durch die Dunkelheit, hielt zwei Minuten vor dem einsamen Meldlinger Perron. Die beiden Herren lehnten in ihren Polstern, das großartige Gewächs rann köstlich durch die Kehle, der blaue Duft schwebte unter der Halbkugel des Deckenlichtes.

Melzer fuhr jetzt geradezu leidenschaftlich gerne nach Bosnien hinunter. Aber nicht die Aussicht auf eine Bärenjagd – hatte er diese noch so sehr gewünscht – vermochte solchen Umschwung über ihn; sondern der Atmosphäre allein, welche sich da in diesem Coupé ausbreitete, schien eine mächtige Heilwirkung zu eigen, der auf die Dauer nichts in ihm widerstehen konnte. Hier nahm ihn etwas auf und stützte ihn kräftiglich. In den schmalen unteren Gepäcknetzen über den Fauteuils lag auf beiden Seiten der gleiche Säbel mit der gleichen schwarzen Kappe.

Die Gegend von Baden passierend, waren sie im Gespräch längst zu den letzten Einzelheiten ihres jagdlichen Vorhabens gelangt; Laska, ein alter Bosniake, besaß hier gründliche Kenntnisse. Als eine gute Stunde später schon die Perrons von Payerbach vorüberflogen, bemerkte es Melzer erst hintennach, während der Zug über den großen Viadukt fuhr. Sie hatten sich zum Schlafen ausgestreckt und die luftgefüllten Gummikissen unter die Köpfe geschoben. Das hohle, ziehende Sausen in den Semmering-Tunnels drang angenehm in den umfangenden Schlummer und darin gleichsam eingehüllt gab es für Melzern noch ein Angenehmes: das war sein fester Vorsatz, den nächsten Urlaub in Wien und zum Teil auch im Rax- und Semmering-Gebiet zu verbringen. Und was sollte dem entgegenstehen?

Vier Wochen später ritten Laska und Melzer den steinigen Weg zur St. Katherinen-Hütte auf der Treskavica bergan: bei wirklich unendlicher Himmelsbläue über kahlen und bewaldeten Höhen; die Treskavica selbst ist beides zugleich in ihrem unteren Teile: am Nordhang gibt es tiefen Buchenwald, der Südhang bietet Mattenboden; so hat der ganze Berg etwas von einem Greis mit mächtigem Bart, aber kahlem Schädel an sich.

Es war schon die zweite jagdliche Unternehmung, zu welcher die beiden Offiziere seit ihrer Rückkehr von Wien gemeinsam auszogen. Vor vierzehn Tagen hatte Laska den Leutnant zur Wildschweinjagd mitgenommen in die Sierscha-Schlucht bei Dobropolje. Das ist ein ganz urtümliches Gebiet, welches man zu jener Zeit noch strengstens geschont hat: es bedurfte in der Tat des vom Landesverteidigungs-Ministerium bestellten Jagdreferenten, um jene Gegend mit der Büchse unterm Arm zu betreten. Diejenige des Majors hatte damals im entscheidenden Augenblicke der Jagd versagt, eben als der Trieb aus dem Unterholze brach und die schwarzen Burschen über einen

Kamm mit lichter stehenden Bäumen stürmten; und dies so dicht an den beiden Schützen vorbei, daß Laska sein versagendes Gewehr weggeworfen, die Pistole herausgerissen und mit dieser auf kaum zehn Schritte einen starken Saubären erlegt hat. Der Major war förmlich der eigenen Pistolenkugel nachgesprungen, sofort weiterfeuernd. Die Treffer saßen, wie sich später zeigte, dreifach im Schädel des Ebers, mehrfach in der Lunge; alles war voll vom Blut, das Gebüsch, das Gras und Moos; die Strecke sehr ansehnlich, Melzer war ausgiebig zum Schusse gekommen (es mag übrigens sein, daß der Major ihn vor der Bärenjagd noch jagdlich erproben wollte – jedenfalls fiel's zur Zufriedenheit aus).

An diese Jagd dachte Melzer jetzt, während sie abgestiegen waren, um zu rasten. Er war ein paar Schritte von den Pferden abseits gegangen, wo der steinige Grund teilweise unter Haselgebüsch verschwand. Die Szene, wie Laska den Eber niedergestreckt hatte, schob sich vor sein inneres Auge, das bellende Krachen der Pistole, der wilde Gesichtsausdruck des Majors im Vorspringen, das niederbrechende, sich wälzende Tier und das überall herumgespritzte Blut. Dieses Bild breitete sich in Melzer allmählich aus, wie sich eine Lache

ausbreitet, es sandte Gerinnsel nach verschiedenen Seiten, es schien eine dumpfe unaussprechliche Verbindung zu suchen mit anderem, das verwandt aber verborgen war. Auf einer Steinplatte zwischen den Haselstauden zeigte sich schon die ganzen Minuten hindurch eine kleine, langsame, träge Bewegung; jetzt erst wurde sie von Melzer aufgefaßt und erkannt. Es war eine Haselnatter, ein kaum ellbogenlanges Schlänglein, das in Bosnien häufig ist. Melzer schaute in sich versunken den wurmhaften gleitenden Verschiebungen des kleinen Körpers zu; unter anderen Umständen hätte er vielleicht nach rückwärts sich gewandt und gesagt, „Schau, Herr Major, da ist ein Haselwurm." Aber dieser hier erschien ihm wie eine Bewegung seines eigenen Innern, wie geheimste Gedanken, die zu enthüllen unvorstellbar war.

Jetzt bot ihm Laska von rückwärts Cognac und Schokolade an. Er löste sich gern aus dieser minuten- oder nur sekundenlangen Einsamkeit, die ihn mehr beschwerte als anzog.

Am späteren Nachmittage, in einem schrägen Sonnenglanz, der es unmöglich machte, in die Ferne zu sehen, kamen sie zur Hütte. Es war eine Alm dabei, wie man in Bayern oder Österreich sagen würde;

das Vieh noch auf der Sommerweide. Die Hirten, vom bevorstehenden Eintreffen der Offiziere verständigt, hatten einen Ochsen geschlagen, der großenteils als Köder für den Bären dienen sollte; die besten Stücke waren von ihnen auf landesübliche Weise vortrefflich gebraten worden für's Abendessen; und jetzt, gleich nach der Ankunft, erhob sich der stärkende Duft des Kaffees, von dem Laska ein großmütiges Quantum samt einem Kilogramm Zucker, einigen Schachteln Zigaretten und einer Flasche Sliwowitz unter die Hirten verteilte. „Wer schmiert, der fahrt", sagte er beiläufig zu Melzer, „aber jetzt kriegen auch wir eine Jausen." Und damit packte er feines türkisches Gebäck aus, Tolumba und Baklawa, sowie Kurawie, die Mürbe, Zarte, in handtellergroßen runden Scheiben.

Vor Nacht wurde der mächtige Köder im Buchenwald des Nordhangs ausgelegt unter Mithilfe der Hirten und beider Offiziersburschen, junge Bosniaken, denen diese Expedition ein besonderes Vergnügen zu bereiten schien. Es war eine Schulter im Berg, ein an sich fast ebenes Gelände, das aber in der Mitte eine Art wannenförmige Vertiefung zeigte: hierher legten sie den Ochsen. Dann wählten Laska und Melzer sorgfältig ihren Ansitz am Rande der Senkung, prüften den Ausschuß von da und merkten sich die Stelle genau an mehreren Zeichen, ebenso bei der Rückkehr zur Hütte den Weg dahin, von welchem sie jetzt alles dürre und knackende Holz entfernten, auch da und dort Buschwerk und Äste weghieben, um bei ihrer nächtlichen Wiederkehr jedes Geräusch zu vermeiden. Die den Hirten genau bekannte Hauptrichtung des Nachtwinds hier am Nordhange der Treskavica lag günstig, vom Köder her dem Anmarsche entgegen. Nach alledem konnten Laska und Melzer sich in der Hütte ein paar Stunden auf's Ohr legen.

Als sie um ein Uhr allein und ohne Hund aufbrachen, war die mondlose Nacht nur vom funkelnden Gestirn erhellt. Der Atem wölkte leicht vor dem Mund, so kalt war es: Laska und Melzer staken dieserhalb in kurzen Pelzröcken. Das an die Dunkelheit gewöhnte Auge fand später im Wald unschwer bei langsamem und vorsichtigem Gehen den Weg. Dreihundert Schritt etwa vor Erreichen ihres Ansitzes war in der Nachstille Geräusch aus dieser Richtung zu hören, und zur Stelle gelangt, wurde den Jägern die Anwesenheit des Bären unzweifelhaft, wenngleich sie ihn nicht sehen konnten: sie hörten ihn schmatzen, auch dann und wann den Einhieb des

Gebisses. Diese Geräusche blieben oft von langen Pausen getrennt. Mitunter zerrte der Bär am Köder, man hörte ein Schleifen und Rauschen. Gegen drei Uhr etwa gab es richtigen Lärm, in welchem das Knacken zerbrechender Knochen zu erkennen war. Und bald danach wurde es leider gewiß, daß der Bär den Köder getrennt hatte und im Begriffe war, einen Teil davon zu verschleppen.

Laska und Melzer blieben bis zum Büchsenlicht sitzen, lange Zeit noch in der Nachtstille dem sich entfernenden Geräusche nachlauschend. Hier war vorläufig nichts zu machen. Als es einigermaßen hell geworden war, betrachteten sie den verbliebenen Rest des Köders durch ein Zeißglas, ohne sich der Stelle, wo der Ochse gelegen hatte, nochmals zu nähern. Von diesem fehlte der linke hintere Teil fast vollständig, und daraus ergab sich zunächst, daß die Berichte der Hirten von der Größe des Bären kaum übertrieben waren.

Die beiden Offiziere kehrten zur Hütte zurück, um zu frühstücken.

Die Burschen und die Hirten waren aufgeregt, es wurde sogar vorgeschlagen, mit Hilfe der großen Hunde, welche sich auf der Alm befanden, des Bären Fährte alsbald aufzunehmen. Aber Laska winkte lachend ab. Eine gute Stunde später erst, nach reichlichem und behaglichem Frühstück, befand er sich mit Melzer allein wieder auf dem Wege.

Dieser Gang war es, der für Melzer unvergeßlich geblieben ist, nicht als ein Nennbares, das man als unvergeßlich bezeichnet, sondern viel tiefer in ihm siedelte sich dieses Erinnerungsbild als ein dauerndes an, ihn jederzeit bewohnend und ganz ohne sich vorzudrängen – aber es sickerte späterhin unzählbar oft hervor in einer stillen, kaum erkennbaren Weise; und es verbreitete sich allmählich tief dort drunten in seinem Inneren und sandte Gerinnsel aus und floß mit anderen Bildern zusammen, in unaussprechlicher Verbindung.

Äußerlich geschah allerdings nichts. Sie gingen annähernd denselben Weg wie nachts und verließen diesen erst eine Bogenschußweite vor ihrem ersten Ansitz auf den Bären, um sich nach rechts durch den Buchenwald zu schlagen und so auf die Schleppfährte zu gelangen, deren Richtung ihr gespanntes Ohr bei Nacht hinlänglich sicher festgestellt hatte. In der Tat fanden sie auf diesem Spaziergang ohne Hund den zunächst deutlichen Streifen leicht, welchen der Bär

erzeugt hatte, als er sich mit seiner Beute trollte. Sogar einzelne hängengebliebene Fleischreste und Knochensplitterchen waren im Geäst des Unterholzes und im Moose zu bemerken. Jedoch verloren sich die Zeichen allmählich mit der Länge des Wegs.

Dieser führte auch über offenen, flachen Waldboden, die Dickungen traten zurück, man schritt wie durch Hallen zwischen den mattgrauen Stämmen. Melzer fühlte sich vom Frühstück her angenehm gekräftigt und erwärmt, er ging leicht und doch jeden gehorsamen Muskel im Genuß der Bewegung spürend. Es gibt innere Lagen, wo wir wie losgebunden sind vom Pfahle des eigenen Ich und auch den Körper regieren wie sonst nie. So fühlte sich Melzer heute bei diesem jagdlichen Erkundungsgang, dabei alles ringsum mit besonderer Klarheit und Schärfe in sich aufnehmend, wie wenn das Bild eines Gartens durch die frischgewaschene Fensterscheibe in's sonnige Zimmer fällt.

Indem verloren sie mit der Zeit die Fährte. Mehr Vermutungen als Anzeichen leiteten weiter. Die allmählich hochgestiegene Sonne belebte die mächtigen Wipfel, fleckte den Boden, machte warm, lud zur Rast.

Diese hielten sie auf dem Kamm und gleich mit dem zweiten Frühstück. Der Wald vor ihnen sank steil ab, und ebenso wie hier war auch weiter rückwärts auf dem Grate der Raum zwischen den Stämmen vom Unterholz erfüllt, das nur den vorderen Teil der langgestreckten Bergesrippe freiließ, welchen die beiden Jäger zum Rastplatze erwählt hatten. Melzer fühlte sich geradezu glücklich. Alles lag so leicht auf seiner Seele wie duftender Schaum, nirgends war diese augenblickliche zarte Einhüllung seines Lebensgefühles gestört durch einen auch nur im geringsten schwereren Anflug oder Druck von Vorstellungen oder Tatsachen.

Es wurde ihm wohl nicht bewußt, daß es Laskas Art zu leben war, des Majors Laska Lebens-Stil schlechthin, was bei ihm ein Wohlgefühl von der geschilderten Art besonders leicht aufkommen ließ und förderte. Es verwandelte sich dies in Melzer unmittelbar in eine Sympathie für den Major, dem gegenüber er einfach ein Gefühl des Dankes empfand, weil er ihn mitgenommen hatte.

Schon mit Genüssen befaßt, die kleinen blanken Becher der Thermos-Flaschen mit duftendem Kaffee gefüllt, den Cognac in freundlicher Aussicht – fühlten sie mehr als daß sie eine deutbare sinnliche Wahrnehmung hatten, in dem etwa hundert Meter entfernten Dickicht auf dem Kamme irgendein Rumoren und griffen zur Büchse. Aber sie hatten die Trinkgefäße noch kaum beiseite gestellt und die Gewehre erhoben, als es dort in der Dickung einen geradezu ungeheuerlichen Ruck gab, die plötzliche allerheftigste Bewegung einer erheblichen Masse. Gleich danach polterte das ab, den Hang hinunter. Laska und Melzer waren aufgesprungen, und vielleicht hatte der Leutnant wirklich gehofft, jetzt zum Schusse zu kommen; aber sie bekamen den flüchtenden Bären nur wie einen Schatten wenige Augenblicke zu Gesicht, und fast gänzlich verholzt.

„Dich kriegen wir noch", rief ihm Laska nach.

Dem Leutnant war es in dem Augenblicke, da der Bär sich plötzlich erhoben hatte, so gewesen, als ginge ein Stück des Waldbodens wie bei einer Explosion in die Luft. Ihm schien der Boden jetzt zu zittern. Dieses Übermaß von Kraft, entfesselt in Sekunden, ja in Bruchteilen von Sekunden, rückte ihm den ganzen Wald aus dem eben noch genossenen Idyll wie mit einem Stoße hinaus; er verstand's selbst nicht recht und staunte unklar den tiefen Eindruck in der eigenen Seele an wie eine unvermutet geöffnete Grube.

Sie beendigten nach allem in Ruhe ihren Imbiß und wandten sich zurück. Als sie dem Köder in der flachen Vertiefung sich näherten, hob sich ein Schwarm von Geiern auf, und sie fanden den liegen gebliebenen Teil des Skelettes bis auf das letzte Knöchelchen sauber von fast jedem anhängenden Fleischrest befreit.

Melzer hat zwei Tage später seinen Bären trotz allem bekommen, nachdem als neuer Köder ein Ziegenbock ausgelegt worden war, den sie noch dran wenden hatten wollen. Der Schuß war ihm von Laska überlassen worden; der Major hielt sich nur bereit: aber Melzers Kugel saß. Er hat die Decke erhalten und sie sein Leben lang besessen (als er viele Jahre später in der Porzellangasse in Wien wohnte, schräg gegenüber den Miserowsky'schen Zwillingen, pflegte sie vor dem Kamin zu liegen, den es in dem vorderen von Melzers beiden Zimmern gab). Die Tatzen verspeisten sie auf der Hütte gemeinsam mit den Burschen und der eine der beiden Schinken wurde an die Hirten verschenkt.

Wenn ich im April 1945, fünfunddreißig Jahre nach dieser Bärenjagd, in meinem kalten Hotelzimmer zu Oslo über Melzer nachdachte – und ich pflegte das nicht selten zu tun – dann mußte mir auffallen, daß meinem Leutnant Erlebnisse von solcher Art, wie er sie auf der Reise von Attnang nach Wien im Jahre 1910 und in gewissem Sinne auch auf der Treskavica gehabt hatte, während einer Periode seines Lebens, wo man dergleichen flachhin und fürs erste am allerehesten und in größtem Ausmaße erwarten möchte – überhaupt nicht und in gar keiner Weise zu Teil geworden sind: nämlich im Kriege. Melzer hat 1914-1918 so ziemlich mitgemacht, was es da mitzumachen gab: Gorlice, Col di Lana, Flits-Tolmein ... Nennbar Unvergeßliches! Aber der Mensch kommt, im Kriege erlebend, nicht zu sich selbst, sondern immer wieder zu den Anderen. Die Ernte wird innerhalb der Welt des legal-organisierten Schreckens nicht in den Kern der Person eingebracht, sondern an's Kollektiv zurückverteilt. Daher übrigens bei fast allen die besondere Neigung zu Erzählungen.

Friedrich Paff

Ein Jäger kam aus fremder Zeit

Ein Jäger kam aus fremder Zeit
zu uns hinüber in den Wald
die Waffe alt, das Wild waren wir
er hörte unsre Stimmen nicht
war taub den Rufen und Befehlen
er sah nicht unsre Friedenszeichen
hetzte seine Hunde nur auf uns
und trieb uns ins Geheck
der Weißdorn wuchs uns zu
und unsre digitalen Uhren
zuckten uns den Tag
der nur noch Dunkel war und Dorn

Erich Henn

nach feierabend

die sonne
beginnt zu taumeln
es ist höchste Zeit

ampelstakkato

endlich
die waldrandzone

in der parkbucht
stelle ich
den alltag ab

auf leisen sohlen
wechsle ich
die pirschsteige der dämmerung
in orions sternrevier

Ludwig Benedikt Frhr. von Cramer-Klett

Die vier Freunde

aus „*Begegnungen*“

Eines meiner beglückendsten akustischen Erlebnisse danke ich vier fremden Wanderern, die mir zur Sommerszeit in meinem Wiesenhochtal einmal begegnet sind. Nie zuvor hatte ich sie und niemals wieder hab' ich einen von ihnen je gesehen. Wenn ich von einer Begegnung sprach, dann hab' ich es für diesmal auch nicht ganz richtig ausgedrückt. Diese vier nämlich habe ich, von ihnen ungesehen, belauscht. Das hat sich also zugetragen:

Der Mühlberghof (es kann dort auf der Höhe, weit weg vom Bach, nie eine Mühle gegeben haben, und so glaube ich, daß „Mühlberg“ in diesem Fall von Maulbeere oder Mehlbeere sich herleitet), der Hof also steht zwischen Obstbäumen auf einem der Nordalpenkette vorgelagerten langen Wiesenrücken, von dem aus man einen weiten Blick hat in die Hochebene hinaus. Hinter der von Holunderstauden halbverdeckten hölzernen Rückwand des Hauses zieht sich gen Westen aufwärts eben jene Wiesenmulde. Sie ist tief und zugleich sehr breit, wie ein ozeanisches Wellental. Das Junigras in ihr mit all seinen unzählbaren bunten Blumen hat auch etwas meerhaft Flutendes. Bis auf eine Haselnußhecke im südlichen Hang und einen einsamen, knorrig verkrümmten Wildapfelbaum im nördlichen ist dieses grüne Tal unbewaldet. Aber jenseits des Rückens, auf dem der Mühlberghof liegt, gibt's ein paar gegen das flache Land sich hinunterziehende Gehölze, Staudennester und Fichtenhorste. In ihnen oder in einem der dazwischen stehenden Roggenfelder pflegte damals ein sehr hochstangiger Rehbock den Tag zu verschlafen, um erst, wenn sich die Dämmerung abends mit dem Taudunst aus der Erde hob, über den Wiesenrücken in die große Mulde hinüberzuwechseln. Entlang der Talsohle schlängelte sich einer jener Feldfahrwege, deren tiefe kiesige Gleise ein erhöhter Grasrain voneinander trennt. Unter den runden Kronen der Haselstauden befanden sich Überreste einer vermorschten Holzzäunung. Hinter und zwischen ihnen, beschattet, beschirmt und wohlverborgen, hatte ich mich eines stillen vergoldeten Juniabends um des Rehbocks willen angesetzt. Ich überschaute von meinem Logenplatz aus nicht nur die schon im Schatten liegende jenseitige Halde, sondern ich hatte zudem noch gegen Norden und Sonnenuntergang freien Blick in die abendlich beglänzte Ebene hinaus. Zwanzig Meter nur von mir entfernt machte der Feldweg eine sanfte Kurve, verließ über den Rücken hinweg, der hier wie eine breite Grasterrasse wirkte, die Mulde und verschwand mit steilem Gefäll tal- und dorfwärts.

Stille lag über den weiten Wiesen. Von eines langen Sommertages Falterreigen müd und beseligt zugleich standen Gräser und Blumen. Nur die Grillen geigten, als hätten sie immer noch nicht genug, als wollten sie alles noch einmal aufwecken und zurückrufen in den vollen Tag. Mit hellem Kreischen jagten die Mauersegler hoch im golddurchwirkten Blau des Himmels. Ihre schwirrenden Schwingen sprühten zuweilen rötlichen Abendglanz zurück. Und dazu der Duft des sich allmählich der Vollendung nähernden Sommers, nimmer so süß und verwirrend wie im Mai, blumig mehr als blütenhaft und schon voll des starken Grüns. Der junge Sommer teilte sich zwischen Werden und Sein. Ein kaum spürbarer Lufthauch kam von den Höhen herunter, der enthielt noch die ganze Sonnenwärme, während aus der Tiefe des Grases sich schon allererste Taukühle löste und mit ihr vermengte. So in beglückter Hingegebenheit an die Stunde ist jägerisches Warten schön, trotz der vereinzelt noch sirrenden Schnaken und der lautlos und fast unspürbar auf Hände und Knie sich niederlassenden trauerfarbenen Bremsen. Auch dieser Reigen wurde jetzt träg und schlief allmählich ein.

Da lief es mir mit einemal unbehaglich vom Nacken in den Rücken hinunter. Das waren doch Menschenstimmen!? Aber ich wollte die wohlige Hülle dieser Feierabendruhe nicht ohne Gegenwehr von mir streifen lassen, und deshalb beschwichtigte die Hoffnung: es wird noch wer vom Hof unterwegs sein, zum Grünfutterschneiden vielleicht. Es half nichts, die Stimmen kamen auf mich zu, waren auf einmal nahe, und jetzt sah ich auch vier teils recht gewichtige städtisch gekleidete Männergestalten den Weg heraufkommen. Sommergäste, Fremde auf abendlichem Spaziergang oder Heimweg. Es waren aber, so schien es mir, keine lauten Wanderer. Ich nahm sie ins Glas; sie bewegten sich in einem sehr eigenartigen, sinnvoll gestaffelten Verband zur Rechten und Linken des Sträßleins, so daß keiner unmittelbar hinter oder neben dem anderen war und es auch keinen unzweifelhaft ersten oder letzten gab. Dennoch ging einer voraus, ein mittelgroßer, eher schmaler, dabei aber kräftig und elastisch wirkender Mann von ungefähr 50 Jahren. Er hatte dichtes, angegrautes, zu einem Stiftenkopf geschnittenes Haar und einen kurzen braunen Schnurrbart. Dadurch, daß er eine blaue Lüsterjacke trug, war er, aber das kam mir erst später zum Bewußtsein, der einzige nicht hemdärmelige in der kleinen Schar. Von den anderen drei ist mir kein allzu deutliches Bild verblieben; ich erinnere mich an unterschiedliche Größen, an diesen oder jenen von weißem Hemdlinnen überspannten Bauch, an graue und weiße Bärte oder Schnurrbärte, an eine Brille unter weißen Augenbrauenbüscheln und eine prachtvolle schlohweiße Mähne über einer rotgebrannten Stirn. Langsam, schweigsam, als ob jeder mit seinen Gedanken beschäftigt wäre, immer wieder Blicke zu den Bergen hinauf- oder zum Hof zurückwerfend, kamen sie gegen mich herauf und schließlich nahe an mir vorüber. Ich saß so gut gedeckt, daß sie mich nicht bemerkten. Als sie die Höhe erreichten, tat sich auch ihnen der freie Ausblick gen Nordwesten und ins flache Land auf. Da blieb der in der blauen Jacke als erster stehen, drehte sich halb zu seinen Freunden um und deutete mit der Linken enthusiastisch in die Ferne hinaus. Alle verhielten sie jetzt den Schritt. Es fielen halblaute Worte, die ich nicht verstand. Etwa drei Minuten schauten sie sichtlich ergriffen und ohne zu reden über das abendliche besonnte Land hin, die rotgolden beglänzten oder violett verschatteten Wiesen und Wälder, die blitzenden Flußbänder und Seespiegel. Dann allmählich wurden Taschentücher hervorgezogen. Der weißmähnige Senior putzte an seiner Brille, man schneuzte sich, wischte sich Stirn und Nacken, rückte – ich wußte zunächst nicht, was es zu bedeuten hatte – zwanglos und doch planmäßig zusammen, räusperte sich und – war das jetzt nicht ein leises tiefes Summen!? Mit einemal sah ich, wie sie, ohne besondere Zeichen oder verständigendes Wort, alle vier gleichzeitig die Brustkörbe wölbten, und dann war es – ich kann es nicht anders deutlich machen – wie ein jäher Losbruch von schmetterndem Wohlklang in die feiernde Stille hinein. Mit unerwartet herrlichen Organen sangen sie ihr Lied.

Es tönte mir sogleich vertraut, aber ich wußte anfangs nicht, wohin es gehörte. Eine Neuschöpfung war es also nicht. Trotzdem sage ich „ihr Lied", denn ich habe es in solcher Fassung und Wiedergabe weder zuvor noch später je gehört. „Mädchen aus dem goldenen Westen" ist der deutsche Name einer Oper von Giacomo Puccini; eine Tenorarie daraus ist weltberühmt geworden, das Abschiedslied des jungen Johnson an sein fernes Mädchen, wenige Minuten bevor er hingerichtet werden soll. Es ist kein Scheiden in Hoffnunglosigkeit und Trauer, sondern ein befreites Sichloslösen, mit der kraftvollen Bitte an die Freunde, sie möchten der Geliebten es verschweigen, daß er ein Opfer seiner Henker geworden, und ihr erzählen, er sei im Kampf gefallen.

Sommerliches Verglühen ist auch in dieser Arie. Es mußte zudem ein überaus verständiger Musiker gewesen sein, der sie zu einem vierstimmigen Männerlied umarrangiert hatte. Es war, als ob die vier Kehlen der fremden Wanderer dem Abend etwas von seinem Glanz zurückschenken wollten; ein heller, kraftvoll schmetternder erster, ein mühelos weicher, in seiner Mittellage schon recht dunkel gefärbter zweiter Tenor und zwei einander sehr ähnliche, großmächtige, schwarzsamtene Bässe. Mit ungehemmter, aber keineswegs hemmungsloser Sangesfreude gaben die vier sich ihrem Musizieren hin, schwungvoll, klangstark und rhythmisch, ohne einen Hauch von schleppender Sentimentalität. Zwei Strophen sangen sie, und wortlos, wie sie gekommen, abermals in jener merkwürdigen Abgestimmtheit aufeinander, wanderten sie dann nach nur noch kurzem schauendem Verweilen über die Kuppe weiter, gegen die unten schon im Abendschatten sie erwartenden Höfe, das Kirchdorf und den Wirtsgarten mit der Geißblattlaube hin.

Das Erlebnis des Schönen hatte, genau wie das Tonstück, seine ausgewogenen, rundenden, unwiderruflich beendenden Schlußtakte gefunden. Einer nur, wenn ich mich nicht sehr verhört hatte, der zweite Tenor, verhielt noch ein wenig. Der mit der Lüsterjacke war's. Er zog aus ihrer äußeren Brusttasche einen Stumpen heraus und setzte ihn eilig in Brand. Es sah so aus, als ob er ihn anheizte. Das Feuer des Streichholzes flammte groß empor und warf, obwohl es noch Tag war, in kurzen Zeitabständen roten Schein auf sein Gesicht. Dann eilte er, dem harmonischen Verband sich wieder einzugliedern, den Freunden nach, deren letzter, nur noch bis zum Dreieck der ins bauschige weiße Hemd einschneidenden Hosenträger sichtbar, soeben hinter dem Wiesenrücken verschwand. Ich glaube bestimmt, daß dieser Blaue der Schöpfer, der Umsetzer und Neukomponist der Johnson-Arie gewesen ist.

Ludwig Benedikt Frhr. von Cramer-Klett

Im Sommerregen

aus „*Begegnungen*“

Ich entsinne mich auch der einen oder anderen Begegnung auf einsamem Jägerpfad, die mit der sie umgebenden Landschaft, sie umwehenden Stimmung von Wetter und Jahreszeit kaum etwas zu tun hatte, sich sogar befremdend davon abhob und mir dennoch zur dankbar bewahrten Erinnerung wurde.

Eines Morgens um die Mitte des Monats Juni (zu dieser Zeit bietet das alpine Waldrevier nur geringe jägerische Beschäftigung) hatte ich mit einem Buch im Rucksack ein rauhborkiges Fichtenaltholz aufgesucht, mehr, um mich der von den Stimmen ungezählter Vögel und Insekten umsungenen Einsamkeit zu erfreuen, als in der Erwartung, daß ein schon rot verfärbter Rehbock, den die zunehmende Hitze des Vormittags vielleicht zu einer Platzveränderung nötigte, seinen Wechsel dort nehmen würde. Aber schon während meines kurzen Anmarsches fing der Himmel an, sich von Westen her zu verdunkeln, und ehe ich zehn Seiten gelesen hatte, war's im hohen Holz so düster geworden, daß ich das Unternehmen abbrechen und – von seinem Ergebnis enttäuscht – mich auf den Heimweg machen mußte.

Der Regen kam schneller, als die Beine mich entführen konnten. Ich suchte vor ihm, der wie ein durchsichtiger Silbervorhang heranwehte, Schutz unter dem steinbeschwerten Schindeldach einer Almhütte. Schnell, wie er gekommen, so hoffte ich, würde er weiterziehen. Als ich dem Zuspruch des alten Sennen, der mich erfreut willkommen hieß, nachkam und meinen Mantel zum Trocknen in die Nähe des Herdes hängte, bemerkte ich zu meiner sehr ärgerlichen Bestürzung, daß ich das Zeißglas am Ansitzplatz oben im Fichtenwald hatte liegen lassen. Ich wußte genau, wo und wie es gebettet lag. Eine sich aus dem Steilhang herauswindende starke Wurzel mochte ihm einigen Regenschutz gewähren. Trotz alledem blieb mir nichts anderes übrig, als, sowie der Guß vorüber war, den nicht weiten, aber steilen Weg, den ich soeben mit langen Sprüngen abwärts durchmessen hatte, aufwärts nochmals zurückzugehen. Der Regen wollte so bald nicht aufhören. Einmal riß das tief wandernde Gewölk auseinander und gab einer mattsilbernen Helligkeit Durchlaß. Mein wettererfahrener Gastgeber aber hatte recht, wenn er mit kurzem Aufblick nach oben erklärte: „Des ist grad a Regenliachtn. Da regnt's noch viel, werden'S sehn!"

Nachdem der zweite Pfeifenkopf ausgeraucht war, beschloß ich, trotz des eintönigen Herabgießens, den Aufbruch, die Einholung meines vergessenen Geräts und dann den endgültigen Abstieg ins Tal. Und kurz nachdem ich, nicht eben leichten Herzens, die Hütte, aus deren Schindeldach sich der blaue Holzrauch träg in die nasse Luft erhob, verlassen hatte, geschah es:

Zu der Alm, von der ich erzähle, gehört als letzter Ausläufer in die Bergwälder hinein das, was man einen „Boden" nennt. Die meisten Almen bestehen aus Hängen und Matten oder aus einer Mulde, zu der diese sich mit mehr oder minder Gefälle herabsenken, oder aus Köpfen, Kuppen und Sätteln. Und manchmal ist auch ein „Boden" dabei, eine breite, ebene Fläche, ein richtiges grünes Feld von oft ziemlich beträchtlichem Ausmaß. Solche Böden haben die Almbauern gern, weil sich auf ihnen der von den umliegenden Hängen heruntergeschwemmte Humus durch Jahrhunderte abgelagert hat und den milchtreibenden Gräsern und Kräutern zu besonders fülligem Wachstum verhilft. Der Almboden, über den ich jetzt auf den Waldrand zuging, war flach wie eine Rennbahn und breitete sich weit aus. Der Längsschnitt seiner Ellipse mochte an die 500 Meter messen. Zu einem Drittel hatte ich ihn durchwandert mit von der Hutkrempe nur halb geschütztem und deshalb gesenktem Gesicht, als ein schwer bestimmbares Gefühl, vielleicht auch wirklich nur eine jägerische Gewohnheit, mich einmal aufschauen ließ. Und dabei gewahrte ich eine graue Gestalt, die aus der Richtung, in die ich ging, sich direkt auf mich zu bewegte.

Die Begegnung hatte beim ersten Hindenken nichts Erstaunliches, denn zur Sommerszeit laufen viele Touristen im Berg herum. Erst als ich überlegte, daß in der Gegend, aus der jener Wanderer kam, nirgends ein Weg war, wurde ich aufmerksam und blieb beobachtend stehen. Der Wanderer war – als er sich mir bis auf etwa hundert Schritt genähert hatte, erkannte ich es – eine Frau. Vielleicht wäre mancher andere, ohne sie weiter zu beachten, an ihr vorbeigegangen; er würde sie gesehen und nichts Bemerkenswertes an ihr gefunden haben. Man muß für solche Erscheinungen einen eigenen Sinn haben oder doch wenigstens in einer für sie empfänglichen Stimmung sein. Jedenfalls hat mich damals, nachdem alles vorüber war, ein merkwürdig erheitertes Gefühl überkommen, eine Mischung aus Staunen und Lachlust und dazu Neugierde, die aber schwächer blieb als der schließliche Wunsch, das Erlebnis ganz so zu lassen und hinzunehmen, wie es gewesen war.

Die Frau war eher klein als groß und anscheinend ein reiferes Mädchen; so um die 29 herum schätzte ich sie. Von ihrem Aufzug war nicht sehr viel mehr zu sehen als ein paar ziemlich neu aussehender schwarzer Schnürschuhe, die in altmodischer Art hoch herauf bis zur Mitte der Wade reichten, und ein Regenumhang mit Kapuze, ein Kleppermantel von der Farbe und von dem matten Glanz eines Kanonenrohrs vor Zeiten des Tarnanstrichs. Die Kapuze – vielleicht kam es mir nur so vor – stach ungewöhnlich hoch und spitz in den Himmel. Zu Übertreibungen neigende Zeichner von Kinderbüchern setzen ihren Heinzelmännchen solche Kapuzen auf. Das Haar, welches an einigen Stellen unter dem Rand dieser Kopfbedeckung hervorschaute, war von nichtssagender stumpfer Farbe, zwischen dunkelstem Braun und Schwarz. Das etwas gedunsene Gesicht hatte eine angegilbt pergamentene Tönung. Dabei war der Teint aber unendlich zart, von einer reizlosen Zartheit; denn so sehr mein durch abenteuerliche Wünsche hellwach gewordenes Auge auch forschte und tastete, von Schönheit, von Hübschheit, von Reiz war in diesem Gesicht nichts zu entdecken. Nur den feinen, weiten Schwung der Augenbrauen und die unglaublich langen dunklen Wimpern konnte man freudig bejahen. Auch die hohe, ein wenig nach vorn gewölbte Stirn hatte etwas Klares und Freies. Unterhalb der Stirn aber war alles hängend in diesem Gesicht: die schwarzwimperigen Augenlider, die durch ihr tiefes Herabhängen schmal und in die Länge gezogen erschienen, die nach unten sich spitzende Oberlippe, die nicht breite, aber sehr volle Unterlippe, die etwas schwammigen Wangen, das in seinem oberen Stockwerk mit einem tiefen Grübchen versehene Doppelkinn und rechts und links davon noch zwei kleine Säcke, von denen man nicht recht unterscheiden konnte, ob sie den Wangen oder dem Kinn zugehörten. Das alles also hing herab, war aber völlig unbewegt und auch unerschüttert von den eilig energischen Schritten der Spaziergängerin. Etwas nämlich gab dem Gesicht festen Halt, und das war eine weit aus ihm hervorspringende schmalrückige Nase, deren Spitze wie eine kleine gespaltene Kugel anzusehen war. Diese Nase schien – ich kann es nicht anders anschaulich machen – die Führung innerhalb der Züge übernommen zu haben, wie ein sehr wacher und zielsicherer Kapitän auf einem schlafenden Schiff. Sie wies, wie das geistige Auge des Christoph Columbus, kühn in die Ferne, und die Unbekannte ging auch, des rinnenden Regens nicht achtend, zwar gesenkten Blicks, aber erhobenen Hauptes ihrer Nase nach. Beide Hände waren sichtbar, sehr schöne und – wie ich schließlich auf wenige Schritte Entfernung feststellen konnte – gepflegte Hände; schmal zwar und fein gegliedert, hatten sie durchaus nichts Knöchernes, sie waren weich, musikalisch, voll zarter Sinnlichkeit. Die Rechte hielt einen Spazierstock, einen zierlichen „Hackelstecken" aus hellem, weißlichgelbem Holz, mit langer, spitziger Zwinge. Die herabhängende Linke schloß sich locker um einen Strauß jener sonderbaren Alpenblumen, über deren Namen sich ausnahmsweise nur die Gelehrten einig sind, die sie „Bergflockenblume" getauft haben. Der Volksmund hat sich anscheinend nur wenig mir ihr befaßt. Es ist dies eine alles eher als liebliche Blume, von dem Aussehen einer sehr großen violettblauen Kornblume etwa, mit schwacher weinroter Tönung um die Staubgefäße herum. Die grünen, dunkelgerandeten Schutzblätter ihrer dicken Knospe sind rauhe, beinahe stachelige Schuppen. Ich habe nie den Wunsch gehabt, sie zu pflücken, wenn ich sie, die fast immer vereinzelt und im Schatten blühende, irgendwo entdeckte.

So also kam die Fremde auf mich zu, weglos aus einer weglosen Gegend, mit leichten, erstaunlich sicheren Schritten, die sie so gleichmäßig auf den zwar ebenen, aber doch wilden Boden setzte, daß ihre Art, sich fortzubewegen, etwas Tänzerisches hatte. Das helle Hackelstöckchen wurde hierbei auf das sorgfältigste benützt. In einem ganz bestimmten Rhythmus hob sich seine längliche Spitze, bohrte sich stechend nach vorn und senkte sich dann mit behutsamer Leichtigkeit wieder zum Boden.

Ich selber war, auf den vor mir in den Rasen gestemmten Bergstock gestützt, stehen geblieben und schaute, maßlos erstaunt, diese Touristin an, die aus den Schleiern des Sommerregens mir entgegenkam, als hätte das leise Herniedersprühen der Wasser sie zu völliger Teilnahmslosigkeit verzaubert. Als sie an mir vorüberging, trennten unsere Körper nicht mehr als anderthalb Meter. Ich war zu einem freundlich belustigten Gruß bereit; sogar den Hut hätte ich gelüftet. Jetzt mußte doch ein koketter, ein abschätzender, ein spöttischer, ein wegwerfender, ja vielleicht ein schmachtender Blick unter den hängenden Lidern, unter diesen prachtvollen, an den Spitzen aufwärts gebogenen Wimpern hervorblitzen – im letzten Vorübergleiten mußte aus den Augenwinkeln heraus so etwas geschehen, wenn dieses Wesen eine Frau war! Aber nichts dergleichen ereignete sich. Ich würde mir heute noch keinen Eid zu leisten getrauen, ob die Vorbeigehende mich wirklich bemerkt hatte …

Jetzt war sie vorüber. Ein Lachen sprang in mir auf über diese unwiderstehlich komische, spitze, kanonenfarbene Kapuze, über diesen wie der Metronom in den Klavierstunden auf- und niedertickenden kleinen Wanderstab.

Sie glitt in den fein rinnenden Regen hinein, ward immer mehr von ihm umsilbert und eingehüllt, verlor schließlich die Eigenschaft einer Gestalt, war nur noch steingrau im Graugrünen hinschwebende Bewegung und plötzlich hinter den Rand eines Hohlweges hinabgesunken, der zweihundert Schritt von mir entfernt den Almboden begrenzte.

Hannes Tuch

Chronos schläft

aus „*Chronos und der Waldläufer*“

Ja, lege noch ein paar Buchenscheite in den grünen Kachelofen. Laß nun die Ofentüre offen, damit ich die Scheite in der Glut knacken höre und daß der rote Feuerschein flackernd durch meine Stube gehe.

Draußen ist Winternacht. Die Zeiger der langen Baumschatten, die sich sonst zeitweisend über dem alten Hause drehen, sind stehengeblieben.

Chronos schläft. Ich höre seine tiefen Atemzüge im Nachtwinde durch die Baumkronen blasen.

Vor den klaren Scheiben meiner Stubenfenster sind die Vorhänge weit aufgezogen. Durch die Scheiben hindurch sehe ich weit hinaus in die Tiefe des Nachthimmels, wo die klaren Gestirne funkelnd dahinziehen. Langsam, unendlich langsam wandern die Sterne; denn Chronos schläft. Der Winter ist die Nacht seines Tages, der nach unseren Maßen gemessen, ein Jahr lang dauert. Die glänzenden Sternbilder des Winterhimmels schweben durch seine Träume und drehen sich langsam, wie die Blätter eines kostbaren Bilderbuches.

Orion, der Prächtige, prunkt mit blitzendem Gewaff an seinem Gürtel. Mit hoch erhobenem Kopf folgt seinen weitausholenden Schritten der große Hund auf samtdunklem Pfade. Dicht zusammengedrängt flieht ängstlich der Schwarm der Siebenschwestern vor dem Schall seines Jagdhornes. Der halbe Mond ist ein hochbordiges Schiff, das einen randlosen Ozean durchfurcht, immer auf der Suche nach einem Hafen, wie der fliegende Holländer irdischer Meere.

Mein einsames Haus liegt auf der Anhöhe, weit über ebenem Lande. Die Regentropfen, die zu Zeiten aus den Wolken der Westwinde fallen, hängen hier auf den Höhen eine Weile schwankend an Blatt und Halm, bis ein Windhauch entscheidet, ob sie nach dieser oder jener Seite hinabfallen und in den Fluß diesseits oder jenseits des Höhenrückens hinabrinnen. Ja, so ein bißchen Wind entscheidet über das Schicksal der Wassertropfen, ein kleines, unsicheres Blasen nur und sie fallen hierhin oder dorthin. Und doch ist in diesem Windhauch der Atem Gottes, der über jedes Schicksal entscheidet, auch über das des kleinen, unscheinbaren Wassertropfens. –

Um mein Haus auf der Höhe stehen zu drei Seiten hohe Bäume, deren schlanke Kronen bei Sonnenschein lange Schatten werfen. Aus der Richtung dieser Schatten kann ich die Zeit ablesen. Aber nach Süden hinaus, zur Ebene hin wächst kein Wald. Dort hinaus kann mein Blick fliegen wie ein Vogel. Und jetzt sitze ich am flackernden Feuer in meiner Stube und lasse meinen Blick ins nächtliche Land hinaus fliegen, bis weit, weit dorthin, wo die zitternden Lichter der Sterne mit den Lichtern der Lampen in menschlichen Wohnungen verschwimmen, so daß ich nicht zu sagen vermöchte, das da ist ein Stern und das dort ist nur ein Licht aus einem fernen Haus. –

Vor dem weltfernen Hause, darin ich sitze, kreuzen sich tief eingefahren in den lehmigen Grund, uralte Heerwege aus alten Tagen. Die einen steigen aus der Ebene hier zur Höhe hinauf und fallen auf der anderen Seite wieder zu Tal, andere kommen aus dem tiefen Tale des großen Flusses im Osten und verschwinden in den Schluchten des fernen Waldgebirges im Westen. Die Straßen sind alt geworden, wurden vergessen und versanken still in Moos und Moder. Niemand wandert mehr auf ihnen. Und doch rann einst das Leben pulsend über sie hin. Ach, so viele kamen durch ihren Staub daher. Knarrende Wagen wandernder Völker, klirrende Römerkrieger mit buntem Troß, die Soldaten Karls des Großen, zügellose Hussitensöldlinge, das vielsprachige Kriegsvolk des Dreißigjährigen Krieges. Von allen Seiten stiegen die Völker bis zu dieser Höhe hinauf und tauchten zur anderen Seite wieder hinab, kamen irgendwo aus dem Dunkel und glitten ins Dunkel zurück. Irgendein Hauch, vielleicht das Wort eines Hauptmannes oder Obristen entschied darüber, nach welcher Seite des Berges sie in die Täler niederstiegen.

Doch blieben von allen einige Spuren in meiner Landschaft zurück. Wenn ich im Walde an irgendeiner Stelle sitze, kann ich in den Jahrhunderten blättern, wie in einem Buche. Dort liegt der hohe, edel gewölbte Hügel eines Grabes aus der Bronzezeit, diese Pfeilspitze verlor ein steinzeitlicher Jäger, die Römer zogen jenen Weg entlang, die Kelten verloren den grünen Halsring aus Bronze, die Karolinger warfen die langen Ackerstreifen auf, worauf nun hoher

Wald stockt, in den alten Schanzen drüben bargen sich Soldaten im Siebenjährigen Kriege. Trümmerhaufen melden von Brandschatzung und Mord durch die Hussiten in der Soester Fehde.

Jetzt blockt über allem der dunkle Wald. Er wächst und grünt auf den Trümmern der Jahrhunderte. Chronos drehte seine Riesenzeiger windmühlenflügelgleich über der Landschaft und unter den kreisenden Zeigern versanken die Jahrhunderte in Moos und Moder; nun kreisen die Zeiger über dem Walde und über mir. –

Nein, Chronos schläft nicht! Seine Zeiger kreisen unsichtbar über der Winternacht.

Wenn ich so still dasitze vor dem flackernden Feuer, ist mir doch, als stände die Zeit still und Chronos schliefe. Laß mir meinen Glauben, laß ihn doch schlafen! –

Aus der Stille der Winternacht fällt der ferne Schrei eines ziehenden Reihers bis in meine flammendurchzuckte Stube hinein. Ich denke mir, daß in dieser Stunde viele Wasservögel draußen unter den blitzenden Gestirnen kreisen mögen, nach offenen Wasserstellen suchend, aus denen der graue Nebel wallend steigt. Im Nachtfrost knacken die Bäume draußen im Walde, in meinem Ofen jedoch krachen die Scheite im Feuer und die Wärme hängt als unsichtbarer Schleier um mich, über den Dingen rund um mich.

Weit drüben überm Land fällt sprühend eine Sternschnuppe. Vielleicht fällt sie in den Fluß, der dort drüben fließt. Ich meine das Aufzischen des heißen Steines zu hören, mit dem er in den grauen Fluten versinkt.

Weit draußen zieht der Fluß. Wasserdampf schwelt über ihm. Dort saß ich zwischen den großen Steinblöcken am Ufer, als es Abend wurde. Der Schnee rieselte in feinen Flocken über Wald und Fluß. Das Wasser aber rann unablässig dahin und ich saß im rieselnden Schnee und sann meinem Leben nach.

Der Abend dämmerte und die Luft war verhängt vom grauen Wassernebeldampf, der quirlend über die Weiden des Ufers stieg. Als wallende Wand stand er rund um mich und hielt mich in dieser Einsamkeit am rinnenden Wasser fest. Dann kam wie ein Geist ein dunkler Vogel aus dem grauen Dunst, schrie heiser und strich mit starken Flügelschlägen flußabwärts. Ein grauer Reiher war es.

Vorsichtig lugte ich unterm verschneiten Hutrande hervor. Noch einmal tat sich der Nebelvorhang auf und sieben graue Reiher trieben aus seinen Falten auf weitklafternden Fittichen langsam über mich dahin. Die wachsamen Vögel eräugten mich nicht. Im alten Lodenzeug sah ich genau so aus, wie einer der dicken, flechtengrauen Ufersteine oder einer der verfallenden Weidenstümpfe.

Die Fischreiher sind die Wächter der Einsamkeit. Wäre ich als ein Störenfried dort draußen gewesen, hätten die Reiher wohl warnend geschrien und wären auf sausenden Schwingen jäh in die Höhe gestiegen. So aber war ich nur ein Teil der flußdurchrauschten Einsamkeit mit den ziehenden Reihern und dem grauen Abendnebel im rieselnden Schnee.

War das nicht eine herrliche Zeit, als ich noch jung war und noch tastend an alle Dinge heranging, die mir heute so selbstverständlicher Besitz geworden sind? Ach ja, damals war es schön! Ich rief den Tauber mit vollem Lockton zu mir heran, flötete wie der Wundervögel Goldpirol, der auf meinen Pfiff herbeigestrichen kam als herrlicher Gast ferner Tropenwälder und schwätzte auch wohl mit den Eichelhähern um die Wette. Abends hielt ich Versammlungen mit den Waldohreulen ab und lauschte, wie der Ziegenmelker sein Garn spann.

Ja, das Abenteuer lockte in tausend Gestalten und ich folgte ihm zu allen Tages- und Nachtzeiten. In diamantenperlender Frühe kroch ich ihm nach durchs nasse Gras, im brennenden Mittagsglast lauerte ich ihm auf am schattenlosen Wacholderberg, schlief bei ihm am flackernden Lagerfeuer in taufrischer Nacht. Weit auf standen die Tore der Freiheit und der Waldwind sang mir das Lied der Freiheit, bis mein Blut mitsang!

Ja, damals schlief Chronos! Heute schläft er nicht, heute ist er wach, ich sitze vor dem prasselnden Feuer am Ofen und zähle die blasenden Atemstöße der Zeit draußen im nächtlichen Walde!

Am Wasser blätterte ich heute die Tage meines Lebens zurück und fand ein Blatt, daraus ich einen Tag ersah, an dem ich so wie heute zur Abendstunde am Flusse saß. Aber damals sann ich nicht meinem verrinnenden Leben nach! Damals hielt ich die Flinte fest in Händen und dachte nur daran, Beute zu machen. Ein Reiher ruderte rufend über mich dahin. Aus tiefer Dämmerung fuhr der rote Strahl meines Schusses durch die Zweige des Ufergebüsches, dröhnend hallte das Echo an den Bergwänden wider und prasselnd schlug der großschwingige Vogel an der anderen Seite des Flusses ins dürre Schilf. Es war ein weiter Weg zur nächsten Brücke!

Ich hätte damals den weiten Weg flußauf-flußab viel Zeit zum Nachdenken gehabt. Aber ich war jung und warum sollte ich mir Gedanken machen? Ja, heute abend ist dazu wohl die richtige Zeit. Aber damals machte ich mir keine Gedanken. Gewiß, ich freute mich an dem schönen Anblick, den die grauen Wildfischer über den stillen Flüssen am Abend boten, ich lauschte gern ihrem rauhen, klirrenden Warnschrei, wenn ich sie aus dem Schilf aufscheuchte, ich sah ihnen gerne nach, wenn sie still und dunkel ins verglimmende Abendrot strichen. Aber ich freute mich auch, wenn einer dieser großen Vögel meine Beute geworden war.

An jenem Abend fand ich meinen Reiher, meine Beute, im dichten Schilf auf brüchigem Eise. Er war geflügelt. Das Eis krachte und knackte unter meinen Schritten, als ich mich langsam dem Vogel näherte, und das mürbe Schilf knisterte. Als ich nach ihm greifen wollte, schlug er mit langem, spitzem Schnabel und hätte wohl mein Auge getroffen, wenn ich nicht schnell meine Hand vor das Gesicht gehalten hätte. So traf er hart meine Hand, rote Tropfen rollten in den Schnee. Dort verrannen sie in der großen, roten Schweißlache meines Reihers. –

Damals dachte ich nicht darüber nach. Ich nahm es dem Reiher nicht übel, daß er nach mir schlug; er hatte das Recht, sich zu wehren. Doch da ich stärker war als er, erschlug ich ihn und nahm ihn als Beute mit. Aber heute mußte ich wieder daran denken, als ich am einsamen Fluß saß. Es fiel mir da plötzlich ein, daß sich damals das Sternenlicht in der dunklen Tiefe des Reiherauges spiegelte, als er blutend im Schnee lag und mich anäugte. Es war dasselbe Sternenlicht, das sich in meinen Augen spiegeln mochte, mit denen ich den Reiher anblickte.

Über dem Fluß war es dunkel geworden, als ich mit meinen Gedanken so weit war, und ich erhob mich aus dem grauen Ufergestein. Dann aber hörte ich aus dem Dunkel das Rauschen starker Flügelschläge. Fremd aus der tiefbraunen Dämmerung leuchtend, strichen zwei wilde Schwäne heran. Weiß standen sie auf den dunklen Wassern. Langsam trieben sie wie eine Erscheinung den Fluß hinab.

Ich sah ihnen reglos nach, bis die Nacht sie verdeckte. Dann ging ich heim.

Während ich schweigend den Heimweg suchte, gingen meine Gedanken eigene Wege. Ich dachte daran, daß die wahren Jäger wohl alle eine Wandlung durchmachen von der Lust bis zur Erkenntnis des Jagens. Als ich jung war, erschien mir keine Beute zu gering. Der Trieb des Beutemachens war riesengroß, das alte Erbe von Urzeiten her. Was scherte mich der rotbrennende Sonnenuntergang hinterm Gitterwerk dunkler Baumstämme, er verdarb mir nur die Sicht auf Wild! Erst langsam ward ich der stillen Schönheit verdämmernder Herbstabende gewahr und der glitzernden Pracht rauhreifknisternder Wintertage. Mit der Erkenntnis der Wunder jeder Landschaft wuchs auch die Achtung vor den Geschöpfen des Landes und des Waldes und das bunte Leuchten eines strahlenden Sonnenunterganges wurde zum farbigen Fenster eines großen Domes, der sich über mich spannte, in dem Raum war für alle Geschöpfe Gottes, für die Jäger und die Gejagten! – –

Leg' doch noch ein paar Scheite auf's Feuer. Draußen lauert die kalte Winternacht. Aber herbe und warm geistert der blaue Holzrauch durch meine Stube.

Ein Fuchs kläfft weit hinten im Felde und das klagende Gebell eines Dorfhundes fällt in seinen Gesang. Das Dorf ist weit von hier; die Nacht ist klar und die frostknisternde Luft trägt den Schall bis zu mir auf die einsame Höhe.

Jetzt wird draußen kein Mensch mehr unterwegs sein. Die Landschaft gehört den ungezähmten Geschöpfen der Erde. Das alte Haus steht still. Keine Uhr tickt metallen die Sekunden in meine Stube. Nur die Totenuhr tickt im Gebälk.

Draußen schwanken die Baumwipfel ruhig im Nachtwind hin und her. Schwarze, schwankende Schatten, bewegt von den Atemzügen der Zeit.

Ich glaube nun, daß Chronos eingeschlafen ist hinter meinem alten Haus auf der Höhe. Seine großen Zeiger stehen still über Haus und Wald.

Laßt ihn schlafen, Chronos, den Alten. Weckt ihn nicht auf mit lautem Getriebe. Chronos soll seinen Winterschlaf halten!

Die dunklen Baumwipfel draußen wiegen sich hin und her. Langsam wiege ich mit und wiege mich tief in den Schlaf. – –

Erich Henn

Und das Herz, dies kleine Klümpchen Erde,
Hat doch für die ganze Schöpfung Raum!
(Annette von Droste-Hülshoff)

mein weiher

nur an wenigen tagen
ohne kind- und kegelmeute
fühlen deine pulse
fisch und frosch
binse und libelle
immer schon gehen
die gestirne zu bade
prüfen wolken
teint und haare
nun haftet
als ein aschekreuz
das milchige kondensgewirre

FRIEDRICH PAFF

Wir alle sind Jäger

aus „*Jagdfieber*"

Wir alle sind Jäger, Nacht und Wind
die Welt wird verschwinden in Nebel und Trug
das Lamm wird fressen blutroten Mohn
über kahlgeschorene Höhen werden ziehen dahin
Astronauten in Fellen aus Steinzeiten und Frühe
mit Pfeilen aus Genen, Giften und gläsernen Viren

die Flöte Pans, des Hirten der ein Jäger wurde, in ihm
– unblutig die Lippe – ruht noch die frühe Stille

Friedrich Paff

Ein Feuer anzünden

aus „*Jagdfieber*“

Ein Feuer anzünden in der Nacht
einsam ein Jäger
zwischen den Schatten
aufzutrennen die Blindnis
und hinzutreten
durch die Spuren
in den hellen Tag

Herbert Plate

Der Tod des Menschenfressers

Als die Geier am nächsten Morgen einen Kadaver anzeigten, machten der Gerber und seine Söhne sich sofort auf den Weg. Ein Büffel war nahe beim Dorf verendet. Vergnügt begannen sie die Arbeit. Randas hockte sich bald ausruhend in einen Schatten, und in seinem Kopf war noch immer das große Staunen über all das Wunderbare, das über ihn hereingebrochen war.

Pathi war schon auf fünfzig Schritte herangekommen, ehe er ihn bemerkte. Man brauchte sich nicht zu erkundigen, um zu wissen, daß der Einohrige böse Absichten hatte; sie standen ihm im Gesicht geschrieben. „Wer hat euch gestattet, unserem Herrn die Büffelhaut zu stehlen?" fragte er ohne Gruß.

Randas war starr vor Staunen. „Seit wann will er die Haut haben?" Seine Stimme klang leise und demütig. „Doch wovon soll ich euch Schuhe machen, wenn ich keine Haut habe?"

„Schweig!" schrie Pathi. „Und ihr hört sofort auf! Der Herr braucht euch zu nützlicherer Arbeit. Ihr sollt Lehm stampfen, damit wir eine Mauer bauen können."

Die Söhne blickten schuldbewußt zu Boden. Jahrhunderte währende Demütigungen ohne Widerrede wirkten als Kastenerbe in ihnen nach. Es war das Recht des Herrn, so zu entscheiden. Sie waren bereit, Pathi zu folgen. Doch der Vater gebot mit der gleichen unterwürfigen Stimme, der aber kaum vernehmbar der Klang von leichtberührtem Stahl anhaftete: „Arbeitet weiter!"

Pathi, gewöhnt, bei den Unberührbaren widerspruchslosen Gehorsam zu finden, war sprachlos. Aber dann nahm er einen Stein und schleuderte ihn wutschnaubend nach den Söhnen, so daß sie ängstlich davonliefen. Das gab ihm seine Ruhe wieder. Daß Menschen in Furcht vor ihm davonliefen, zeigte, daß die alte gute Ordnung noch nicht gänzlich zerstört war. Aber Randas hockte immer noch teilnahmslos auf seinem Platz. Pathi nahm einen Ast vom Boden auf und stieß ihn an. „Schakal von einem Unreinen, steh auf, wenn man mit dir spricht, und komm zur Arbeit!“

Es war Randas' Gesicht nicht anzusehen, was in ihm vorging. Er erhob sich und hinkte in Richtung auf das große Haus davon. Er sprach kein Wort und stampfte Lehm, wie es befohlen wurde, und seine Söhne traten neben ihm mit nackten Füßen den zähen Brei und vermengten ihn mit kurzgeschnittenem Stroh. Den Büffel fraßen die Geier. Pathi rief auch noch andere zur Arbeit. Männer und Frauen mußten Erde tragen und Wasser schleppen. Eine hohe Mauer sollte den Hinterhof umschließen. Sie war Pathis Idee, und es war keiner, der nicht kam, wenn er ihn rief. „Es ist im Grunde einfach, sie bei der Stange zu halten“, erklärte er Chandra Ram, „man darf ihnen keine Zeit lassen. Und von der Ernte werden wir ihnen nur das Notwendigste lassen. Auch wird es gut sein, die Zinsen heraufzusetzen.“ Pathi war im Grunde doch ein unersetzlicher Mann, voll hervorragender Einfälle. Chandra Ram konnte ohne ihn nicht auskommen. Der Verhältnisse waren jetzt wieder normal, zumindest schien es so. Wer sollte beispielsweise die Schule bauen, wenn die Leute so beschäftigt waren wie jetzt? Man konnte hundert Mauern bauen, tausend, kreuz und quer; es gab Arbeit in Hülle und Fülle. Chandra Ram sah über das Land, auf dem eine gute Ernte heranwuchs, und war seit langem wieder zufrieden. Die Verluste ließen sich einbringen, und man würde sehen, wer den längeren Atem hatte.

Randas trat derweil den Lehmbrei, und wer sein Gesicht sah, hielt es nicht für möglich, daß sich Gedanken hinter der Maske verbargen. Gedanken sind wie Saatkörner, viele verdorren andere wuchern wie junger Bambus im Monsun. Am Abend mußte seine Frau dreimal zu ihm sagen: „Vater Kirats … Vater Kirats … Vater Kirats …“ ehe er ihre Stimme vernahm. Und auch dann hörte er nur halb zu. Doch ihre geflüsterten Worte durchschnitten jäh den Faden seiner Gedanken. „Man redet dies und jenes“, sagte sie.

„Man redet immer“ entgegnete er abwesend.

„Es geht uns an.“

„Was sagt man?“

„Man sagt, daß bald jemand kommt, der Kirat als Braut für seinen Sohn begehrt, und kein gewöhnlicher, ein hochgeborener. Und wenn wahr ist, was man flüstert, so ist es nicht zu glauben. Es ist der, der den Goldreif gab …“

Randas wandte mit einem Ruck den Kopf zu seiner Frau. „Ist es ... Nein, es kann nicht sein! – Geschwätz. – Er ist ein Vornehmer – er würde seine Kaste verlieren. – Es kann nicht sein!“

„In dieser Zeit kann alles sein. Höre, Vater Kirats: Seine Mutter rief mich unter den Banyanbaum und sprach mit mir über mancherlei. Und Pandit Sherjan scherzte mit mir, als sei ich wie er. Nur Der-aus-dem-Dschungel-kam ging in den Mangohain.“ Ihre Stimme schwoll an vor Stolz. „Wie eine Fürstin wird unsere Tochter leben. Ein reiches Haus wird ihr gehören mit kupfernen Töpfen, schönen Krügen und zwei großen Truhen. Im Überfluß wird sie ihre Tage verbringen bei Fleisch, Milch, Reis und Dal. Im Winter wird sie unter weichgestopften Decken schlafen, und die Baumwolle wächst auf eigenen Feldern.“ Randas' Frau steigerte sich in eine maßlose Begeisterung und fuhr endlos fort, aufzuzählen, was ihre Tochter alles besitzen würde. Und während sie so redete, flüsterte Der-aus-dem-Dschungel-kam Kirat am Brunnen zu. „Ein Jäger schenkte einem Mädchen einen Goldreifen. Er möchte gern wissen, ob das Mädchen mit ihm eine neue Hütte bauen und um das Hochzeitsfeuer gehen würde.“

Und Kirat flüsterte mit abgewandtem, bedecktem Gesicht: „Wenn ich das Mädchen wäre, so würde ich vielleicht wollen, doch ist unser Wille nichts vor dem Willen der Eltern.“ Sie schien ganz verwirrt, denn sie nahm den leeren Krug und lief eilig davon.

Der-aus-dem-Dschungel-kam sah ihr nach und vergaß den Brunnen und die Frauen, die herankamen, und leicht hätte ihn der Tiger jetzt davontragen können. Die Frauen aber vergaßen fast, ihre Krüge zu füllen, soviel hatten sie zu flüstern und sich zu empören. Hatten sie denn nicht alle Töchter im heiratsfähigen Alter, elf, zwölf, dreizehn Jahre alt? Waren sie nicht von guter Kaste? Mußte ein Mann wie Der-aus-dem-Dschungel-kam die schreckliche Sünde begehen und eine Unreine heiraten? Wie ein heftiger Windstoß fuhr die Empörung durch das Dorf. Chandra Ram rieb sich vergnügt die Hände, und Gowindu flüchtete sich hin und her gerissen zur Wasserpfeife. Aber die Kraft seiner Frau wuchs am Widerstand der anderen. Wie eine Tigerin kämpfte sie für ihren Sohn. Sogar Der-aus-dem-Dschungel-kam sah besorgt in den Aufruhr, aber Sherjang tröstete ihn. „Sie werden es hinnehmen, wie sie schon vieles hingenommen haben, und dankbar erkennen, daß mit deiner Hochzeit ein neuerer, besserer Lebensabschnitt für das ganze Dorf begann.“

Randas stampfte mit seinen Söhnen so stumpfsinnig im Lehmbrei herum, wie Ochsen vor dem Göpel gehen. Es gab niemanden in den Pariahütten, den der Einohrige nicht herbefohlen hätte. Kirat und ihre Mutter mußten in flachen Weidenkörben Erde auf dem Kopf wegtragen. Böse Worte flogen ihnen von den anderen zu, und die Frauen sahen mit Neid auf Kirats Goldreifen.

Der-aus-dem-Dschungel-kam nahm sein Gewehr und ging zu dem großen Haus. Es war wohl Zufall, daß die Mündung geradewegs auf den Bauch Chandra Rams zeigte, als er sagte: „Die Tochter des Gerbers geht jetzt in ihre Hütte, und du wirst nicht wagen, sie wiederzuholen. Geh jetzt und sage es ihr, oder …" Er drückte ihm den Lauf gegen den Bauch und sah ihn so böse an, daß Chandra Ram gehorsam schrie: „Die Tochter des Gerbers kann nach Hause gehen!" Aber seine Mundwinkel zuckten dabei vor ohnmächtiger Wut. Als Der-aus-dem-Dschungel-kam fort war, murmelte er: „Warte nur, bald wird die große Rechnung beglichen werden!"

Pathi ging umher und sagte: „Wie lange sollen wir uns von dem Dschungelbastard verhöhnen lassen? Wollen wir jetzt auch dulden, daß eine Unreine im Dorfe wohnt? Unter dem Banyanbaum entsteht alles Unheil, und in Gowindus Hütte wird es aufgezogen. Wir sollten endlich hingehen und sie zerstören – heute noch. Bei den Parias ist noch Platz, da können sie alle hausen."

„Wohl, wohl", murmelten die Bauern durcheinander, „was du sagst, ist gut. Wer eine Unreine heiratet, muß zu ihr ziehen."

Und Pathi verhöhnte Randas: „He, Schwiegervater eines großen Jägers, das junge Paar braucht einen neuen Palast! Neben deinem ist wohl noch Platz."

Randas schwieg dazu. Er hob die Beine und starrte mit schmalen Augen auf den Lehmbrei. Niemand wußte, daß hinter seiner Stirn schwere Gedanken sich umeinander wälzten, Gedanken, die Pathi das Grausen gelehrt hätten. Aber Pathi kümmerte es nicht, was ein Unberührbarer dachte. Vielleicht hielt er es für unwahrscheinlich, daß solch ein Mensch überhaupt denken konnte. Er war glücklich, daß er das Dorf wieder unter seiner Faust hatte, und nahm sich vor, beim Abmessen der Ernte für sich soviel herauszupressen, wie nur möglich war. Auch Yasin blieb nicht untätig. Er sprach mit jedem über diese unglaubliche Verbindung und malte in den schwärzesten

Farben aus, was alles daraus entstehen würde, wenn sie zuließen, daß die Unreinen sich im Dorfe festsetzten.

„Um euch zu verderben, hält der Fremde zu ihnen. Die Parias will er reich und mächtig machen. Denkt nur an die vielen tausend Schuhe, die der Gerber liefern soll! Wir alle werden auf diese Weise noch Sklaven der Unreinen."

Wie Wasser über einem kleinen, aber stetig brennenden Feuer langsam und sicher sich bis zum Siedepunkt erhitzt, so wuchs auch die Stimmung im Dorf allmählich ihrem Höhepunkt zu. Unter dem Banyanbaum fand sich am Abend nur der Töpfer ein. Gowindus Frau wurde am Brunnen verhöhnt und er selbst von den Nachbarn gemieden, obwohl er und der Töpfer die einzigen waren, denen Pathi nicht befehlen konnte.

In den Hütten murrte und summte es gefährlich. Der Tiger war vergessen. Wichtiges stand auf dem Spiel. Am großen Haus sammelten sich die Männer. Aber so wie ein Feuer unter einem Wasserguß erlischt, so löschte eine furchtbare Stimme auch die Hitze in den Köpfen. „A-u-u-u-g-h – A-u-u-u-g-h!" Die Stimme des Menschenfressers flog über die Felder. Und nicht lange danach rief er am großen Haus, so nahe, daß ein jeder davonrannte und seinen Atem im Nacken zu spüren vermeinte. Vergessen waren wieder einmal alle Pläne. Von der Höhe seines Triumphes stürzte Pathi in die Tiefen entsetzlicher Angst. Und Chandra Ram erkannte, daß es sinnlos war, gegen Menschen zu kämpfen, die die Mächte des Dschungels zu Verbündeten hatten. Und wieder rief der Tiger am großen Haus. Entsetzt verrammelten die Menschen ihre Türen und warteten schreckensstarr auf den Schrei des Opfers. Auch Sherjang war aufgesprungen. Aber Der-aus-dem-Dschungel-kam saß regungslos lauschend mit einem kleinen Lächeln um die Lippen. Vorerst blieb alles still. Noch in der Nacht erklang am großen Haus ein Schrei, gellend und in Todesangst. Sherjang war ratlos und erschrocken. Gowindu, seine Frau, sie alle starrten den Jäger an, der sich auch jetzt nicht rührte und nur die Hände hob: „Still! Geht in die Hütte und wartet. Dies ist die Nacht der Entscheidung."

Die Spanne Zeit, während der die Sonne hinter dem Horizont ruhte, war im Sommer nur kurz. Früh um drei verblaßten schon die Sterne; die Lebenserhalterin kehrte zurück. Um diese Zeit auch war es, daß Randas hinter dem Banyanbaum flüsterte: „Der Tiger ist im

Dschungel. Komm mit zur Tempelruine unter dem alten Feigenbaum. Ich habe einen Köder, dem er nicht widerstehen kann.“

Der-aus-dem-Dschungel-kam schien auf Randas’ Stimme gewartet zu haben. Er erhob sich schweigend, nahm sein Gewehr und ging voraus. Anders als am Tage, durchsichtig, gereinigt gleichsam umschloß der Himmel die Menschenwelt. Von rankenden Pflanzen überwuchert, lag die Ruine an einem Pfad, der früher viel begangen wurde. Eine Lichtung, mit niederem Gebüsch bestanden, breitete sich davor aus, und ziemlich in ihrer Mitte erhob sich ein uralter knorriger Feigenbaum. Die beiden Männer waren schnell und schweigend gegangen. Als sie bis auf zweihundert Schritt an den Tempel herangekommen waren, rief vielleicht fünfhundert Meter entfernt der Tiger. Sie beschleunigten ihre Schritte. Der Jäger erkletterte, ohne sich umzusehen, den Feigenbaum. Er stellte sich auf die unteren Äste, darauf bedacht, einigermaßen Schußfeld zu haben, und eine ungewöhnliche Erregung durchflutete ihn. Er spürte den Tiger. Und er dachte daran, daß ihn seine Mutter hier gefunden hatte und daß ein Tiger auf dem Pfad stand, als sie mit dem Findling heimwärts ging. Es gab keinen besseren Platz, um den Tiger zu töten, als diesen.

Und es gab keinen besseren Köder als den, den der unvergleichliche Randas besorgt hatte! Keuchend schleppte der Gerber ein Bündel durch die Dämmerung an den Feigenbaum. Ein Strick schlang sich um den Stamm. Ein Tuch fiel, ein Knebel wurde fortgerissen, dann brach ein schauerliches Gebrüll und Gewinsel los. Der Köder war angebunden. Es war Pathi. Das Gesicht des Gerbers war unbewegt, als er seinen Stand im Baum über dem Jäger suchte. Nur einen winzigen Augenblick zuckte es unschlüssig im Gesicht des Jägers, aber dann preßte er die Lippen aufeinander und starrte nach dem Rand der Lichtung. Pathi zerrte in wahnsinniger Angst an seinen Fesseln, und sein Toben erfüllte den Morgen. Es war kein besserer Köder für einen Menschenfresser zu denken als ihn. Unter dem Gewicht des Lichts versanken die Reste der Nacht im Boden. Die Zeit hatte kein Maß. Das Schreien Pathis machte die Ohren taub. Eine Affenhorde schaute erstaunt zu ihm hinüber. Die Hände des Jägers umkrallten die Waffe. Er hätte eine Trommel haben mögen, um das Geschrei zu übertönen, den großen Tiger schneller herzuzwingen. Denn der Tiger war da! Er hörte den Köder und zog darauf zu. Pathis Stimme überschlug sich und erstarb dann, von übermächtigem Entsetzen erwürgt. Am Rande der Lichtung stand ein Tiger. Der-aus-dem-Dschungel-kam hob die Waffe – und ließ sie wieder sinken. Es war Radscha, und er schaute erstaunt und neugierig nach dem Feigenbaum. Die Affen konnten ihn von ihrem Standort nicht sehen. Sie starrten immer noch stumpf und ratlos auf Pathi, der jetzt keuchend in verzweifelter Anstrengung an den Fesseln zerrte. Plötzlich wurde die Affenhorde lebendig. Heisere Warnrufe erklangen. Die Mütter flüchteten mit ihren Kindern in die höchsten Kronen, und die starken Männchen liefen aufgeregt hin und her. Aber ihre Aufregung galt nicht Radscha. Sie hatten einen anderen Feind entdeckt. Der-aus-dem-Dschungel-kam atmete tief auf. Der große Tiger kam!

Hin und her sprangen die Affen wie hüpfende Kobolde und schrien ihre ohnmächtige Wut gegen den Gewaltigen, der von ihr nicht berührt wurde. Radscha wandte unruhig seinen Kopf dem Lärm zu, um gleich darauf entsetzt zu flüchten. Der Menschfresser sprang wütend mit tiefem, bösem Knurren gegen ihn. Als Pathi die gewaltige Katze sah, schrie er verzweifelt auf. Der Menschenfresser schwang herum. Seine Lichter schimmerten. Das Opfer konnte ihm nicht entrinnen. Aber er hatte es nicht eilig, er machte sich nur etwas länger, niedriger und starrte auf Pathi. Der-aus-dem-Dschungel-kam ließ die längst erhobene Waffe sinken. Es war unmöglich, auf vierzig Schritt mit dem gehackten Blei von vorn einen sicheren Schuß anzubringen. Der Menschenfresser mußte näher kommen oder sich breitstellen. Aber der Tiger ließ sich Zeit. Er verschwand in den Büschen, zog am Rande der Lichtung in guter Deckung hin und her, verschwand für einen Augenblick und kam von rechts zurück. Die vollendete Linie seines Körpers wurde durch den geknickten Schwanz jäh unterbrochen. Jetzt sprang er vor, so als wolle er sein Opfer erschrecken, und drehte dann wieder ab. Der-aus-dem-Dschungel-kam konnte nicht schießen, weil Zweige im Wege waren. Dann schwang der Tiger erneut herum und sprang geduckt auf sein Opfer zu. Das Spiel war zu Ende, der tödliche Ernst begann. Aber es geschah alles so ohne Eile, als sei er sich klar darüber, daß die Beute gefesselt war. Der-aus-dem-Dschungel-kam stand mit gespreizten Beinen auf zwei Ästen. Über Kimme und Korn suchte sein Auge die Schädelwölbung zwischen den Gehören des Menschenfressers. Wie eine Schlange glitt der Tigerkopf unter den Blättern hindurch, verschwand, tauchte erneut auf. Es war ein Gleiten, das keine durch ein Schrittmaß abgesetzten Bewegungen erkennen ließ. Zwanzig Schritt noch bis zu Pathi … fünfzehn Schritt … zehn Schritt.

In einer Blätterlücke wurde der Tiger frei. Weit standen die Barthaare ab, und die Pupillen der Riesenkatze verengten sich zu schrägen Schlitzen. Unter Donnergetöse sprang der Blitz des Schusses gegen ihn. Das gehackte Blei zerschmetterte den Schädel und ließ ihn schmerzlos verenden. Als sich die Pulverwolke verzogen hatte, war der Schrecken der Dörfer tot.

Leicht schwang sich der Jäger zur Erde. Behende folgte der Gerber. Sie hockten sich vor den toten Dschungelfürsten und schwiegen lange Zeit. Dann sagte Der-aus-dem-Dschungel-kam nachdenklich „Er war gut, bis ein böser Mensch ihn böse machte. So ist er nur ein Opfer des Bösen." Ein Lächeln glitt über sein Gesicht. Auf der Lichtung stand ängstlich und neugierig Radscha. Da rief der Jäger seinen alten Ruf: „O Radscha! O Radscha! Geh fort in die Tiefe des Dschungels, lerne die Menschen zu meiden, auf daß du nicht ein Opfer wirst." Der junge Tiger bewegte unruhig den Kopf. Die Witterung des toten Menschenfressers verwirrte und erschreckte ihn. Mit einem klagenden Laut wandte er sich um und verschwand.

Pathi hing mit rotunterlaufenen Augen in seinen Fesseln. Schaum stand vor seinem Mund. Ohne ein Wort durchschnitt Der-aus-dem-Dschungel-kam die Stricke. Wie von tausend Furien gehetzt, rannte der Einohrige davon. Der Gerber brachte die Nachricht vom Tode des Menschfressers ins Dorf.

Wie einen Fürsten mit großem Geleit, so trugen sie den toten Tiger durch die Felder zu den Hütten. Er lag auf einer Bambusbahre, deren Tragstangen auf den Schultern von acht Männern ruhten. Kinder, Männer und Frauen zogen jubelnd hinterher. Randas hatte dem Tiger die Barthaare versengt, um Der-aus-dem-Dschungel-kam vor der Rache des Getöteten zu bewahren. Stolz aufgerichtet wie eine Fürstin, erwartete Gowindus Frau den toten Tiger unter dem Banyanbaum. Und als sie ihn niederlegten, rief sie: „Sagte ich nicht, daß mir mein Sohn sein Fell als Schlafmatte schenken würde?" Und als sie am Ende des Menschenhaufens Kirat gewahrte, ging sie hin und führte das Mädchen an der Hand vor aller Augen zu dem toten Wild. Und sie sagte: „Du darfst nicht abseits stehen, meine Tochter, denn dein Platz ist hier."

Etwas abseits, mit gesenktem Blick hockte der Gerber auf der Erde. Nur widerwillig erhob er sich, als Der-aus-dem-Dschungel-kam ihm zurief: „O Vater Kirats, warum sitzt du allein, wo dir doch der Ehrenplatz gebührt? Komm her, damit ich mich nicht schämen muß, denn ohne dich lebte er noch."

Sherjang schüttelte den beiden Männern herzlich die Hand. Und Der-aus-dem-Dschungel-kam verstand ihn, als er sagte: „Der Tiger war schrecklich, aber ohne ihn wäre manches nicht möglich gewesen."

Pathi wurde im Dorf nicht mehr gesehen. Und Chandra Ram zog schon ein paar Tage später in die Stadt. Yasin ging mit ihm. Im Herbst war die Schule fertig. Eine alte Zeit ging zu Ende, und eine neue begann.

Jochen Portmann

Kein Schweiß am Smarna gora

Eiskalter schneidender Frost war es. Der Atem gefror zu Nebelfahnen. Der Schnee knirschte unter unseren Tritten. An Pürschen war also nicht mehr zu denken, und so wollten wir uns ansetzen, wollten warten und der Kälte trotzen.

Vor vier Tagen war der Wetterumschwung gewesen. Mit einem ganz feinen Regen hatte es angefangen. Dann waren die Tropfen dicker geworden. Schließlich hatte es in Strömen geschüttet. Nirgendwo waren wir mehr auf Wild gestoßen. Die Muffel hatten sich nach Süden umgestellt.

Da prophezeite Franz schon, daß Schnee käme und es kalt würde. Am Abend tanzten tatsächlich die ersten Flocken im Regen, am nächsten Morgen war schon alles weiß verschneit, und aus schweren Wolken rieselte es noch lautlos weiter. Erst als der Schnee uns bis zu den Waden reichte kam Wind auf, die Sonne brach durch, die Wolken schwebten zum Horizont, der Himmel färbte sich tiefblau und am Abend wurde es dann bitter kalt.

Auch auf dem südlichen Bergkegel des Smarna gora hatten wir zunächst kein Wild gefunden. Alle Schneisen und Hänge hatten wir abgefährtet, waren durch die hohen Bestände geschlichen oder hatten einige Zeit hinter dicken, wetterseitig bemoosten und beschneiten Stämmen gestanden, hatten gelauscht und doch keinen Anblick gehabt.

Wir waren sogar ganz oben am Berg an der kleinen verlassenen Eremitage gewesen, dieser letzten Kunde eines längst verloschenen Lebens, eines Lebens voller Stille und Beschaulichkeit, voller Demut und Einsamkeit. Keine Geschichte rankt sich um diesen Einsiedler, niemand weiß mehr wer er war, wieviel Jahrzehnte er hier lebte, welches Schicksal ihn hierher verschlagen hatte. Waren es Schmerz und Leid gewesen, vielleicht der Tod seiner Lieben? War es die bewußte Sühne einer eigenen verruchten Tat? Oder war es einfach tiefer

Glaube, Glaube an die Allmächtigkeit, die sich in der Natur doch täglich so neu und so wunderbar erweist? Niemand weiß es mehr, alles ist vergangen, nur die kleine Eremitage steht noch, in der aber Sturm und Zeit schon ihre Spuren hinterlassen haben. Aber unveränderlich weit und herrlich ist der Blick von dort über die 30, 40 Kilometer große, völlig flache Ebene, aus der nur diese beiden ineinander geschachtelten Kegel des Smarna gora so einsam 500 Meter hochragen.

Mehrere Jahre war ich dort unten zur Bockjagd gewesen, in den riesigen Feldern und Wiesen, in den Wäldern und auch drüben bei den einsamen Gebirgsbauern, wo die Zwei-Tausender-Berge die Ebene begrenzen. Oft hatte der Franz mich begleitet. Viele unvergeßliche Erlebnisse waren damit verbunden.

Dann hatte mir die Jagdgenossenschaft angeboten, als erster Ausländer bei ihnen einen Widder zu jagen. Sie waren stolz auf ihr Muffelwild und sie durften es auch sein. Zwei Schafe mit ihren Lämmern und zwei junge Widder waren ihnen zugewandert. In jahrelanger Hege hatten sie einen gesunden und starken Bestand hochgebracht, der jetzt sogar schon intensiv bejagt werden mußte. Es war eigentlich nicht mehr schwer Muffelwild zu sehen.

Als sich die Muffel an den Schnee gewöhnt hatten und wieder aktiv waren, da fanden wir sie auch. Kleinere Rudel, Schafe, Lämmer, auch ein paar jüngere Widder sahen wir, doch keinen jagdbaren, so weit wir auch pürschten.

Einmal hatten wir im pulverig lockeren Schnee einem Rudel nachgehangen, waren den Fährten über ein licht bewaldetes kleines Plateau hinweg gefolgt bis zu den dicken Felsbrocken an seinem Rand, wo es so steil abwärts geht. Neben einem dieser mannshohen Steine stand urplötzlich ein ganz starker Widder. Nur drei Meter waren wir uns entfernt. Sekunden standen wir wie erstarrt. Fast unbewußt registrierte ich jede Einzelheit: seine harten großen Lichter, die dicken, aufwärts geschwungenen Schnecken, die schon abgeschliffenen Enden, die doch das Reifealter anzeigen und jeden weiteren Zuwachs aufheben. Ich sah noch die enorme Auslage, die leuchtend weiße Schabracke, die schwarzen, weißen und rostbraunen Farben der Decke.

Doch dann hörten wir einen Warnpfiff, dann dröhnte die Erde unter prasselnden Schalen, der Widder ging ab, ein Rudel drängte nach, noch eins und noch eins. Fast alle Muffel des Smarna gora hatten sich hier auf dem Südhang zu einem Großrudel vereint, und so flüchteten 60, 70, 80 Stück zum Greifen nah wie eine wogende Masse an uns vorbei, verhofften 100 Meter weiter, schoben sich durcheinander, drängten unschlüssig und unruhig hin und her und machten hohe Bocksprünge. Erst dann gingen alle in voller Flucht ab. Wir fanden sie nicht mehr an dem Tag. Aber wir hatten einen der besten Widder von ganz Slowenien gesehen. Nun aber knirschte der Schnee. An Pürschen war nicht mehr zu denken, und so wollten wir hier auf der halben Höhe sitzen, wollten warten und der Kälte trotzen.

Schon als das erste Dämmerlicht den Schnee aufhellte hockten wir auf unseren Ansitzstühlchen, in Decken und Pelze gehüllt und vom Slivowitz erwärmt. Vor uns lag die langgezogene, büchsenschuß-breite Fläche mit den licht stehenden Fichten und den Kastanien, wo das Muffelwild so gerne durchzog und Nachschau hielt.

Immer heller wurde es, immer mehr Licht fiel durch die Bäume, immer mehr Einzelheiten waren zu sehen. Dann hörten wir im harschigen Schnee ein Rudel heranziehen. Ein paar Schafe waren es mit ihren Lämmern und zwei junge Widder. Auch noch ein mittelalter folgte, der vielleicht etwas eng gestellt war, der ein Einwachser werden konnte. Aber so genau ließ sich das im noch fahlen Licht nicht ansprechen. Langsam zogen sie über das ganze Plateau hinweg, ästen die letzten braungefrorenen Blätter der Himbeeren, zogen ruhig weiter, kamen außer Sicht. Sie hatten uns nicht eräugt.

Wir saßen zwar hinter Steinen und Stämmen gedeckt, aber was heißt das schon bei Muffelwild mit seinen hervorragenden Sinnen? Dumm ist doch nur der Spruch von den „dummen Schafen“.

So waren wir auch noch nicht ganz beruhigt. Wie würde es sein, wenn wirklich ein alter Widder käme, der doch jeden Stein kennt und jeden Baum, der so aufmerksam und so mißtrauisch ist? „Das Haar, das der Jäger verlor, wird vom Widder eräugt!“

Dann ging die Sonne auf. Wir sahen sie zunächst noch nicht, aber strahlende Lichtbündel gleisten nun durch die Bäume. Der Schnee leuchtet auf. Die Rauhreifkristalle auf Ästen und Zweigen funkelten und blendeten. Das ganze Plateau glitzerte nun in einem Lichtermeer.

Plötzlich stand am Rand des Steilhanges ein einzelner Widder. Wir hatten ihn nicht kommen gesehen. Er war über den Steilhang hoch gezogen. Bewegunglos wie ein Standbild verhoffte er dort, auf-

merksam, gespannt und doch voller Ruhe und Würde, ein selbstbewußter Herrscher. Spitz zu uns hin verhielt er. Langsam und gleichmäßig ging sein Atem, der als Nebelfahnen im Sonnenlicht aufleuchtete, dann vom Wind erfaßt, gewirbelt und zerrissen wurde. Minutenlang war keine Bewegung erkennbar, starr äugte er in unsere Richtung. Wußte er, daß da irgend etwas nicht stimmte? Würde er uns erkennen? Würde er abspringen?

Aber dann drehte er ganz langsam das Haupt zur Seite und genauso langsam konnte ich endlich das Glas heben. Da war dann kein Zweifel mehr möglich, es war wirklich der Starke mit der enormen Auslage und den dicken Schnecken, den wir am Tag zuvor so nah gesehen hatten.

Millimeterweise ließ ich das Glas sinken, millimeterweise ging dann die Büchse hoch, bis sie am Stamm anlag. Und dann hatte ich ein Bild im Zielfernrohr, wie es schöner und unvergeßlicher nicht sein konnte: Im glitzernden Schnee verhoffte der kapitale Widder und direkt neben ihm kletterte gerade in diesem Augenblick die zartrosa scheinende Sonne mit ihrem winterlichen Strahlenkranz über den Rand den Plateaus. Es war ein Bild, so berauschend und einmalig, wie man es sich nicht erträumen, wie man es nur genießen und dann für immer in Erinnerung behalten kann.

Langsam stieg die Sonne höher. Zur Hälfte war sie dann schon zu sehen und erst nach dieser langen Zeit kam wieder eine Bewegung in den Widder. Würde er jetzt auf die Fläche ziehen, sich gar breit stellen? Aber er setzte einen Lauf zurück, er wendete das Haupt wieder zu uns hin, er glaubte nicht, daß diese beiden Schatten hinter den Bäumen harmlos waren. Er war voller Mißtrauen, voll ahnender Unruhe. Gleich würde er abdrehen, abspringen, den Steilhang hinab flüchten. Aber sollte er denn abspringen, nur weil er nicht breit stand? Sollte er flüchten, obwohl das Fadenkreuz des Absehens fest auf dem Stich stand?

Doch da krümmte sich fast unbewußt der Finger am Abzug, da donnerte der Schuß durch die Stille, da warf sich der Widder herum und war auch schon hinter dem Rand verschwunden.

Und dann kamen diese verzehrenden Augenblicke, an die man sich nie gewöhnt, so voller Erregung und Ungewißheit zunächst, voller Fragen, Zweifel und Unruhe. Franz sah mich an, ganz blaß war er geworden. „Ich glaube, du hast ihn gefehlt“ sagte er. Diana hilf, das konnte doch nicht sein, ich war doch gut abgekommen, ich hatte auch einen richtigen Ruck gesehen, der den Widder im Schuß zurück zucken ließ, bevor er sich herumwarf. Franz aber hatte es anders gesehen, er glaubte, daß dieser Ruck schon zur Fluchtbewegung gehörte. Sicher, das bedeutete noch nicht viel, oft zeichnet das harte Muffelwild ja selbst bei so schweren Patronen kaum. Doch wie ist das bei einem Schuß auf den Stich? War ich auch wirklich dort abgekommen wie ich meinte? Oder hatte mich vielleicht die Sonne geblendet, die ja direkt neben dem Widder wie ein leuchtender Ball stand?

Nun begann eine lange, quälende Wartezeit, wie immer, wenn ein Stück nicht im Schuß zusammenbricht. Die Zigarette sollte beruhigen und auch der Slivowitz, den wir trotz der 19 Grad Kälte nicht mehr zum Wärmen brauchten.

Schließlich gingen wir langsam zum Anschuß, der im Schnee ja nicht zu verfehlen war. Klar und scharf zeigten sich hier die Tritte, wo der Widder stand, aufgewühlt dort in der Flucht. Aber kein roter Fleck war im Schnee erblüht, kein einziges Schnitthaar fanden wir. „Kein Schweiß“ murmelte Franz.

Da standen wir nun im strahlenden Licht der Morgensonne und hatten keinen Gedanken, keinen Sinn für die herrliche Natur, für die Winterlandschaft und den Ausblick auf die glitzernde Ebene. Sollte es denn nach Tagen harter Pirsch, nach all der Nässe zunächst, dann nach den Stunden geduldigen Wartens in klirrendem Frost, sollte es jetzt wirklich nur noch heißen „Kein Schweiß am Smarna gora“?

Aber es gab ja keinen Grund aufzugeben. 200 Meter ging ich weiter, an die einzige Stelle, wo Wild seitlich aus dem Steilhang heraus flüchten konnte. Franz wollte von oben her ein paar Meter der Fährte folgen, bevor wir eventuell einen Hund holten. Lange Minuten vergingen, bis ich seinen Pfiff hörte. Schon von weitem sah ich sein betrübtes Gesicht, das mir keine Hoffnung ließ. Und wieder sagte er: „Kein Schweiß“.

Wer kennt sie nicht, diese schwere und bedrückende, diese belastende Leere, die bei solcher Enttäuschung in uns einzieht, die alle Gedanken umnebelt und auslöscht, die so stumm macht.

Franz hatte seine Flasche aufgeschraubt und mir hingehalten. Und er hatte etwas gesagt, aber ich hatte nicht recht hingehört. Es war ja auch unsinnig, es hatte wie Waidmannsheil geklungen. Aber Moment mal, was hatte er gesagt? Plötzlich war ich wieder wach und sah ihn an, sah seine Augen blitzen und sein schelmisches, vor Freude jetzt strahlendes Gesicht: „Kapierst Du's jetzt? Waidmannsheil hab ich gesagt. Er liegt doch!"

Aber da lief ich schon los, am Anschuß vorbei und der Fährte nach. 40 Meter, 50 Meter, da brach sie ab, da sah ich eine Rutschbahn im Schnee und 30 Meter tiefer, eingekeilt in krüppeligem Eichenjungwuchs, da lag der Widder. Tausende von Rauhreifkristallen waren auf seine bunte Decke herab gerieselt und glitzerten und funkelten im Sonnenlicht.

Später standen wir noch einmal oben am Rand des Steilhanges, dort, wo den Widder die Kugel traf, und sahen hinaus über die verschneite Ebene. Alte Erinnerungen kamen auf, und was ist verbindender und unauslöschlicher als gemeinsames jagdliches Erleben. Wie war das doch damals mit dem alten Hintersprossengabler, und war es nicht an jener Waldecke mit dem starken Sechser und dort drüben mit dem Knopfbock?

Ja, und dann sahen wir es plötzlich gleichzeitig dicht vor unseren Füßen: Ein kleiner roter Fleck war im Schnee erblüht. Es gab doch Schweiß am Smarna Gora.

Noch lange blieben wir dort stehen. Wir redeten nicht. Wir waren noch erfüllt von dem jagdlichen Erleben. Wir waren befreit, wir waren fröhlich und dankbar, wir waren berauscht von der leuchtenden Natur. Der Schnee auf der weiten Ebene unter uns glitzerte, ein paar Nebelfetzen blendeten im Sonnenlicht und ein kleiner Kirchturm ragte dort heraus. Wir waren verbunden im Gleichklang der Gefühle. Wir wußten ja nicht, daß es unser letztes gemeinsames Jagen war. Ich ahnte ja nicht, daß ich ein paar Monate später alleine zu diesem kleinen Kirchhof gehen würde, um dem Franz die letzten Brüche zu bringen und dann nie mehr dorthin zurückzukehren.

Götz von Bülow

Wenn die Bucheln springen

Elf Tage hatte das Thermometer schon zehn Grad unter Null angezeigt, und heute, in den ersten Morgenstunden, war es gar auf fünfzehn Grad gefallen – ungewöhnlich für Mitte Dezember!

Der große See hatte lange gekämpft. Doch als der schneidende Ost und die von ihm aufgetürmten Wellen zur Ruhe gingen, war er in Starre verfallen. Seine unendliche Weite, gehüllt in einen schimmernden Panzer, schwieg. Von Tag zu Tag wuchs die Eisdecke in die Tiefe. Der See aber wehrte sich gegen diese harte Umklammerung. Er atmete schwer. Dumpf grollte es Tag und Nacht. Donnernd sprangen kilometerlange, über 10 Meter breite Risse, und wie eine gleißende Wand standen die aufgeworfenen, mächtigen Eisschollen entlang den offenen Bucheln. Aber bei dem strengen Frost schlossen sich die Spalten bald wieder, und neue sprangen.

Längst waren die gefiederten Scharen fortgewandert. Nur ein riesiges Heer von Saatgänsen war geblieben. Ihr Nachtlager hatten sie auf dem Eis an den offenen Bucheln. Am Tage hielten sie sich zur Äsung auf den großen Roggenschlägen weit drinnen im Land auf, um abends bei Dunkelwerden in einzelnen Flügen oder in einem großen Pulk zu ihren Nachtquartieren weit draußen auf dem See zu ziehen. Hier war in der vorletzten Nacht eine mächtige Buchel von zwanzig Meter Breite und zwei Kilometer Länge mit unglaublichem Getöse gesprungen. Eine unterirdische Strömung schien sie trotz des strengen Frostes noch offen zu halten.

Mittags rufe ich meinen alten Freund, den Fischer, genannt „oll Hahn“, an. Diesmal weigert er sich aber entschieden, mit von der Partie zu sein. Er brummelt etwas von „tau veel Löcker un Buchel“, „sehr gefährlich“, „springen bi den Frost unner de Fäut“, „hüt abend schlögt Wedder üm“, „Näbel!“ Dann muß es eben ohne ihn gehen, wenn ich ihn auch vermisse. Keiner kennt sich besser mit den Tücken des Wetters, des Wassers und des Eises aus. Aber die Gelegenheit darf ich nicht verpassen, und die Passion sieht keine Schwierigkeit und Gefahr. Erst dann ist es echtes Jagen.

Als ich das Seeufer erreiche, scheint es mir wärmer geworden zu sein. Das Barometer ist gefallen. Ich schnalle mir die Schlittschuhe unter die Langschäfter.

Sehr schnell werde ich wohl nicht vorwärts kommen. Die Eisdecke besteht größtenteils aus rauhem Schollengeschiebe, und nur wenige blanke Stellen erleichtern das Laufen. Aber das ist auch ganz gut, denn Treff will auch mit. Überall, wo man hintritt, klimperts, klirrts und splitterts. Es wird jetzt höchste Zeit, daß ich bald eine glattgefrorene Buchel erreiche, um darauf schneller voranzukommen, denn der winterliche Spätnachmittag weicht bereits einer fahlen Dämmerung. Das Bleigrau des Himmels verschmilzt am östlichen Horizont mit dem schmalen, in bläulichen Dunst gehüllten Streifen der Böker Forste und des Warener Wohlds. Im Norden und Süden aber geht dieses Bleigrau schon in das Blaugrau der gewaltigen Eisfläche über, als sei alles eins – Himmel und See eine einzige unendliche Eiswüste.

Nun habe ich eine alte Buchel von drei Meter Breite gefunden, die nach Osten zu verläuft und schönes glattes Eis hat. Sie muß schon vor mehreren Tagen gesprungen sein, denn das Eis in der Rinne ist bereits fünf Zentimeter dick, wie mir mein eisenbeschlagener Stock, die „Peike“, anzeigt. Zehn Minuten geht es jetzt zügig gen Osten. Dann folgt wieder rauhes Eis in lauter kleinen Wellen. So wie sie liefen, sind sie erstarrt. Ein böses Gehopple hierdrauf! Dann tut mir eine Buchel noch einmal den Gefallen, in Richtung meines Endzieles zu laufen. Und nun sehe ich schon von weitem grauweiße, übereinander geschobene und zu Eisbergen getürmte Schollen. Dazwischen zieht sich ein breites, dunkles Band offenen Wassers dahin. Schnell habe ich die große Buchel erreicht und laufe am Rand entlang, um nach dem meisten Gestüber zu suchen. Hier vorne sind jetzt kleine, braune Hümpel zu sehen, die sich wie Maulwurfshaufen auf dem Eise ausnehmen. Das ist also der Ausstieg! Weiter hin liegt aber noch mehr, und dahinten, wo die Buchel am breitesten ist, scheint das wahre Nachtlager von Granada gewesen zu sein. Da ist ein Haufen neben dem anderen.

Das ist entschieden die günstigste Stelle. Hier will ich mich, so gut es geht, häuslich einrichten. Zuerst bringe ich den Hund zu den

Eisbergen zurück und lege ihn dort in Deckung auf dem Rucksack ab. Dann ziehe ich mir meinen „Eisanzug“ an. Richtig gesagt, ist es der Seehundsanzug vom Vater, silbergrau und wasserdicht. Die graue Kapuze wird über den Kopf gezogen und wenn ich mich jetzt auf den Bauch lege, würde mich selbst das Falkenauge „oll Hahns“ nicht mehr vom Eise unterscheiden können.

Es dämmert schon stärker. Der kurze Dezembertag geht zur Rüste. Alles grau in grau, nirgends mehr ein Streifen Land. Hier mag die Mitte des Sees sein. Unter mir bodenlose Tiefe. Darüber lastend die große Stille des Winterabends, in der alles Lebendige mit dem in Fesseln geschlagenen See einen schweren, tiefen Schlaf zu tun scheint. Nur dann und wann tönt dumpfes, unterirdisches Grollen in die Stille. Dunkel schiebt sich die Nacht herauf. Es ist, als käme ein unheimlicher Gast Schritt um Schritt näher.

Aus meinen tiefsinnigen Betrachtungen reißt mich ein lautes Planschen und Plumpsen. Interessiert sehe ich nach rechts die Buchel herunter, kann aber nichts entdecken. Es war auch sehr weit. Ich rutsche auf den Knien immer am Rand entlang. Da erstarre ich zur Eisscholle, denn hundert Schritt vor mir schlängelt sich geschmeidig ein dunkler Körper auf das Eis. Also habe ich mich doch nicht getäuscht! Dem alten Herrn Fischotter kommt diese eisfreie Stelle als Jagdgebiet auch sehr gelegen. Ich schätze, hier werden sich über Nacht noch mehr seiner Sippe einfinden.

Nachdem ich wohl eine Viertelstunde, während der der Otter in aller Gemütsruhe einen feisten Schlei verzehrt, unbeweglich dagesessen habe, bewegt er sich plötzlich in langen Sätzen auf mich zu. Mein durch die Kälte fast erstarrtes Blut beginnt heftig pulsend wieder zu fließen. Jetzt verschwindet er hinter einer Scholle. Wasser ist da nicht, also muß er noch dahinterstecken. Ich will mich rasch erheben, um ihn anzupürschen. Aber kaum habe ich mich aufgerichtet, liege ich schon wieder mit einem Knall da. Das Gewehr schlittert gleich fünf Schritt weiter auf dem Eis. Sichtlich erschreckt ob des plötzlichen Zusammenbruchs der vermeintlichen Eisscholle, stürzt Freund Braunbalg hinter seinem Versteck hervor und mit einem gewaltigen Satz in die kühle Flut, um nicht wieder aufzutauchen. Meinen blitzartigen Sturz habe ich meinem eingeschlafenen Bein zu verdanken, aus dem jedes Gefühl gewichen war, Schade! Das wäre eine der seltenen Gelegenheiten gewesen, einen dieser prächtigen Wassermarder für ein Präparat zu erbeuten. Damit wäre seiner Sippe kein Abbruch getan, denn der Otter kommt in den weiten Verlandungszonen des Sees noch häufig vor.

Jetzt erst merke ich, wie mir die Kälte zugesetzt hat, mich schüttelts. Dumm, daß ich nicht die Buddel mit dem wärmenden und erheiternden Inhalt dabei habe. Wäre „oll Hahn“ mit von der Partie, dürfte sie nicht fehlen! Aber wo bleiben die Gänse? Schon ist es recht schummrig geworden. Häufiger und langgezogener grollen die springenden Spalten.

Da, was war das? Strich nicht eben ein großer Vogel als lautloser Schatten über das Eis? Jetzt ist er über dem dunklen Wasser verschwunden. Für eine Eule war er zu groß, für einen Seeadler zu klein, für eine Ente zu langsam. Fünfzig Meter rechts taucht er wieder auf, kommt näher. Jetzt sehe ich es deutlich: eine einzelne Gans! Der Kundschafter. Ohne einen Laut zieht er niedrig daher, alles ausspähend. Kriegt er mich weg, kann ich zusammenpacken. Dann folgt ihm das Gros in eine andere Richtung. Etwas näher noch, dann geht es schon. Da biegt er wieder ab, macht einen großen Bogen um mich und taucht in der Dämmerung unter. Hat er mich erkannt? Plötzlich pfeift unmittelbar hinter mir die Luft von mächtigem Schwingenschlag, ein warnendes „Gig, Gig“, ein steiles Aufsteigen. Jetzt oder nie! Im Aufspringen geht der erste Schuß daneben, aber der zweite läßt die Gans leblos ins Wasser klatschen, Hubertus sei Dank! Das hätte auch schief gehen können.

Wie ich gerade dabei bin, sie mit meiner Peike an den Eisrand zu lotsen, höre ich hinter mir ein gemütliches „wàt-tàt-tàt-tàt, wàt-tàt-tàt-tàt“. Schnell Gans und Peike aufs Eis gezogen und platt auf den Boden gedrückt! Nichts ahnend zieht der Flug über mich hin. Nun kreisen sie, schwenken wieder ab und fallen hundert Schritt weiter in das aufzischende Wasser ein. Ich möchte nur aus nächster Entfernung schießen, denn eine angeschossene Gans bekommt man hier nie, und das Licht nimmt rapide ab.

Da melden sich aber wieder Gänse. Das muß ein größerer Flug sein. Schon kommt er niedrig von rechts heran. Jetzt zögere ich nicht. Eine saubere Doublette gelingt. Doch Zeit, die Gänse aufzunehmen habe ich nicht, denn schon höre ich neue kommen. Sie fallen irgendwo weit hinten ein, auch die darauf folgenden. Jetzt aber erhebt sich erst leise von weither, aber immer näher und lauter ein hundertfaches Schreien und ein Brausen wie ein Bienenschwarm. Das Gros folgt! Ich presse mich dicht auf das Eis und stiere in die Dämmerung, versuche sie vergebens zu durchdringen. Ein großes Rauschen und Poltern. Keine fünfzig Schritt vor mir ist die Masse eingefallen, aber sehen kann ich nichts. Ist das ein Geschnauster und Erzählen! Ich bleibe still liegen, vielleicht ziehen sie noch näher. Immer dunkler und dunkler wird es. Ist der dunkle Punkt hier vorne eine Eisscholle oder Gans? Der war doch vorher nicht da! Ja, er bewegt sich. Ein aufs Eis gestiegener Martinsvogel! Vielleicht steigen noch mehr aus. Als ich wieder vor mir aufs Wasser sehe, bin ich wie elektrisiert. Auf kaum fünfzehn Schritt zieht ein Flug von zehn Gänsen zum gegenüberliegenden Ufer. Jetzt keinen Moment mehr zögern! Langsam– ganz langsam schiebe ich das Gewehr nach vorne. Aber schon diese kleine Bewegung haben die schlauen Vögel bemerkt. Lange Hälse und warnendes „Gick-Gick-Gick". Nun kommt es darauf an, wer schneller ist. Mit einem Ruck springe ich auf, gerade haben sie sich aus dem Wasser erhoben, als es auch schon zweimal knallt. Ein Nachladen gelingt nicht mehr, die Dämmerung hat die Gänse schon verschluckt. Mit Getöse bricht das graue Heer auf, und sein Rufen verliert sich in der nahenden Nacht.

Die beiden zuerst erlegten Gänse habe ich schnell. Eine liegt auf dem Eis, die andere vorn im Wasser am Rand. Aber die beiden letzten! Sie liegen genau in der Mitte der Buchel, unerreichbar für meine Peike. Gut, daß ich einen genügend langen Bindfaden in der Tasche habe. Daran kommt ein Stück Eis, von der Scholle gebrochen. Wie ein Wurfholz werfe ich das Eisstück zu den Gänsen herüber, und nach mehrmaligen Versuchen habe ich beide Vögel glücklich gelandet. Treff hätte ich nie gewagt, in das Eiswasser zu schicken. Die fünf Gänse sind schnell im Rucksack verstaut, sie werden ganz schön anständig auf dem langen, holprigen Heimweg drücken!

Als ich auch den Seehundanzug verpackt habe und aufschaue, da durchfährt es mich doch! Grauschwarz, dick und undurchdringlich steht es wie eine hohe Mauer um mich her, wallt langsam auf und ab – Nebel! Kein Lüftchen regt sich. Totenstille ringsum. Bei der dunkelsten Nacht hätte ich nach Hause gefunden, aber der Nebel verwirrt die Sinne und täuscht den Kundigsten. Dazu die Gefahr, in offene Spalten zu laufen, denn kaum kann man die Hand vor Augen sehen. Was also tun? Warten bis es hell wird – eine lange Winternacht auf dem Eise? Dann gäbe es hier wohl zwei Eisschollen mehr am Morgen – Treff und mich. Versuchen, das weit nähere Ostufer zu erreichen? Aber von dort sind es noch mindestens fünf Kilometer Fußmarsch bis nach Bök. Nein, nein, es gibt nur eins: zurück nach Westen zu den heimatlichen Penaten! Ich muß doch den Kompaß irgendwo haben? Aber alles Suchen in den Rock- und Rucksacktaschen ist vergeblich. Vergessen! Treff, mein Hund, Du mußt nun das Ding ersetzen. Such voran! Wir gehen jetzt heim.

So, wie wir gekommen sind, tasten wir uns an der offenen Rinne entlang, vielleicht einen Kilometer. Aber dann hört das Wasser zur Rechten plötzlich auf, und es ist nichts da als die grauschwarze Wand um mich her, die mit dem Eis unter meinen Füßen zu verschmelzen scheint. Ihre Nähe ist bedrückend und unheimlich, jeder Schritt scheint ins Nichts zu gehen. Treff sucht geradeaus weiter. Ja, so ist es schon recht, mein Hund! „Gog-Gog-Gog"– auch die Gänse ziehen unruhig suchend umher. Sie sind dicht über uns, aber zu sehen ist nichts. Ich stolpere über einen Eishoppel und kann gerade noch die Flinte hochhalten. Bloß jetzt nichts brechen! Aber das rechte Knie schmerzt nach dem harten Aufprall.

Nun wird das Eis glatter. Das muß die zugefrorene Buchel sein, auf der ich beim Anmarsch mit Schlittschuhen so rasch vorwärtskam. Soll ich es wagen, die Dinger wieder anzuschnallen? Ja, so geht es doch schneller wie das Gerutsche auf den glatten Sohlen. Aber für Treff bin ich zu schnell, er bleibt zurück.

Jetzt kommt es mir vor, als schwanke die Eisdecke unter mir, als sei sie weich und elastisch. Aber die Peikenspitze zeigte mir doch beim Herweg fünf Zentimeter starkes Eis auf dieser Buchel an! Und da knistert es gefährlich! Ich bremse scharf ab. Die Stahlspitze meines Steckens fährt glatt durch die Eisdecke, und herauf sprudelt dunkles Wasser! Treff steht mit eingekniffener Rute hinter mir. Keinen Schritt weiter1 Ich muß auf einer ganz anderen, erst über Nacht zugefrorenen Rinne sein. Schnell zehn Meter nach links auf rauhes, aber festes Alteis. Runter mit dem schweren Rucksack und erst einmal tief Luft holen! Das ging noch einmal gut. Etwas weiter – und es hätte gekracht. Bei dem Schwung wäre der Kopf gleich mit unter die Eisdecke gefahren. Da hätte es kein Entrinnen gegeben. Gar manchem ist es auf diesem großen See so ergangen. Es hilft eben alles nichts. Bei der Sicht muß es langsam und vorsichtig gehen! Aber wo bin ich nun?

Was war das für eine Buchel? Jetzt habe ich die Orientierung völlig verloren. Ja, mein Hund, hier können wir die Nacht nicht verbringen! Also such schön voraus!

Daß Treff dieses Kommando mißdeutet hat, merke ich erst nach einer halben Stunde mühsamen Stolperns und Rutschens über welliges und scholliges Eis, als der Hund plötzlich verhält. Gänsegeschnatter dicht vor uns, dann tosendes Rauschen einer aufstehenden großen Gänseschar, unsichtbar in Nebel und Nacht, und glucksendes, schwarzes Wasser vor unseren Füßen. Ist das etwa eine andere offene Buchel irgendwo in der Weite? Ich werde auf einmal sehr müde und im lädierten Knie beginnt es scheußlich zu stechen. Finde ich in dieser Nacht überhaupt noch nach Hause?

Treff zieht weiter an der Rinne entlang. Irgendwie kommen mir die hier dicht vor uns drohend auftauchenden Schollengebilde bekannt vor. Ich trete in noch weichen, warmen Gänsekot, und plötzlich bleibt der Hund stehen und bewindet ein kleines, schwarzes Etwas – eine Patronenhülse! Mein Ansitzplatz von heute abend! Wir sind völlig im Kreis gelaufen. Die Gänse haben sich in der Zwischenzeit hier wieder eingefunden. Ich muß bei meiner Schlittschuhfahrt auf eine nach Süden statt nach Westen verlaufende, in der vorigen Nacht gesprungene und eben zugefrorene Buchel gekommen sein, und Treff hat mich dann im großen Bogen wieder nach Norden zu den Gänsen geführt. Erschöpft lasse ich mich nieder und streichele seinen braunen Kopf. Ohne ihn wäre ich wer weiß wo gelandet. Wenigstens habe ich jetzt einen Anhalt und meine Position in Richtung Westen wieder.

Als ich noch so dasitze, macht sich ein zunehmender Luftzug aus Westen bemerkbar. Ihm muß ich entgegengehen. Neuer Mut kommt auf. So marschieren wir wieder los, wir zwei, Schritt um Schritt, Meter um Meter, und die Nase des Hundes steht gegen den Wind als wittere sie Heimatluft.

Es war ein unendlich mühevolles und schier endloses Marschieren mit dem schmerzenden Bein über das holprige Eis, und wenn es glatt wurde, mußte erst die Tragfähigkeit mit der Peike untersucht werden. Mehrmals war ich versucht, den schweren Rucksack zu entleeren und die Gänse ihrem Schicksal zu überlassen. Aber mein Jägerstolz ließ es nicht zu. Der leichte West hielt an und erfüllte mich mit mehr und mehr Hoffnung.

Und dann – es mochten zwei Stunden vergangen sein – schien die dunkle Wand durchsichtiger zu werden. Helligkeit senkte sich wie ein geheimnisvolles Leuchten herab. Da berührte mein Fuß Sand, und gleichzeitig trat dicht vor uns ein schwarzes Band hervor – die Uferböschung! Und als ich diese schweren Schrittes erklommen hatte, dehnte sich urplötzlich über mir strahlend das weite Sternenzelt in seiner ganzen Pracht. Unter mir aber wogte noch düster das Nebelmeer über dem großen See.

Still ging ich mit meinem treuen Weggefährten den von schweigenden Kastanien gesäumten Weg herauf zum Gutshaus, aus dem mir ein warmes Licht entgegenschien.

Diether Cord Voigt von Velthaim

Die Nacht der Füchse

Und wieder war es November – einem klaren, kalten Tag folgte eine Frostnacht, die das Wasser der Lachen auf den Feldwegen erstarren, die herbstfarbenen Blätter des Laubwaldes in dieser einen Nacht zu Boden fallen ließ, die auf die von Sternen und Mondsichel überglänzten Wiesen das Weiß des Reifes legte, die in den Menschen die erste Winterahnung keimen ließ. Und als am Morgen die Sonne erneut aufstieg und ein böiger Nordwind in Gezweig und Genadel zischte, da hatte das Land sich gewandelt. Die Baumkulissen der Eichen- und Buchenwälder standen dunkel-filigran vor dem kalten Tageslicht, einige Krähen ruderten langsam und mißtönend schreiend über die Feldflur hinweg. Dann zogen die weißen Schwaden eines Hochnebels auf, dessen Feuchte zu zahllosen Kristallen an Gräsern, Zweigen und Ästen gerann. Alle Geräusche waren gedämpft, leise und weit, selbst der sonst so lärmerfüllte Morgen blieb hier draußen eigenartig still – wie in der Edda die Hel, der Ort der abgeschiedenen Unerlösten, unheldisch Gestorbenen, die von den Menschen beweint und von den Göttern vergessen wurden.

Kälte herrschte in Hel und Dunkelheit, der Fluß Gjöll, dessen schwarze Wasser Schwerter, Speere und Messer mit sich führten, umrann das Totenreich. Eine goldene Brücke führte darüber, von dem Hund Garm mit gefletschten Zähnen und bluttriefender Brust und von der Magd Modgund bewacht. Ich habe mich oft gefragt, warum nun eine goldene Brücke in dieses trübe Reich führte, hätte es doch ein hölzerner Steg wohl auch getan. Insgeheim wußten unsere Vorfahren aber wohl, daß sonst kaum jemand versucht sein mochte, diesen Weg freiwillig zu nehmen. Und dazu wollte es sich gut fügen, daß die Flügel des großen Tores vor der Hel jedem, der beim Hindurchgehen zögerte, heftig auf die Fersen schlugen. Die goldene Brücke war eine Art Verleitfährte zur Falle, sonst nichts! Wie uns Menschensöhnen ja so manches zur Falle wird – ein rascher Blick aus dunklen Augen, ein flüchtige Lächeln, eine schöne Brust, der Klang des Goldes, die Altarstufen des Ruhmes, der Wein der Macht. Wohl dem, der widersteht! Aber wie wollen wir wissen, was Falle und was Bestimmung sei? Die goldene Brücke also eine Falle, so etwas wie eine Lockspur, die verführt und am Ende zum Ende führt – womit ich wieder bei der Jagd wäre.

Plan und Ziel

Der Nebel würde bis zum Nachmittage weichen. Mond und Reif würden ausreichend Licht geben, um am Luderschacht auf Füchse zu passen. Das also war der Plan – und seine Voraussetzungen erfüllten sich. Als ich gegen Abend langsam die „Römerstraße“ entlang ging, schlug eine Kirchturmuhr im Tale die siebte Stunde. Der Reif bedeckte weithin Flur und Vegetation, seine Kristalle leuchteten im Mondlicht, Sterne standen prachtvoll mit flirrendem Licht am schwarzen Himmel, ein eiskalter Wind fauchte böig von Nord, erstarb aber bald noch während der Zeit meines Ganges durch das Dunkel.

Und das Ziel? Für ein derart stimmungsvolles Vorhaben war nur eine unserer Kanzeln geeignet, der „Hubertus“; es stand seit Menschengedenken an dieser Stelle eine Kanzel, ein Sitz oder eine ähnliche Zurichtung. Eine Senke führte aus dem Waldhang der „Abseite“ empor, von oben streckte sich ihm eine Zunge des aus Kiefern und Eichen bestehenden Baumstreifens entgegen, der die „Römerstraße“ säumte: ein Wechsel für alles Schalenwild, verläßlich – wenn überhaupt etwas verläßlich auf der Jagd genannt werden darf. Hier schlug das Herz des Revieres, war sein belebtester Ort. Nahezu die Hälfte aller Sauen, die auf den knapp eintausend Hektar gestreckt wurden, fiel hier. Ein Ort der Erinnerung und der Hoffnung, der erfüllten, aber freilich auch der enttäuschten.

Derweil hatte ich die „Römerstraße“ verlassen, den Steig zur Kanzel unter den hohen Kiefern zurückgelegt und stieg die Leiter hinan. Die Bodenbretter knarrten, als ich sie betrat. Dann richtete ich mich ein, schlüpfte in den daunengefütterten Ansitzsack, zog die Lodenjacke enger, stellte den Rucksack, der die Rauchutensilien und eine Thermoskanne, gefüllt mit heißem Tee, enthielt, vor mich auf den Boden. Dann glitten die Schrot- und Kugelpatronen in die Lager des

Drillings, die Sicherung wurde überprüft, noch ein Blick durch das aufgesetzte Zielfernrohr – dann lehnte ich die Waffe neben meinen Sitz. Das Nachtglas legte ich auf die Brüstung, zog dann die Handschuhe an, tastete noch einmal nach der Patronentasche und war so für die nächsten Stunden gerüstet.

Die Landschaft ringsum leuchtete in einem kalten, geheimnisvollem Weiß, die Felder lagen nahezu konturlos unter einer dünnen weißen Decke, an die zwanzig Meter vor mir ragte der dunkle Schacht des Tonrohres empor, das etwa einen knappen Meter in der Erde stak und dessen oberer Rand handbreit über den Erdboden reichte. Aufbruch und Fleischabfälle hatte der Revierbetreuer seit dem Herbst in den Schacht geworfen, zuweilen wohl auch den nächtlichen Besuchern Geräusch von Rot- oder Rehwild überlassen, indem er es oben auf dem Tonrohr liegen ließ. Die Besucher wiesen sich zwar auch als Füchse aus, nicht selten aber als Sauen – und beiden war recht, was ihnen der Mensch überließ.

Langsam ließ ich im Glas die Fläche ringsum vorübergleiten. Drüben am „Rabenkopf" standen drei Stück Rehwild auf einem Rapsacker, nicht weit von ihnen saßen zwei Hasen, weiter nach links, zum „Landgraben" hin, äste gleichfalls etliches Rehwild. Die Stücke bewegten sich nur langsam voran, ihre Träger waren gesenkt, sie ästen dort das Grün des Wintergetreides, das durch den warmen, milden Herbst schon üppig getrieben hatte. Nur hin und wieder warf ein Stück auf und sicherte – sie fühlten sich nicht bedroht!

Eine Stunde verstrich, die Kälte zog langsam den Nacken und den Rücken hinunter – mit dem heißen Tee ließ sich wirkungsvoll gegensteuern. Dann Schrecken von Rehwild weit draußen im „Landgraben" – die Sauen waren unterwegs! Und schon war die weiße Fläche dort leer. Die Sauen aber mieden sie. Am Dickungsrand erreichten sie ihr Ziel ebenso rasch und wohl sicherer.

Dann ein dunkler Fleck gegenüber auf dem Acker am „Rabenkopf" auf eine Distanz von gut zweihundert Metern. Er bewegt sich schneller als ein Hase, hält jäh inne, zeigt sich im schnellen Wechsel einmal breit und dann wieder spitz: der erste Fuchs dieses Abends! Anfänglich zeigt er wenig Neigung näherzukommen, entfernt sich eher langsam nach rechts. Dann aber ist eine gewisse Tendenz im Verhalten zu erkennen: er vollführt einen weiten Bogen, der ihn letztlich zu mir führen könnte. Und so geschieht es – langsam rückt der dunkle Fleck näher. Im Glase ist die mächtige, üppige Lunte gut erkennbar.

Und derweil kommt er mit Sprüngen, Widergängen und allerlei unterhaltsamem Spiel an den Rand des Ackerstreifens, der den Luderschacht birgt. Längst liegt der Drilling auf der Brüstung der Kanzel, im Glas steht scharf die Kontur des Fuchses schwarz vor weiß. Noch ein kurzes Verhoffen, dann ist der Fuchs unmittelbar am Tonrohr, am Ende seines Weges. Der Schrotschuß hallt dumpf in die Nacht. Ein langer dunkler Streifen liegt im Reif vor mir, die Lunte zuckt einige Male, dann könnte der Körper Reinekes auch ein Stein oder ein Maulwurfhügel sein.

Zauber und Beschwörung

Und wieder fällt mir das Bild aus der Edda ein – die goldene Brücke als lockender Pfad in den Tod. Welche Rezepte haben unsere Vorfahren nicht ersonnen, um die Füchse „an einen gewissen Ort zu bringen", wie es im „Geheimen Jaeger-Cabinett" um 1700 heißt. Nun hatte mir mein Jagdaufseher einmal ein derartiges Rezept vor etlichen Jahren mitgeteilt, mir allerdings die persönliche praktische Erfahrung nur beschrieben, nicht aber vorgeführt. Und eben dieses Rezept neben so manchem anderen fand sich jetzt im „Jaeger-Cabinett", das jagdliche Erfahrung aus der Zeit seiner Entstehung darbietet. „Zeuch einer Katzen das Fell ab, bestreiche sie mit Honig und brate sie beym Feuer, und besprenge sie mit Pulver von jungen Froeschen, welche man Kroetkaule nennet, zu Pulver gebrannt, binde sie danach an einen Strick, schleiffe sie dir nach auf der Erden biß an den Ort, da du die Fuechse haben willst, so folgen sie alsdenn dieser Spur immer nach." Dieses Rezept, so berichten die Zeitgenossen, war überaus wirksam. Auch die Heringslake und der eingelegte Hering selbst scheinen altbewährt, den Fuchs zu ködern.

Recht anrührend ist von den „Geheimen Jaeger-Kuensten" die Nr. 43: „Daß dir ein Fuchs nachtrabet, wohin du wilt. Nimm Foenum Graecum gepuelvert, Schaafen-Unschlit u. Honig, eines so viel als des andern, und schmiere die Schuhe damit. Wann du nun im Walde herum gehest, und er auf deine Fahrt kommet, so laufft er gewiß hernach."

Unser derzeitiges Repertoire nimmt sich dagegen phantasiearm und nüchtern aus: wir nutzen nur noch den natürlichen Hunger und die moderne Schrotballistik! Keine Beschwörung, kein vom Teufel verratenes Rezept, keine verhexende Zutat, kein Besprechen, nicht Mitternacht und Mondenschein oder Glas von alten Kirchenfenstern, kein Monatsblut einer rothaarigen Henkerstochter, „das rechte Auge eines Wiedehopfes, das linke eines Luchses". Wir haben alle Beschwörungen verlernt. Wir kennen keinen Zauber mehr, wir üben nicht mehr geheime Macht. Bei Licht besehen und kritisch bezeichnet: Wir sind langweilige, farblose, nur scheinbar rationale Hirnwesen. Und die hat der Teufel schneller am Kragen, als sie – aufgeklärt wie sie sich fühlen – es selbst vermuten. Dafür haben wir in der Geschichte nun wirklich überzeugende Belege gesehen und zudem leidvolle Erfahrungen.

Aber wohin führen mich die Füchse? Waren sie nicht schon immer mit dem Bösen im Bunde, wenigstens aber mit dem Dunklen, dem Hahnenfedergeschmückten, dem Samiel? Denn nun hätte ich ihn im Sinnen nahezu übersehen – ein huschender Strich, dann zu schwarzer Kontur erstarrte Bewegung, dann eine schnelle Wendung zum Luderschacht, den Fang leicht geöffnet, ein Knarren vom Sitzbrett und rasche Fluchtwendung – da faßt ihn der Hagel und läßt ihn langsamer werden. Der zweite Schuß bannt ihn an die Stelle. Es ist nach neun Uhr. Der zweite Fuchs dieser Nacht – und diese Nacht ist noch nicht zu Ende!

Nun liegen sie still als schwarze Flecke im weißen Reif, sind die Fährte gezogen, an deren Ende das Ende steht. Nach dem Laden der Waffe und dem Griff nach dem Tee, nach Edda und „Geheime Jaeger-Kuenste" beginne ich zu überlegen, ob und wie lange ich noch bleiben soll. Ein Zuviel gilt es zu meiden. „Doch gebrauche Masse hier, daß du nicht werdst selbst ein Thier." Dank der Mahnung, Bruder in Sancto Huberto! Aber wir sind ja längst bescheiden geworden. Du weißt doch, daß zu deinen Zeiten es auch ein Dutzend Geweihte nicht immer hinreichend tat! Und dennoch steht in jedem, der jagt, der leise Ruf nach dem Sichbescheiden, dem freiwilligen Verzicht auf. Und diese Stimme hat mich selbst die leise Jagd gelehrt. Seit vielen Jahren meide ich die Gesellschaftjagden, habe sie auch in meinen Jagdgründen eingestellt bis auf unsere traditionelle Silvesterjagd – und die dient eher der Stimmung und der Bedeutung des Tages. Und sie bleibt uns deswegen gleich wertvoll – mögen nun vier Sauen die Strecke zieren oder Fuchs und Has oder keinerlei Kreatu-

ren. Zudem, meinen Hasen hole ich mir lieber im Winter auf dem Paß, nicht unter dem Gekläff schlecht abgeführter Hunde, dem Gebrüll der Treiber und dem Schußgewitter unerfahrener Schützen. Und ebenso wenig schätze ich die bier- und schnapsfeuchten Abende nach diesen Jagden mit „Horrido“ und „Weidmannsheil“ – nur mehr die einzige Gelegenheit, zu der dem deutschen Jäger einfällt, daß es Tradition gab und eine Jagdkultur, deren pervertiertes Schattenbild er lauthals beschwört.

Ich rufe mich selbst zur Ordnung. Lassen wir bittere Kritik und ätzenden Spott, mögen sie auch ein Zeichen dafür sein, wie sehr die geliebte Jagd dem Zeitgeist verkuppelt wird. Und wir Jäger, du und ich, sind die Täter, die Mörder oder die Retter dessen, was wir eben immer noch lieben: unsere Jagd.

Stille der Nacht

Die Turmuhr der kleine Kirche des Weilers Winzberg schlägt nun elfmal mit einer scheppernden, dünnen Glockenstimme. Die Uhr der großen Kirche unten in der Stadt hat um diese Zeit längst zu schweigen, abends sind ihr noch zehn Schläge gestattet und morgens beginnt sie nur wenig früher. Nun – wissen wir doch, daß die Ruhe der Zeitgenossen heilig ist, die Ruhe, die sie in Kneipen und Discotheken, auf Talk-Shows und Sessions, mit Walkman und Lautsprechern, auf Sportplätzen oder in Bordellen erschlagen.

Jetzt schreckt es unter mir in der Senke neben dem „Rabenkopf“, Kiefern und Eichen stehen dort und umfassen kleinere Dickungen. Das Schwarzwild dürfte Rehe flüchtig gemacht haben. Dann sehe ich die Sauen, zwei schwere und fünf schwächere Stücke, in geringem Abstand vom Bestande über das Feld zu den Rheinhängen ziehen. Nach wenigen Sekunden sind sie wie ein Spuk verschwunden. Für die große Kugel war es zu weit – knappe zweihundert Meter beträgt die Distanz wenigstens. Und zudem wird das Licht schwächer, die Luft unmerklich diesiger.

Ich nehme den letzten Becher Tee in langsamen Schlucken zu mir, die Kälte wird jetzt mächtig. Bis Mitternacht werde ich versuchen, ihr zu trotzen. Und wieder muß ich an Reineke denken, an das Epos, das seinen Namen trägt. Ein hübsches Ding an Menschengeschichte und Gesellschaftsschilderung, das der Hesse in Weimars Diensten da bietet. Und sei es auch zuletzt der Erkenntnis zuliebe: „In der Welt geht's immer so zu. Dem Glücklichen sagt man: Bleibet lange gesund! Er findet Freunde die Menge. Aber wem es übel gerät, der mag sich gedulden! Ebenso fand es sich hier. Ein jeglicher wollte der nächste Neben dem Sieger sich blähn. Die einen flöteten, andre Sangen, bliesen Posaunen und schlugen Pauken dazwischen."

Und dann durchfährt es mich heiß: auf dem Feld vor mir, nicht allzu weit, aber auch nicht eben nahe, wieder der behende Schatten eines Fuchses. Er zeigt so keinerlei Neigung, näher zu kommen. Dann setzt er sich auf die Keulen und sinnt vor sich hin, so will es mir scheinen. Ich habe inzwischen den Kugellauf gespannt und rede mir Mut zu: so weit ist es ja wohl nicht, im Glas sitzt er günstig nahezu breit. Und nun – Schicksal nimm deinen Lauf! – steche ich und schieße. Als das Nachtglas vor den Augen ist, sehe ich dort, wo eben noch Reineke saß, nichts, keinen Schatten, keinen Fleck, keine Bewegung. Gefehlt? Nun, ein wenig Galle wäre dem Honig fast zu wünschen. Schon so bußfertig?

Die Sterne sind jetzt kaum noch auszumachen, der Mond trägt einen breiten Hof – und dann wischt ein Nebel über alle Konturen. Es war genug, es war überreichlich, nun ist es Zeit zu gehen! Ich nehme die Patronen aus der Waffe, streife den Ansitzsack ab, ordne meine Utensilien, suche mich durch Bewegung aus der Verklammung zu lösen, dann steige ich die Leiter hinab. An der Stelle, an der der dritte Fuchs liegen soll, findet sich nichts, kein Schweiß, kein Schnitthaar, wohl aber der Kugelriß. Mit je einem schweren Fuchs in jeder Hand gehe ich langsam zum Wagen zurück. Morgen werden wir noch einmal mit dem Hund nachsehen.

Und während der Wagen zu Tale rollt und mich meinem jagdlichen Domizil näherbringt, steht für einen Augenblick noch einmal das Bild der goldenen Brücke, der Lockfährte vor meinen inneren Augen, einer Fährte, an deren Ende das Ende wartet. Und wir?

Diether Cord Voigt von Velthaim

Es ist ein Schnitter

Es war schon eine eigenartige Begegnung an jenem Tag der letzten Juliwoche, in der Blattzeit. Im Osten war es bereits licht, während im Westen noch das Nachtdunkel nistete. Die Uhren in den Kirchentürmen der kleinen Dörfer ringsum hatten fünfmal geschlagen, als ich gemächlich den Fahrweg durch das weite Feld in meiner Südjagd nahm. Zur Rechten und zur Linken wechselten Roggen- und Weizenschläge einander ab, die bereits gemähten Felder mit Wintergerste lagen kahl. Und dann sah ich ihn auf mich zukommen: Ein kleiner, gedrungener Mann, schon betagt, der gebückt und leicht hinkend vorwärtsschritt, auf der rechten Schulter eine Sense tragend.

Als wir uns auf dem schmalen Weg begegneten, bot er mir nicht die Tageszeit und antwortete auch auf mein Nicken und einen Zuruf nicht. Als wir uns bereits wieder voneinander entfernten, sah er mir mit einer eigentümlichen Wendung des Kopfes nach und mit einer Miene, die Spott, vielleicht ein wenig Abneigung und eine nahezu feindliche Mißgunst ausdrückte. Ich war zuerst nicht wenig betroffen. Ich hatte den Mann nie gesehen, er durfte mich kaum kennen.

Und als ich jetzt stehenblieb und ihm nachdenklich und versonnen nachsah, da erreichte er eben eine sanfte Anhöhe, die erst das Sensenblatt und dann den hinkenden Mann deutlich gegen den hell gewordenen Himmel hob. Und in diesem Augenblick fiel mir ein Bild ein, das in so manchem „Totentanz“ als Mahnung und Schrecknis erscheint – der Schnitter Tod.

Wenige Sekunden später war die dunkle Stimmung wie ein Hauch verschwunden, ich schüttelte den Kopf über mein Empfinden. Jetzt ging glutrot die Sonne über den jenseitigen Rheinhöhen auf, das Wasser des Flusses schien in flüssiges Gold verwandelt, das Licht vernichtete das Dunkel.

Ich hatte den Vorfall schon vergessen, als ich wenig später den Weg entlangpirschte, der in halber Höhe des nach Südwesten gewendeten Hanges im quellfeuchten Tal des „Hammersberg“ einen guten Einblick in den sattgrünen Talgrund gestattete. Dank der auch im Sommer laufenden Quelle blieben die Pflanzen dort stets grün, mächtige Weiden umstanden den feuchten Grund. Hier hatte ich bereits im April und auch zu Beginn des Monats Mai einen Bock gesehen, der mein Herz schneller schlagen ließ. Es war ein reifer üppiger Sechser mit einer nahezu makellosen Symmetrie der Krone, mit langen, weißleuchtenden Enden, kurzum – eine Krone, wie der Laie sie sich als „schön“ vorstellt. Und dies war Grund genug, daß ich den Bock den „Schönen“ nannte – was freilich in meinem Empfinden nicht weit von „Schönling“ entfernt war.

Und ebenso benahm er sich auch, ließ eitel seine Decke in der Sonne leuchten, vollführte etliche kapriziöse Fluchten und führte sich dann erneut vor. Dieses Spiel endete allerdings abrupt mit der Mitte des Maimonates; anscheinend hatte der „Schönling“ ein gewisses Empfinden dafür, wann es für ihn gefährlich werden konnte.

Bis in den Juli hinein blieb er unsichtbar; erst in der letzten Juliwoche sah man ihn „mit Dame“ – zuerst mit einem aparten Schmalreh, dann aber auch mit der einen oder anderen reiferen Gefährtin. Und eben dies schien mir so recht zu dem Gesellen zu passen, wenngleich ich mich wegen derart menschenorientierter Gedanken mahnend zur Ordnung rief. Letztlich verhielt sich dieser Bock wie jeder andere auch, und dennoch schien sich mir auf eben ihn zu reimen, was Friedrich von Gagern in einem nach meinem Wissen unveröffentlichten Manuskript so darlegte: „Es gibt Mannszimmer, die sich von den verehrlichen Damen ihrer Vorgeschichte ruhig das ganze aufgewandte Lehrgeld heimzahlen lassen können, so wenig klug sind sie durch mancherlei Schaden und Enttäuschungen geworden. Auf den stinkigsten Heringskopf fallen sie mit stets erneuter Begeisterung herein, obwohl sie in diversen Präsentiertellereisen und an unterschiedlichen Schwanenhälsen Lauf und Lunte eingebüßt haben. Merkwürdigerweise paart sich solche Schwäche fast immer mit einer ungeheuerlichen, beinahe schon pathologischen Vorliebe für weibliches Tiefland, für die leicht zu begehenden, aber dafür recht sumpfigen Niederungen, für brackige Stauwässer und tief ausgefahrene, uralte Gleise, in denen schon ganze Generationen von Vätern und Söhnen stecken geblieben sind.“ Soweit nun unser Fritz von Mokritz.

Mag sein, daß ich dem armen „Schönling" mit diesen unfrommen, geliehenen Worten bitter Unrecht tat – nein, ich tat es sicher; denn diese Vermenschlichung unseres Getiers ist zwar seit den Fabeln der Antike beliebt, doch bleibt es ja stets bei Schilderungen des menschlichen Tuns unter der Maske eines Tieres. Der Mensch meint immer seinesgleichen!

Es ging auf den August zu – der Bock machte sich rar, aber als ich ihn dann an jenem frühen Morgen sah, da wirkte er reichlich heruntergekommen, eingefallen, schien apathisch dumpf vor sich hinzudämmern. Und es war weiter keine Kunst dabei, den offensichtlich Kranken aus einer Entfernung von knappen einhundert Schritt zu erlösen. Und krank war er wahrlich – eine tiefe Forkelverletzung mit übelriechendem, schmierig belegten Rand fand sich an der linken Flanke. Von dort ausgehend hatte eine schwere Infektion das Bauchfell erreicht und eine ausgedehnte Verbreitung erfahren. Der „Schönling" wäre auch ohne mein Zutun dem Tode geweiht gewesen. Und dieses war das erste Mal, daß ich mich plötzlich der seltsamen Begegnung mit dem Schnitter erinnerte.

Der Sommer schritt fort, das Korn wurde reif und gemäht. Und es

war in der Mitte des Augustmonats, als mir derselbe Mann auf der Frühpirsch erneut begegnete, mit der Sense auf seiner rechten Schulter und dem abschätzenden, mißtrauischen Blick aus den wie leeren Augen. Auch dieser Tag erhielt hierbei sein besonderes, eigenes Gepräge, wie einen schlechten, fauligen, schalen Beigeschmack. Doch muß ich den Ablauf des Geschehens sorgfältiger schildern.

Im Nordrevier lag inmitten großer Getreideschläge ein kleines Feldgehölz, das auf einer flachen Felskuppe nistete, die allen Versuchen, sie zu Ackergrund zu machen, über Jahrhunderte widerstanden hatte. Dieses Gehölz war schier undurchdringlich durch die Hecken aus Rot- und Weißdorn, aus Hagebuttensträuchern und Ginsterwällen, die vor und unter einigen verkrüppelten Eichen üppig wuchsen. Und diese kleine Gehölzinsel inmitten der Feldflur war der Einstand eines jungen Bockes, dessen Hauptschmuck zu den schönsten Hoffnungen berechtigte, den ich aber wegen seines Alters von wohl drei Jahren pardonierte, zumal er hier inmitten meines Revieres auch sonst nicht „gefährdet" schien.

Am Nachmittag dieses Tages sah ich plötzlich vom Südrevier aus dichten, weißgrauen Rauch über der Kuppe des „Harten Kopfes" aufsteigen, hörte aus dem Tal die Sirenen, die die Feuerwehr alamierten, und bald die hektischen Signale der Martinshörner. Als ich mit meinem Geländewagen das Nordrevier erreicht hatte, da stand ich bald vor einer Wand aus beißendem Rauch, hinter der ein Feuer wütete. Und jedesmal wenn der Wind den Rauch ein wenig in Wirbeln anhob, sah ich eine Feuerwand mit bestürzender Geschwindigkeit einen weiten Roggenschlag durcheilen und dabei das kleine Feldgehölz gleichsam ringsum einschließen, bis dieses endlich prasselnd in Flammen aufging. Das Wasser, das die Rohre der fünf Löschzüge den Flammen entgegenwarfen, schien nahezu wirkungslos. Dramatisch wurde aber das Geschehen, als zwei der Männer in ihren Schutzanzügen sich unversehens im Feuer isoliert und von ihm rings umgeben sahen. Plötzlich brach einer der Beiden nach einem kurzen Schwanken zusammen, der Andere bemühte sich, ihn fortzuziehen, geriet dabei aber weiter in das Flammenmeer hinein. Erst der gezielte Einsatz des Löschwassers von drei eilig herbeigerufenen Fahrzeugen gestattete es den Helfern, die beiden Männer aus dem Inferno zu retten. Sie wurden mit einem Rettungswagen in das nächstgelegene Krankenhaus in O. gebracht und überlebten ohne dauernde Schäden, wie ich später erfuhr.

Am anderen Tag aber fand ich unter dem verkohlten Strauch- und Astwerk den angebrannten Körper des jungen Bockes, den ich an seiner Krone sofort erkannte. Es war bedrückend zu sehen, wie das Feuer das bewegliche, elegante Lebewesen in einen gekrümmt daliegenden Torso verwandelt hatte.

Bis zu diesem Augenblick hatte ich des sonderbaren Schnitters nicht weiter gedacht – aber als ich vor dem toten Tier stand und den Körper unter dem hellen Licht der Mittagssonne betrachtete, da stieg in mir ein unbehagliches Empfinden auf. Plötzlich stand die flüchtige Szene der Begegnung mit dem kleinen, eine Sense auf der Schulter tragenden Manne vor mir. Aber was wollte das besagen? War nicht der Tod eines Rehbockes ein allzu unwichtiges Ereignis, als daß es dazu berechtigte, das pathetische Bild des Schnitters zu beschwören?

Und so ging ich achselzuckend gleichsam zur Tagesordnung über, vergaß die beiden Begegnungen und die Geschehen, die ihnen folgen, bis, ja bis das letzte Erscheinen des Sensenmannes dem sonderbaren Spiel eine neue, schlimme Dimension gab. Es war bereits im frühen Oktober, der so ganz die Schwermut des soeben vergangenen Sommers und des sterbenden Herbstes zeigte – noch wehmütig schöne, übersonnte Tage, die beginnende Farblohe der Herbstwälder unter dem Gesetz eines milden Vergehens. Es waren dies Tage, die ich immer sehr geliebt hatte.

Am frühen Nachmittag eines Samstages – die kleine Stadt Bacharach war noch voller Touristen – suchte ich die Stiftskirche St. Peter auf, um etliche Außenaufnahmen von architektonischen Details anzufertigen. Als ich die an der Südseite der Kirche gelegene Treppe neben dem Ostchor hinaufging, saß dort im Schatten der großen Kastanien eine junge Frau. Sie saß auf einer der Treppenstufen, den langen, weiten Rock hatte sie ein wenig emporgezogen, sodaß ihre gebräunten Füße und Unterschenkel sichtbar wurden. Ein heller Hut überschattete ihr Gesicht, das dunkles Haar seitlich rahmte. Es war wie in einem Bild aus dem vergangenen Jahrhundert und nicht minder das, was sie dort im Schatten der Kastanie tat: Sie las in einem Buch, das auf ihren Knien lag, ganz versunken auf den Text konzentriert. Als ich neben ihr stand, schaute sie nur kurz auf, musterte mich kühl und gleichgültig, senkte ihre Auge dann wieder auf den Text. Den Schutzumschlag des Buches hatte sie abgenommen und neben sich gelegt, sodaß ich ihre Lektüre zu erkennen vermochte – Stefan George, „Der siebente Ring“.

Ich blieb stehen, staunend und zugleich begeistert. Eine Frau dieser Zeit, die George las! Und dann zitierte ich ganz beiläufig einige wenige Zeilen, die ich auswendig wußte.

> Dies ist das land: solang die fluren strotzen
> Von korn und obst. am hügel trauben schwellen
> Und solche türme in die wolken trotzen –
> Rosen und flieder aus gemäuern quellen.

Ich sagte diese Zeilen lachend und nicht gänzlich ernsthaft, sie aber sah auf: „Das fünfte Rheingedicht! Ich habe es hier eben gelesen. Es ist schön, nicht wahr?“ Und aufseufzend: „Wenn man schon Germanistik studiert!“ Dann nickte sie, stand auf, klopfte Staub und Blätter von ihrem Rock und ging die Teppe hinab. Ich sah ihr nach, bis sie hinter dem Ostchor von St. Peter auf der Straße in der Touristenmenge verschwand.

Am frühen Abend dieses Tages nun, als ich zum Ansitz die „Birkenkanzel" im Feldteil der Südjagd aufsuchte, begegnete mir der kleine Mann zum dritten und – wie sich erwies – zum letzten Male. Und jetzt überfiel mich ein unbehagliches Gefühl. Zudem – was gab es jetzt für ihn zu mähen? Nun, irgendeine einleuchtende Erklärung ließ sich wohl finden, aber trotzdem – sein Erscheinen mißfiel mir. Ich sprach ihn unwirsch an: „Wo wollen sie jetzt noch hin?", erhielt aber keine Antwort. Und als der Sensenmann – sein Werkzeug trug er wie stets rechts geschultert – schon etliche Meter entfernt war und ich ihm nachsah, da wendete er sich noch einmal um. Seinen Mund verzog ein Grinsen, das ich als hämisch empfand. Dann schüttelte er mißbilligend sein Haupt und ging davon.

Dieser Tag schien zu vergehen, ohne daß störende Geschehen eintraten. Schon in der fortgeschrittenen Dämmerung erlegte ich eine schwache Sau, die im Schuß lag. Ich brach sie auf, fuhr in das Städtchen hinab und übergab die Beute dem Jagdaufseher zur weiteren Versorgung. Nach einem Imbiß im historischen „Alten Haus" verabschiedete ich mich von ihm und fuhr am linken Rheinufer entlang in Richtung Bingen, um dort die Autobahn nach Mainz zu erreichen.

Kurz nach dem Dorf Trechtingshausen überholte mich ein Rettungswagen, dessen Blaulicht und Martinshorn mich an den Rand der Fahrbahn scheuchten. Wenig später sperrten Polizisten die Straße. Ich hielt an, stieg aus und fragte einen der Uniformierten, ob ich als Arzt vonnöten sei, erhielt aber die knappe Antwort: „Kommen Sie! Aber da ist wohl nichts mehr zu machen!" Und dann sah ich den verunglückten Wagen, der gegen einen Felsrücken geprallt war, um den die Straße in einer scharfen Biegung herumführte. Und neben dem Fahrzeug lag eine Frau. Der Arzt des Rettungswagens beugte sich über sie, tastete nach den Halsschlagadern, prüfte die Pupillenweite, schüttelte dann den Kopf und sagte knapp: „Es hat keinen Sinn mehr!" Und erst jetzt erkannte ich die junge Frau wieder – und wie zur Bestätigung lag ihr Hut auf der Ablage unter der Heckscheibe und daneben ein Buch – „Der siebente Ring".

Ich habe lange Zeit benötigt, dieses Ereignis zu verarbeiten, vergessen konnte ich es nicht. Und jetzt wollte ich wissen, wer denn der sonderbare Bote war, wenngleich ich mich zuweilen fragte, ob ich wirklich berechtigt sei, hier einen Zusammenhang zu ahnen, ihn vielleicht auch zu konstruieren. Niemand aber, den ich fragte, niemand aus den Dörfern, deren Bewohner sich ja durchweg gut und seit Kindesbeinen kannten, vermochte mir den Mann zu benennen oder sich seiner zu erinnern. Und dies war wohl das Sonderbarste an dieser sonderbaren Geschichte.

Wieviel Nächte durchwacht

Wieviel Nächte durchwacht
Magier aus Fels und Stein
hörst du die Brennesseln singen
wenn über dem Tal
die Schnepfen schon ziehen
kracht ein Schuß
zuckt dir im Herz
der Flügel des Todes schon
über dein Leben hinstreift
verloren einsam die Höh

Anmerkungen zu den Autoren

Achleitner, Arthur (1858–1927)
In Straubing geboren, ursprünglich für das Lehramt bestimmt, wurde er Journalist und übenahm die Redaktion etlicher politisch gemäßigter Blätter, arbeitete und lebte zuletzt in München.
Er war ein guter Kenner der Alpen und ein hervorragender Schilderer der Bergwelt, zugleich Jagdschriftsteller, Erzähler, Essayist sowie Verfasser zahlreicher Bücher geschichtlichen und jagdlichen Inhaltes.
Titelauswahl: „Aus dem Hochland" (1892), „Im Gamsgebirge" (1893), „Im grünen Tann" (1896), „Der Forstmessias" (1897), „Im Gebiet des Großglockners" (1900), „Im grünen Rock" (1919), „Die Jagdjunker" (1922).
Textprobe aus „Lustige Weidwerksgeschichten aus dem Hochgebirge", 4. Auflage, Deutscher Volksverlag, Schkeuditz-Leipzig o.J.

Bartsch, Rudolf Hans (1873–1952)
Der Autor wurde in Graz geboren. Anfang des 20. Jahrhunderts arbeitete er in Wien im Kriegsarchiv. 1906 lernten sich Friedrich von Gagern und er kennen. Aus dieser Begegnung erwuchs eine enge, anhaltende Freundschaft, die sich auch in den Werken niederschlug. So wurde etwa Friedrich von Gagern in dem Buch „Frau Utta und der Jäger" porträtiert, ferner lieh er dem Jäger Serno etliche charakteristische Züge („Der Falke vom Mons Regius"). Bartsch lebte später als freier Schriftsteller in Graz, wo er auch starb.
Titelauswahl: „Das deutsche Leid" (1911), „Vom sterbenden Rokoko" (1911), „Zwölf aus der Steiermark" (1912), „Schwammerl" (1912), „Frau Utta und der Jäger" (1914), „Unerfüllte Geschichten" (1916), „Das Tierchen" (1922), „Brüder im Sturm" (1940)
Textprobe: Aus „Der Falke vom Mons Regius", Ausgabe der Deutschen Buch-Gemeinschaft (Berlin 1930). Mit Genehmigung des L. Staackmann-Verlages, Linden.

Bülow, Götz von
Geboren 1911 in Solzow bei Röbel in Mecklenburg. Er studierte Forstwissenschaften in Eberswalde sowie an den Universitäten München und Berlin Rechts- und Staatswissenschaften. Im Kriege Einsätze in Kreta, Rußland und Afrika. Großes Forstl. Staatsexamen 1947. Promotion. Leiter der Forstämter St. Oswald (1956–1966) und Ramsau bei Berchtesgarden (1966–1976).

Titelauswahl: „Die Suchwälder von Reichenhall, ihre 800jährige Geschichte" (1962), „Einst in weiten Revieren" (1988).

Textprobe: Die Erzählung berichtet über die Jagd am Müritzsee, dem größten deutschen See, der früher zu einem Teil zu dem Gut Ludorf, Besitz der Familie von Bülow, gehörte.

CRAMER-KLETT, Ludwig Benedikt Frhr. von (1906–1985)
Jagdschriftsteller, dessen Erzählungen und Bücher die Jagd im bayerischen Raum und vor allem im Chiemgau beschreiben. Er lebte bis zu seinem Tode in Aschau am Chiemsee. Seine Bücher zeichnen ein gutes Sprachempfinden, ein reicher kultureller Hintergrund und ein betontes Geschichtsbewußtsein aus. Der Autor erhielt 1965 den Literaturpreis des DJV und 1974 für sein jagdliterarisches Gesamtwerk auch den Literaturpreis des Conseil International de Chasse.

Titelauswahl: „Traum auf grünem Grund" (1956), „Spiel der Lichter und Schatten" (1960), „Glückselige Einsamkeit" (1964), „Des Waldhorns Widerhall" (1968), „Des Jägers Glück kennt kein Verweilen" (1976), „Die Heuraffler" 3. Auflage (1983).

Textprobe: aus dem Kapitel „Begegnungen", das aus vier Erzählungen besteht, in dem Buch „Des Waldhorns Widerhall". Verlag Paul Parey, Hamburg-Berlin 1968. (Mit freundlicher Erlaubnis des Paul Parey Buchverlages, Berlin)

DODERER, Heimito von (1896–1966)
Bei Wien geboren, nach der Gefangenschaft in Sibirien (1916–1920) Studium der Geschichtswissenschaften (1925 Dr. phil.). Begann zu schreiben, sein erstes Buch „Gassen und Landschaft" erschien 1923. Lebte als freier Schriftsteller. 1940–1946 Soldat, danach zusätzlich Studium der Geschichte, in zweiter Ehe mit einer Verwandten des bayerischen Dichters Ludwig Thoma verheiratet. Lebte abwechselnd in Wien und in Landshut. 1958 Großer Österreichischer Staatspreis. Nach Frühwerken, die Beachtung fanden, erfolgte der literarische Durchbruch mit dem Roman „Die Strudlhofstiege" (1951)

Titelauswahl: „Ein Umweg" (1940), „Die Strudlhofstiege" (1951), „Die Dämonen" (1956), „Die Merowinger oder Die totale Familie" (1962), „Unter schwarzen Sternen" (1966).

Textprobe: Aus „Die Strudlhofstiege", Lizenzausgabe mit Genehmigung des Biederstein-Verlages, München 1951. Selbstverständlich hatte der Autor keinerlei Intentionen zur Jagdliteratur; der Text ist aber ein schönes Beispiel dafür, wie ein Jagdgeschehen literarisch verarbeitet werden kann. Mit Genehmigung des Verlages C. H. Beck, München.

Ebner-Eschenbach, Marie von (1830–1916)

Geboren als Gräfin Dubsky auf dem mährischen Gute Zdislavic, lebte später in Wien. Sie entstammte einer alten böhmischen Adelsfamilie. Heiratete mit 18 Jahren Moritz von Ebner-Eschenbach. Mit ihrem Mann, der es in seiner Militärkarriere bis zum Feldmarschall-Leutnant brachte, erlebte sie auch die Welt des Militärs. Sie wurde früh schriftstellerisch tätig, versuchte sich anfänglich vor allem an Dramen, ihre epische Begabung brach erst später durch. Ihr Realismus, der sie an die Seite der bedeutendsten Repräsentanten dieser Richtung stellt, bahnte ihrer literarischen Geltung den Weg. Auch ihre Aphorismen und Parabeln zeugen von einer beachtlichen Begabung.

Titelauswahl: „Erzählungen" (1875), „Dorf- und Schloßgeschichten" (1883), „Das Gemeindekind" (1887), ferner „Aphorismen" (1880), „Neue Dorf- und Schloßgeschichten" (1886), „Aus Spätherbsttagen" (1901).

Textprobe: „Krambambuli" ist die wohl bekannteste Novelle der Autorin. Sie wurde entnommen den „Novellen" in der 3bändigen Winkler Dünndruckausgabe, Winkler-Verlag, München 1956. Der Text geht zurück auf die erste Gesamtausgabe, Berlin 1893

Gagern, Falk Frhr. von

Er wurde 1912 in Schloß Schön-Briese, Schlesien, geboren; sein Vater war der Schriftsteller Friedrich von Gagern (s. dort). Nach dem Gymnasium Besuch der Ritterakademie in Liegnitz. Studium der Politologie, Geschichte und des Völkerrechts in Berlin. 1933–1936 aktiver Motorradsportler mit verschiedenen Rallyesiegen auf der BMW 750 ccm.

1939–1945 Militärdienst. Nach der Rückkehr schloß er sein Studium ab. Seit 1948 war er als Journalist in Salzburg bei den Salzburger Nachrichten tätig. Neben dem Aufbau eines mittelständischen Unternehmens war er gleichzeitig außenpolitischer Korrespondent einer Tageszeitung und trat als Jagdbuchautor hervor. Er lebt heute in Wien. F.v.G. ist Ehrenmitglied des „Forum lebendige Jagdkultur e.V."

Titelauswahl: „Die großen Fünf" (1959/60), „Tire haut" (1961), „Mokric" (1961), „Das Jahrbuch des Jägers" (1962, 1963), „Gunst der Stunde" (1965).

Textprobe: „Die Ermelinenhöhle" ist entnommen dem Band „Gunst der Stunde", erschienen im Verlag Paul Parey, Hamburg und Berlin 1965. (Mit freundlicher Erlaubnis des Paul Parey Buchverlages, Berlin).

Gagern, Friedrich Frhr. von (1882–1947)

Einer der begabtesten Jagdschriftsteller des 20. Jahrhunderts. Wurde auf Burg Mokritz in Slowenien geboren, studierte in Wien und wurde bereits 1904 schriftstellerisch tätig, übernahm 1905 die vakant gewordene Stelle des Redakteurs der A. Hugo'schen Jagdzeitung. Schon seine ersten Bücher, die stets mehr als jagdliche Prosa waren, wurden schnell erfolgreich.

Nach dem Tode seiner ersten Frau und nach der Scheidung seiner zweiten Ehe führte er ein unstetes Leben, ging 1914 nach Leipzig, wo er am Konservatorium als Schüler von Straube das Orgelspiel studierte; er erlangte dabei Konzertreife (Konzerte 1916). Nach einem Aufenthalt in Ballenstedt zog er 1927 in die von ihm erworbene Villa Geigenberg in der Gemeinde Grimmegg in Niederösterreich, wo er 1947 starb.

Titelauswahl: „Wundfährten“ (1910), „Der böse Geist“ (1913), „Das Geheimnis“ (1919), „Die Wundmale“ (1919), „Das nackte Leben“ (1923), „Ein Volk“ (1924), „Die Straße“ (1929), „Birschen und Böcke“ (1925), „Der Jäger und sein Schatten“ (1941), „Die grüne Chronik“ (1948).

Textprobe: „Ein Uskokenbock“, Erzählung aus dem Kapitel „Aquarelle“ aus „Stunde und Stimmung“, der „Grünen Chronik“ erster Teil. Österreichischer Jagd- und Fischereiverlag, Wien 1948. (Mit freundlicher Erlaubnis des Paul Parey Buchverlages, Berlin).

Ganghofer, Ludwig (1855–1920)

Studium der Philosophie und Naturwissenschaften in Würzburg, München und Berlin. Promotion in Leipzig 1879. Begann seine schriftstellerische Tätigkeit als Romancier und Volksstückeschreiber. Besonders erfolgreich und beliebt waren seine Hochlanderzählungen, zahlreiche Jagderzählungen und seine Romane. Die Qualität seiner Werke wurde, was angesichts seiner Produktivität vielleicht verständlich ist, oft unterschätzt. G. schilderte die Hochgebirgsszenerie der bayerischen und Tiroler Alpen als Kulissen der Geschehen in Erzählungen und Romanen meisterhaft. Eine Zeitlang war er übrigens als Dramaturg am Wiener Ringtheater tätig. In seiner großen Jagd in Tirol sammelte er einen großen Freundeskreis um sich, zu dem viele sehr bekannte und angesehene Schriftsteller, Maler und Schauspieler sowie Musiker gehörten. G. starb in seinem Hause am Tegernsee nach kurzer Erkrankung.

Titelauswahl: Neben seinen bekanntesten Romanen „Der Klosterjäger", „Der Jäger vom Fall" und „Schloß Hubertus", von denen der letztgenannte 1978 eine Auflage von 1 472 000 Exemplaren erreicht hatte, sind zu nennen „Die Bacchantin" (1896), „Das Schweigen im Walde" (1899), „Edelweißkönig" (1900) und die Schauspiele „Der Herrgottschnitzer von Ammergau" (1880) und „Der Geigenmacher von Mittenwald" (1884).

Textprobe: die Erzählung „Das Schicksal mit dem langen Schnabel" ist entnommen dem Band „Hubertusland", erschienen im Rosenheimer Verlagshaus Alfred Förg GmbH & Co. KG, Rosenheim 1982.

HENN, Erich

1945 in Gimbsheim/Rheinhessen geboren. Studium der Germanistik und Geschichte, im Schuldienst an einem Gymnasium in Oppenheim tätig. Die Neigung zur Jagd und zur Natur waren ihm Anlaß, Natur- und Jagdgedichte zu verfassen. In seinen Gedichten werden die Elemente der traditionellen Lyrik aufgegeben zugunsten einer Wortlyrik. Die Auseinandersetzung zwischen Erhaltung und Zerstörung der Natur und die Rolle des Jägers in diesem Spannungsfeld bilden den Inhalt seiner Texte.

Titelauswahl: „Mit Feder und Flinte" (Natur- und Jagdgedichte). Verlag Frieling & Partner, Berlin 1996.

Textprobe: „nach feierabend", „mein weiher" (unveröffentlichte Gedichte).

JÜNGER, Ernst (1895–1998)

Geboren in Heidelberg, als Gymnasiast zur Fremdenlegion, wurde aber aus dieser Verpflichtung zurückgeholt. Im 1. Weltkrieg als Freiwilliger mehrfach verwundet (Ausgezeichnet mit dem „Pour le mérite"). 1919 bis 1923 in der Reichswehr, dann Studium der Zoologie und Philosophie in Leipzig und Neapel. Seit 1925 freier Schriftsteller, lebte in Berlin, Ravensburg und Wilfingen. Im 2. Weltkrieg in Frankreich, 1941 im Stab des deutschen Militärbefehlshabers in Paris, 1944 als „wehrunwürdig" entlassen. Nach 1945 kurzfristiges Publikationsverbot. Jünger blieb bis in sein hohes Alter literarisch produktiv und geistig hoch interessiert.

Sein Bekanntheitsgrad als Schriftsteller ist erheblich, nicht zuletzt auch in Frankreich. In Deutschland findet sich eine ambivalente Einschätzung, bei der die Anerkennung aber weitaus überwiegt.

Titelauswahl: „Das abenteuerliche Herz" (1929), „Auf den Marmorklippen" (1939), „Afrikanische Spiele" (1936), „Strahlungen" (1949), (revidiert 1955, 1963 in 2 Teilen), „Der Waldgang“ (1951), „Grenzgänge“ (1966), „Subtile Jagden“ (1967), „Die Zwille“ (1973), „Siebzig verweht I bis V“ (1980–1997).

Textprobe: „Die Eberjagd“. In „Ausgewählte Erzählungen“, Ernst Klett Verlag, Stuttgart 1975. Mit freundlicher Genehmigung des Klett-Cotta-Verlages, Stuttgart.

Kapherr, Egon Frhr. von (1877–1935)
Deutscher Jagdschriftsteller. Überwiegend berichten seine Erzählungen über die Jagd in Rußland, vor allem in Sibirien. Seine Texte sind heute nur noch unter Jägern zuweilen bekannt. Unter seinen Veröffentlichungen seien hier nur die Titel angeführt: „Scheitan“, „Ein Sohn der Wildnis“, „In russischer Wildnis und in sibirischen Urwäldern“.

Textprobe: Die Erzählung „In der Jagdhütte“ ist entnommen dem Band „Halali! Die schönsten Jagdgeschichten der Welt“, Herausgegeben von Rolf Bongs mit einem Geleitwort von Hanns Heinz Ewers, Verlag Georg Müller, München 1914.

Liliencron, Detlev von (eigentlich Friedrich Adolf Axel v. L.) (1844–1909)
In Kiel geboren, Schulbesuch in Erfurt, dann eine militärische Laufbahn begonnen. Er war überzeugter Verteidiger des Soldatenstandes, wurde mehrfach verwundet, erreichte den Rang eines Hauptmannes. Wegen hoher Schulden schied er aus dem Militärdienst aus und ging in die USA, wo er unter recht bedrückenden Bedingungen lebte als Sprachlehrer, Pianist, Stallmeister und Stubenmaler. Nach Deutschland zurückgekehrt fand er Anstellung als Vogt in Nordfriesland. Hier setzte sein Durchbruch als Autor ein. 1885 wurde er aus dem Staatsdienst entlassen; er versuchte sich als freier Schriftsteller. Nach der dritten Eheschließung konsolidierten sich seine Lebensumstände. Er lebte in Alt-Dahlstedt bei Hamburg.
Als Lyriker stand er am Beginn der Moderne, nicht nur als Vertreter des Naturalismus, dem er nur bedingt zuzuweisen ist, sondern etwa auch für Rilke als eine Voraussetzung für dessen Wirken. L. wurde als Lyriker früh vergessen und seine Bedeutung in den folgenden Jahrzehnten erheblich unterschätzt. Erst in den letzten zwanzig Jahren wird seine Leistung mehr und mehr gewürdigt und anerkannt.

Titelauswahl: Kriegsnovellen, darunter „Adjutantenritte“ (1883). Zahlreiche Gedichte, Kurzerzählungen und Skizzen. Dramen: „Knut, der Herr“ (1885), „Die Rantzow und die Pogwisch“ (1886), „Die Merowinger“ (1888). Epos: „Poggfred“ (1896, erweitert 1908).

Textprobe: Die Gedichte „Der Tod" und „Waldschnepfenjagd" sowie die Erzählung „Auf der Hühnerjagd" sind der zweibändigen Ausgabe entnommen, die Benno von Wiese im Insel Verlag, Frankfurt am Main 1977 herausgab.

Löns, Hermann (1866–1914)
Aufgewachsen in Deutsch-Krone (Westpreußen), früh jagdliche Prägung; erlegte den ersten Rehbock mit vierzehn Jahren. Abitur und Studiumbeginn in Münster, dann 1887 nach Greifswald. Arbeitete später als Journalist nach mehrfachem Stellenwechsel schließlich in Hannover und Bückeburg. Nach ersten lyrischen Versuchen erschien 1901 „Mein grünes Buch". Dieser Typ der Jagd- und Naturerzählung machte Löns bald bekannt und wurde von ihm meisterhaft beherrscht. Seine Lyrik („Mein goldenes Buch", „Der kleine Rosengarten") erfuhr über eingängige Vertonungen eine erstaunliche Verbreitung, die sich bis heute eindrucksvoll erhalten hat.
Seine Romane wurden zwiespältig aufgenommen, immerhin fanden „Der Wehrwolf" und „Die Häuser von Ohlenhof" große Aufmerksamkeit. Löns fiel zu Beginn des Krieges am 26.9.1914 in Frankreich.
Titelauswahl: Romane: „Der letzte Hansbur" (1909), „Dahinten in der Heide" (1909), „Der Wehrwolf„ (1910), „Das zweite Gesicht" (1911). Lyrik: „Mein goldenes Buch" (1901), „Mein blaues Buch" (1909), „Der kleine Rosengarten" (1911), Skizzen und Kurzerzählungen: „Mein braunes Buch" (1904), „Kraut und Lot" (1911), „Auf der Wildbahn" (1912), „Aus Forst und Flur" (1916), „Ho Rüd' Hoh!" (1918).
Textprobe: Aus „Tier und Jagd" (Ausgewählte Erzählungen). Herausgegeben von W. Deimann und W. Lehnemann. Adolf Sponholtz Verlag, Hameln 1965.

Münchhausen, Börries Frhr. von (1874–1945)
Geboren wurde B.v.M. 1874 in Hildesheim, lebte dann auf Schloß Windischleuba bei Altenburg, wo er auch starb. Neben seiner Tätigkeit als Gutsherr begann er früh mit literarischen Arbeiten und war etliche Jahre Herausgeber des Göttinger Musenalmanachs. Er schuf Balladen voller Farbenpracht und Wortmalerei als Dichtung „aus dem Geist der deutschen Landschaft". Seine deutlich rückgewandte Sprache und Dichtung fanden in Deutschland viele Liebhaber. Auch heute noch können etliche seiner Schöpfungen durchaus vor der Kritik bestehen. Seine Themen nahm er aus der Geschichte, dem Landleben, dem Soldatenleben und den Adelslegenden vor

allem auch seiner Heimat. Zahlreiche Gedichte wurden vertont, seine Bücher erlangten beachtlich hohe Auflagen.

Titelauswahl: „Juda“ (1900), „Die Balladen und ritterlichen Lieder“ (1908), „Das Herz im Harnisch“ (1911), „Die Standarte“ (1916), „Das Balladenbuch“ (1914), „Schloß in Wiesen“ (1922), „Drei Idyllen“ (1922/33).

Textprobe: Aus „Die Standarte“, Balladen und Lieder des Freiherrn Börries von Münchhausen, 14. Tsd., Verlag Egon Fleischel & Co, Berlin 1919. Mit freundlicher Genehmigung der DVA Stuttgart.

Nowak, Ernst

Der Autor wurde 1944 in Wien geboren. Nach dem Studium der Germanistik und Geschichte in Wien promovierte er mit einer Dissertation über Franz Kafka. Er lebt als freier Schriftsteller in Wien.

Titelauswahl: „Kopflicht“ (1974), „Die Unterkunft“ (1975), „Das Versteck“ (1978).

Textprobe: „Hasenjagd“ aus dem Band „Kopflicht“ (Erzählungen), erschienen im Residenz Verlag, Salzburg 1974. Die Erzählung findet sich auch in dem Band „Österreichische Erzählungen“ (Editor: Alois Brandstetter), Salzburg und Wien 1984.

Der Text verwendet jagdliche Bilder, Situationen und Vokabeln für eine Erzählung, die an Kafka erinnernd ein jagdliches Geschehen verfremdend beleuchtet. Natürlich ist auch dies keine „Jagderzählung“ herkömmlichen Genres. Mit Genehmigung des Residenz-Verlages, Salzburg.

Paff, Friedrich G.

1950 in Bacharach (Mittelrhein) geboren. Studium der Germanistik, Geschichte und Philosophie in Marburg; er lebte dort von 1979 bis 1993, seither in Stadtallendorf/Hessen. Verfaßte Lyrik und engagierte Prosa. Vizevorsitzender des Autorenkreises der „Neuen literarischen Gesellschaft“ in Marburg.

Der Autor nahm an internationalen Schriftstellertreffen teil und las in den letzten Jahren eigene Texte in Moskau, Litauen und Österreich. Texte von ihm wurden übersetzt in das Russische, Litauische, Slowenische, Italienische, Englische und Polnische.

Titelauswahl: „Die Hexe von Bacharach“ Brinkhaus-Verlag (Roßdorf 1983), „Da wo die Sprache beginnt“ (Hornburg 1983), „Facetten“. In: Literarisches Jahrbuch der Stadt Linz/Österreich (1987), „Die Akte Klibansky“. In: Zwischen Unruhe und Ordnung. Ein deutsches Lesebuch (Gießen 1989), „Zeitvergleich", Rheinland-pfälzische Anthologie (Frankfurt 1993), Beitrag in „Zungenschnalzen" (Herausgeber: Gideon Schuler), Edition Literarischer Salon (Gießen 1995), „Jagdfieber" (Gedichte), Rabenkopfpresse (Stadtallendorf-Bacharach 1997)

Textprobe: „Ein Jäger kam aus fremder Zeit", „Wir sind alle Jäger", „Ein Feuer anzünden"; aus „Jagdfieber" (1997).

Perfall, Anton Frhr. von (1853–1912)

Aufgewachsen auf dem Familiensitz Schloß Greifenberg am Ammersee. Nach dem Abitur in Augsburg 1872 Studium in München (Bergbau am Polytechnikum, Philosophie und Geschichte an der Universität). Wurde 1876 von Wilhelm Leibl als „Der Jäger" gemalt. Heiratete 1878 die Schauspielerin Magda Irschick, die sein erzählerisches Talent sehr förderte und stimulierte. Er begleitete seine Frau auf Gastspielreisen durch die USA. 1889 erscheint der erste Roman „Justiz der Seele", dem dann über 30 weitere, 25 Bände mit Erzählungen sowie 8 Jagdbücher folgen.

Seine Romane sind heute ebenso vergessen wie die Novellen und Erzählungen, wenngleich einige unter ihnen Talent erkennen lassen. Die Mehrzahl seiner Bücher aber war deutlich für den Tag geschrieben. Lesenswert blieben seine Jagderzählungen, die weniger am Publikumsgeschmack orientiert waren. Bis zu seinem Tode lebte A.v.P. in Schliersee, wo ihn und seine als Aktrice recht angesehene Frau ein großer Bekannten- und Freundeskreis besuchte.

Titelauswahl: Es seien hier nur Jagdbücher genannt. „Ein Weidmannsjahr"(1896), „Aus Berg und Thal" (1902), „Allerhand Lebendiges" (1904), „Aus meinem Jägerleben" (1906), „Jägerblut" (1907), „Der Jäger" (1910), „Meine letzten Weidmannsfreuden" Nachgelassene Jagderzählungen und Skizzen (1914).

Textprobe: „Die Furcht", Erzählung aus dem Band „Meine letzten Weidmannsfreuden" (Nachgelassene Jagderzählungen und Skizzen). Sechstes bis achtes Tsd., Verlag Grethlein & Co., Leipzig/Zürich 1914.

Plate, Herbert

Wurde 1918 im Märkischen Sauerland geboren. Kriegsteilnehmer von 1940 bis 1945, in Rußland schwer verwundet. Nach dem Kriege bis 1950 als Pelztierzüchter tätig. 1953 eine Film- und Jagdreise nach Persien, Afghanistan und Indien. Der Autor schrieb damals sein erstes Buch. Weitere Reisen zum Amazonas, nach China, Mittelamerika und Afrika. H.P. verfaßte weitere Bücher, insgesamt über achtzig Titel, und war ferner Autor von Funk- und Fernsehsendungen.

Er lebt im Oberbergischen Kreis, neben der Tätigkeit als Schriftsteller hat er sich seit 15 Jahren auch der Bildhauerei zugewandt. Auszeichnung mit dem Friedrich-Gerstäcker-Preis der Stadt Braunschweig. Ehrenmitglied des FORUM LEBENDIGE JAGDKULTUR e.V.

Titelauswahl: „Der Tod des Menschenfressers“ ist dem Buch „Der aus dem Dschungel kam“ entnommen. Das Buch erschien 1967 im Hoch-Verlag.

Portmann, Jochen

1929 geboren, studierte Medizin, Staatsexamen 1956, Promotion im gleichen Jahr. Nach Tätigkeiten in der Pathologie, Inneren Medizin und Chirurgie machte er als Schiffsarzt zwei Reisen nach Südamerika und zwei weitere nach Ostasien. Er war dann als Röntgenologe tätig. Neben der Jagd in Deutschland pflegte er das Jagen auf zahlreichen Jagdreisen in alle Kontinente.

Titelauswahl: neben Artikeln in „Wild und Hund“ und in der „Zeitschrift für Jagdwissenschaft“ als Buch „Heimliche Böcke – Uriges Wild“ (1984).

Textprobe: Unveröffentlichte Erzählung „Kein Schweiß am Smarna gora“.

Rosegger, Peter (1843–1918)

Zu Alpl in der Steiermark geboren, später in Graz lebend. Er gilt auch heute noch als der bedeutendste Volksdichter Österreichs. Seine Werke wurden in allen Volksschichten gelesen, sie ließen ihn zu einem der meistgelesenen Schriftsteller seiner Zeit werden. Auch heute ist das Interesse an seinen Büchern noch recht präsent.

Rosegger schildert einmal die bäuerlich-patriarchalische Welt seiner Kindheit und Jugend, allerdings auch deren Kollision mit der neuen technischen Welt. Seine Jugenderinnerungen, die unter dem Titel „Waldheimat“ über die Jahre zwischen 1848 und 1870 berichten, sind ein bleibendes Zeugnis einer vergangenen Zeit. Seine späteren Werke zeichnen sich oft durch einen hintergründigen Humor und eine feine Ironie aus. Adalbert Stifter war eines seiner Vorbilder.

Titelauswahl: „Als ich noch der Waldbauernbub war“, „Peter Mayr, der Wirt an der Mahr“, „Mein Weltleben“, „Erdsegen“, „Jakob der Letzte“, „Das ewige Licht“, „Der Gottsucher“.

Textprobe: Aus „Alpensommer“, L. Staackmann Verlag, Leipzig 1923 (Neubearbeitung, 22.–24. Tsd.)

Seghers, Anna (Pseudonym für Netty Radvanji, geb. Reiling, 1900–1983)

In Mainz geboren. Studium der Geschichte, Kunstgeschichte und Sinologie. 1922 Promotion. Sie hing der kommunistischen Ideologie an, die sie allerdings lange Zeit zu einer hohen Menschlichkeit verklärte. 1933 Flucht nach Frankreich, 1940 nach Mexiko. 1947 Rückkehr nach Deutschland. Mehrere literarische Auszeichnungen und politisch begründete Ehrungen (Kleist-Preis 1928, Büchner-Preis 1947, DDR-Nationalpreis 1951 und 1959, Stalin-Friedenspreis 1951).

Titelauswahl: „Aufstand der Fischer von St. Barbara" (1927), „Die Gefährten" (1932), „Das siebte Kreuz" (1942), „Der Ausflug der toten Mädchen" (1943/44), „Die Entscheidung" (1959), „Die Kraft der Schwachen" (1966).

Textprobe: „Sagen von Artemis" (1937). Verwendete Ausgabe „Ausgewählte Erzählungen", herausgegeben von Christa Wolf. Luchterhand Verlag, Darmstadt, Neuwied 1983. Mit Genehmigung des Aufbau-Verlages, Berlin. Aus „Gesammelte Werke" 1924-1980, Aufbau-Taschenbuch-Verlag GmbH, Berlin, 1994.

Tuch, Hannes (1906–1986)

In Meschede geboren. Sein Vater war 1. Koch beim Grafen Westphalen in Schloß Laer, in dessen Nähe der Autor aufwuchs. Er ergriff den Beruf des Forstmannes, vor seinem langjährigen dienstlichen Aufenthalt im Forsthaus Schwedenbusch bei Warburg/Westfalen Reisen nach Afrika und zum Eismeer am Nordkap. Er begann erst nach dem 2. Weltkrieg zu schreiben. Seine empfindsamen Texte waren seinerzeit sehr geschätzt. Sein Buch „Der Horst der großen Vögel" wurde von dem damaligen Bundespräsidenten Theodor Heuss prämiert und von der UNESCO besonders gewürdigt.

1969 wurde H. Tuch pensioniert und kehrte in das heimische Sauerland zurück. Er wohnte auf dem „Femhof" bei Gleierbrück, der übrigens von der Schriftstellerin Josefa Behrend-Totenohl erbaut worden war. Hier starb Tuch 1986. Seine Bücher sind heute vergessen.

Titelauswahl: „Das Jagdhüttenbuch" (1948), „Chronos und der Waldläufer" (1951), „Das Buch der Bäume" (1951), „Waldläufer auf lautlosem Pfad" (1952), „Der Horst der großen Vögel" (1955), „Das karge Gold der frühen Jahre" (1986).

Textprobe: Aus „Chronos und der Waldläufer", erschienen in der Verlagsanstalt Rheinhausen 1951.

Velthaim, Diether Cord Voigt von

In Westfalen 1935 geboren und dort aufgewachsen. Nach dem Studium der Medizin, dem Zweitstudium der Philosophie und Psychologie als Arzt und Hochschullehrer tätig. Neben wissenschaftlichen Publikationen (10 Bücher, 150 Originalarbeiten) seit dem Ende der achtziger Jahre belletristische Arbeiten, Veröffentlichungen über die Jagd in der Musik und bildenden Kunst sowie zur deutschen Jagdliteratur und ihrer Entwicklung.

Zahlreiche Erzählungen und Essays erschienen in den Jagdzeitschriften Deutschlands, Österreichs und der Schweiz.

Titelauswahl: „Fährten im Wind“ (Mainz 1990), „Merlin – Erzählungen um Jagd und Reisen“ (Mainz 1990), „Zur Entwicklung der deutschen Jagdliteratur“ (Librarium, Zürich 1995), „Geliebtes Leben, gelebte Jagd“ (Mainz 1996), „Leben und Jagen – Schatten, Träume, Wirklichkeit“ (in Vorbereitung, Wien, voraussichtlich 1999).

Textprobe: „Die Nacht der Füchse“ (Hamburg 1996, mit freundlicher Genehmigung des Paul Parey Verlages, Nassau). „Es ist ein Schnitter“ (Mit Genehmigung des Österreichischen Agrarverlages, Wien).

Wicht, Edo von

Studierte Medizin, war Arzt für Innere Medizin und leitete eine Klinik in Bad Münster am Stein. Genauere Lebensdaten waren nicht in Erfahrung zu bringen. Der Autor muß in den achtziger Jahren verstorben sein. Von ihm sind drei Lyrikbändchen bekannt; eines trägt den Titel „Die dunkle Pforte“ und erschien im Christians Verlag, Hamburg, im Jahre 1979.

Textprobe: aus „Die dunkle Pforte“, Seite 61. Mit freundlicher Genehmigung des Christians-Verlages, Hamburg.

Wiechert, Ernst

Geboren als Sohn eines Försters in Kleinort (Ostpreußen), Studium und Berufstätigkeit als Studienrat in Königsberg, Soldat und Offizier im 1. Weltkrieg. Er befreite sich aus einem radikalen und letztlich verkrampften Kulturpessimismus durch persönliche Erlebnisse Ende der zwanziger Jahre, 1930 nach Berlin, seit 1933 als freier Schriftsteller tätig. Umzug nach Bayern.

E.W. wurde als Schriftsteller in den dreißiger Jahren schnell bekannt und angesehen; er ging keinerlei Kompromisse mit den neuen Machthabern ein, sondern setzte sich mit seinen zwei Münchener Reden vor Studenten der Universität in betonten Widerspruch zu Unfreiheit und

Gewalt (1933 und 1935). Sein Eintreten für Eduard Spranger und Martin Niemöller führte zu seiner Inhaftierung in dem Konzentrationslager Buchenwald (1938). Nach 1945 unermüdlicher Mahner zu einer inneren Erneuerung. 1948 Emigration in die Schweiz, E.W. war schon von einer Krankheit gezeichnet, der er am 24.8.1950 in Uerikon am Zürichsee erlag.
Wiecherts Werke waren von deutlichen erzieherischen Tendenzen geprägt, seine Sprache entwickelte er zu einem unverkennbaren Tonfall, dessen Melodik auch heute noch zu bezaubern vermag. Die Ostpreußische Landschaft gab für viele seiner Bücher Inhalt und Kulisse. Sein 1939 erschienenes Buch „Das einfache Leben" wurde nahezu ein Kultbuch der schon bald kriegsgeschundenen Deutschen und erreichte höchste Auflagen.

Titelauswahl: „Die Magd des Jürgen Doskocil" (1932, „Wälder und Menschen" (1936), „Die Jerominkinder" (1945), „Missa sine nomine" (1950). „Die letzten Lieder-Gedichte" (1951)

Textprobe: „Mein erster Adler" aus „Wälder und Menschen", Ausgabe im Langen-Müller-Verlag, München, Wien 1984. – „Wolfsjagd" aus dem Roman „Das einfache Leben" (1939). Benutzte Ausgabe: Ernst Wiechert, Sämtliche Werke in 10 Bänden, Bd. 4, Verlag Kurt Desch, Wien, München, Basel 1957. Lizenz: Buchverlag Langen Müller Herbig, München.